俺様御曹司は花嫁を逃がさない

東京にある昔ながらの商業地域に、「フローリスト・セリザワ」という小さな花屋がある。

最寄り駅から徒歩三分の距離にあるその店は、築四十八年の七階建てビルの一階にあり、広さは二十平方メートル弱。

オープン以来、二十年に渡り地元の人達から親しまれ、季節の花を中心に観葉植物や鉢植え、その他植物に関するグッズなどを販売している。

花屋の四季は世間よりも一、二カ月早い。二月も中旬に差し掛かった今、店先にはもうチューリップやヒヤシンスといった春の花が並び始めていた。

「澄香《すみか》、お母さん、ちょっと配達に行ってくるから、店番お願い」

母親の葉子《ようこ》が、店のバックヤードからひょっこりと顔を出した。

「了解。気をつけていってらっしゃい」

「はーい、いってきます」

店の横にある駐車場へは、レジの奥にある通路から行く事ができる。

澄香はコデマリの入った花桶を持ち上げると、店の入り口横のスペースに置いた。

今日は朝から天気が良く、二月とは思えないほどのぽかぽか陽気だ。それからすぐにやって来た常連の女性客と挨拶《あいさつ》を交わし、そのまま店先で立ち話が始まる。

「澄香ちゃん、三日後のバレンタインデーに、お花のアレンジメントを頼みたいんだけど」

「毎度ありがとうございます。どんな感じのアレンジメントにしましょうか」

「アレンジメントの中に、このくらいのチョコの箱を仕込みたいんだけど、できる？」

女性客が親指と人差し指で輪を作った。

「できますよ。お花とか色の指定はありますか？」

「特にないけど、バレンタインデーっぽくて、シックで可愛い感じのやつがいいな。予算は、四千円くらいで」

「了解です。いいですね、旦那さまとラブラブで」

澄香は、女性客に軽く体当たりをした。

「やだもう！　って、まあそうなんだけどね。澄香ちゃんは、彼氏とかいるの？」

ストレートに聞かれて、澄香は肩をすくめながら首を横に振った。

「それが、さっぱり見つからなくて」

「あらそう？　まあ、これもご縁だからね。じゃあ、十四日の夕方に取りに来るね～」

上機嫌で去っていく女性客を見送ったあと、澄香は大きく背伸びをした。

(彼氏ねぇ……。できる気配もなければ、そもそも男の人と出会うきっかけなんてゼロだもんね)

芹澤《せりざわ》澄香、二十八歳。

小学生の頃から母親が経営する「フローリスト・セリザワ」に出入りし、高校卒業後は本格的に店を手伝い始めた。

明るい性格で、いつも笑顔でいる澄香は、今や近所でも評判の看板娘だ。

やや小柄ながら、日々ずっしりと重い鉢や花筒を運んでいるおかげで、体力には自信がある。

和風の顔立ちは、美人とはいえないものの愛嬌《あいきょう》があると言われるし、誰にでも気さくに接するから、男女問わず知り合いは多い。

おしゃれに興味がないわけではないが、女子力は控えめで、洋服は動きやすさ重視。

肩までのくせっ毛は、ヘアゴムでひとつ括《くく》りにするか、バレッタで留めていた。

そんな澄香には、いまだかつて「恋人」と呼べる男性がいた事がない。大勢の男女と親しく話したり、飲み会などで偶然隣り合わせた男性と喋《しゃべ》ったりする事はあるが、いつも「友達」止まりで、それ以上の関係になる事はなかった。

社会人になってからは特に、休みの日のズレや仕事の忙しさもあり、男友達と会う機会はほとんどなくなった。

職業柄人と接する機会は多いけれど、女性客のほうが多いし、たまに来る男性客は彼女がいたり妻帯者だったりがほとんどだ。

時折人恋しく思う事はあるものの、どうしても恋人がほしいというわけでもない。

たまには、おしゃれしてデートに出かけたいと思ったりもするが、なんだかんだで結局は日々、フローリスト用のエプロンを着けて店の中に留まっている。

（縁があれば、そのうち素敵な王子様に巡《めぐ》り合えるのかな）

そんな事を思いながら、澄香は店に入り、たった今注文を受けたアレンジメントのデザインを考え始める。

（シックで可愛くて、バレンタインデーっぽいやつか……）

花束やアレンジメントを注文される時、具体的な指示をしてくれる人もいれば、今のように抽象的なイメージだけを伝えて、あとはお任せという人もいる。いずれの時も作る側のセンスが問われるし、プレゼントとなると責任は重大だ。

（旦那さま、たまにお見かけするけど、結構恰幅のいい方だったよね。眼鏡をかけてて、奥さまよりちょっとだけ背が低くて――）

プレゼント用の花を用意する時、澄香はできる限り贈られる人の好みやイメージを聞いて作るようにしている。むろん、お客さまが急いでいる時は、時間をかけたリサーチはできない。けれど、せっかく花を贈るという特別な行為をするのだから、その瞬間を思い出深いものにしたいと思う。

澄香は女性客のパートナーのイメージを頭の中で膨らませながら、キャッシャーの上に置かれているメモ用紙に手を伸ばした。

その上に思い浮かんだデザインを描き、花の名前と色をメモしていく。

バレンタインデーには、この他にも花束やアレンジメントの注文を四点受けており、そのうちのひとつは片想いをしている男性に渡すものであるらしい。

自分が作った花束が、重大な告白の場に立ち会うのだ。

そう思うと、ちょっとだけ胸がドキドキしてくる。

澄香は目を閉じて、花束を渡すシーンを想像しながら両手を前に差し出した。

「好きです！　これ、私の気持ちです。〇〇くんのために、私が想いを込めて用意したチョコレートと花束、受け取ってくださいっ！　なぁんて言っちゃったりするのかなぁ——」

ひとしきり告白の甘酸っぱさを味わって目を開けると、目の前にスーツ姿の男性が立っていた。

彼は怪訝《けげん》そうな表情を浮かべながら、澄香の顔と差し出したままの両手を見比べている。

その顔は、びっくりするほど美形だ。

「わわっ……す、すみません！　い、いらっしゃいませ！」

澄香はあわてて手を引っ込めると、男性に軽く頭を下げた。彼は、無言のまま澄香から視線を外《はず》し、店の中に目をやる。

その顎《あご》のラインが完璧すぎるし、立ち姿はモデルのように美しい。それに加えて、店内にある花をぜんぶ自身の背景にしてしまったかのようなゴージャスな存在感がある。

彼は、ひとしきり店内を見回すと、澄香に視線を戻した。

「花束を作ってほしいんだが、すぐにできるか？」

「はい、もちろんです。プレゼントですか？」

「母への誕生日プレゼントだ」

男性が、淡々とした口調でそう言った。そっけない態度からは、母親の誕生日を祝う喜びなど一切感じられない。

しかし、わざわざこうして花屋に足を運ぶ手間暇をかけているのだ。そういった男性客の多くは、花を贈る事への照れくささを感じており、わざとそんな態度をとってしまう人が少なくない。

「そうですか。おめでとうございます。お母さまが好きな花や色は、ありますか？」

「さあ……よくわからないな」

男性が、眉間《みけん》に微かな縦皺《じわ》を寄せた。

「では、どんな雰囲気の方なのか、教えていただいてもよろしいでしょうか？」

「雰囲気？」

「はい。華やかだとか、可愛らしいとか、優しいとか——お客さまの、お母さまに対するイメージを伺《うかが》って、できる限りお母さまにふさわしい花束を作らせていただきますので」

「派手で高そうに見える花束ならなんでもいい」

男性が、澄香の言葉を遮《さえぎ》るようにそう言った。その口調は、ぞんざいでぶっきらぼうだったが、その割に店内の花をまじまじと見つめたり、ソワソワとスラックスのポケットに手を突っ込んだりしている。

（ははーん。さては、こう見えて実はシャイボーイって感じかな？）

そう思った澄香は、花束を作るべく店の壁際に置かれたフラワーショーケースの前に移動した。

「承知しました。誕生日に息子さんから花束をプレゼントされるなんて、お母さまは喜ばれるでしょうね。お客さまも、お母さまの喜んだ顔が見たいですよね？」

澄香がニコニコ顔でそう訊《たず》ねると、男性は眉間《みけん》の皺《しわ》をさらに深くしながら片方の眉尻を上げた。

「花を贈るのは毎年恒例の儀礼的なものだ。喜ぶとかそういうのはないな」

男性は、そう話しながら渋い顔をする。しかし、その視線は澄香がどんな花を手にするのか気になっている様子だ。

なるほど。儀礼的であれ、毎年花を贈っているのだ。察するに、彼は愛情表現が、あまり得意ではないのかもしれない。

澄香は男性の顔をじっと見つめた。目が合った途端、男性が澄香から顔を背《そむ》ける。

「予算に上限はない。とにかく見栄えがよくて、ゴージャスな花束を作ってくれ」

ああ、やっぱり。

澄香は心の中で、深く頷いた。

伊達《だて》に長年に渡り「フローリスト・セリザワ」の看板娘をやっているわけではない。

この人は、おそらく本当の心とは裏腹に、わざとぞんざいな態度をとるタイプの人だ。

そう気づいたからには、もう少しリサーチして彼が贈ってよかったと思うような花束を作りたいと思う。

「かしこまりました。ちなみに、普段お母さまはどんなファッションをしていらっしゃいますか？」

「仕事をしているから、普段はほとんどスーツだな」

「そうですか。プライベートでも、きっちりしたお洋服が多いんでしょうか」

「いや、家では割とゆったりした服か、着物を着ている」

「わぁ、普段お着物をお召しなんですね。素敵です。ご自宅のインテリアなんかにも気を遣っていらっしゃるのでは？」

「どうかな。自宅でも仕事をするから、自室は、いたってシンプルで機能的だ」

「仕事熱心な方なんですね。きっと、洗練されたキャリアウーマンでいらっしゃるんでしょうね」

「確かに仕事は人の何倍もできるな。いつも忙しくしているし、外見はともかく中身は男みたいな人だ」

澄香は深く頷きながら、頭の中で男性客の母親のイメージを作り上げていく。

「なるほどです。とても粋《いき》でスタイリッシュな方なんですね」

男性が、ふっと鼻で笑う。

「それはどうかな。母はデスクに黄色いひよこの形をした時計を置いている。スタイリッシュな人間は、部屋にそぐわないものを置いたりしないだろう」

男性が、独り言のようにそう言った。

ほらほら。そっけない関係を装《よそお》っている割には、細かなところまでちゃんと見ている。

こうなったら、男性の素直に出せない気持ちを、目一杯花束に込めてあげようと思う。

「ひよこの形をした時計ですか。女性って、どんなにかっこよくてスタイリッシュな方でも、どこかしらに可愛さを秘めていたりするんですよね。もしかして、お母さまもそんな感じですか？」

話しながら、フラワーショーケースを開けて黄色い薔薇《ばら》を三本手に取る。

「いや、可愛さとはほど遠い人だ」

「お母さまは、デスクワーク中心のお仕事をなさっているんですか？」

自然な形でリサーチを進めつつ、澄香はオレンジ色のガーベラとラナンキュラス、黄色のフリージアを花桶から取り出す。

それに紫陽花《あじさい》に似た緑色のビバーナムと、ゴッドセフィアナという白い斑点《はんてん》のある葉を足した。

束ねた花を眺め、ふと思い立ってミモザの花を加える。

「最近はそうだが、本来は自ら動き回るのが好きな仕事人間だから、しょっちゅう出歩いてる」

「お忙しい方なんですね」

「超多忙だ。だけど、そうしているのが好きな人だし、暇だと逆に具合が悪くなるタイプだと思う」

「アクティブなお母さまなんですね」

「いい年をしてアクティブすぎるくらいだ。いい加減、立ち止まって休めばいいのに。……なんて、俺が言っても聞くような人じゃないがな」

男性が誰に言うともなくそう零《こぼ》した顔に、一瞬影が差したような気がした。

澄香は、それを気に留めながらも、形を整えた花の茎をしっかりと紐《ひも》で括《くく》る。きちんと保水したあと、オレンジイエローのラッピング用紙で丁寧に包んだ。

出来上がった花束は丸い形のラウンドブーケで、全体的に元気で可愛らしいものに仕上がっている。

「そんなお母さまを、ちゃんと理解して大切に思っていらっしゃるお客様の気持ちが、花束を通して伝わるといいですね――はい、お待たせいたしました。こちらでいかがでしょうか」

澄香は、にっこりと微笑みながら男性に花束を差し出した。

「今、お話を伺《うかが》いながら、私なりにお客さまのお母さまをイメージして作ってみました」

澄香が男性に花束を差し出すと、彼は意外そうな表情を浮かべた。

「これが、俺の母親をイメージして作った花束？」

思っていたのと違う――男性の顔には、はっきりとそう書いてあった。

だが、ここからがフローリストとしての腕の見せどころだろう。

「はい、そうです。伺《うかが》ったお話から、お母さまはバリバリのキャリアウーマンという印象を受けました。でも同時に、お客さまからは、お母さまを心の底から大事に思う気持ちや、はつらつとした可愛らしいイメージも伝わってきたんです」

男性が、花束から澄香に視線を移した。

「やけに小さいし、そんなに高そうな花も入ってなさそうだが？」

「五千円で作らせていただきました。もちろん、お客さまの、お母さまを思う気持ちは値段とは関係なく上限なしのプライスレスですけどね」

澄香は、男性に半歩近づいて、にっこりと笑った。

「さあ、どうぞ！　これをお客さまの笑顔と一緒にお渡ししたら、喜ばれる事間違いなしです！」

男性が、澄香の勢いに圧《お》されるように身体を仰《の》け反《ぞ》らせる。彼の眉間《みけん》には、今や深い縦皺《じわ》が、くっきりと刻まれていた。

「……ふん、まあいい。支払いはこれで」

男性は、澄香の顔をジロリと見たあと、スーツの内ポケットから黒色のカードを取り出した。

「あ……申し訳ありません。うち、カードは使えないんです」

「は？　今時カードが使えない店なんてあるのか⁉」

彼はブツブツと文句を言いながらカードをしまうと、マネークリップに挟んであった一万円札をキャッシャー台の上に置いた。そして、すぐに澄香に背を向けて入り口に向かって歩き出す。

「お待ちください。今、お釣りを――」

澄香は急いでレジを開けて五千円札を取り出した。

「釣りはいい」

「ですが――」

「いいったら、いいんだ」

男性は、面倒くさそうにそう言い捨てると、大股で店の入り口を通り過ぎていく。

澄香は、そのあとを追って店の外に出た。

てっきり店から遠ざかっているものと思っていた彼は、なぜか入り口のすぐ横にしゃがみ込んでいた。

「わっ！」

あやうく男性の尻を蹴飛ばしそうになったが、なんとか踏みとどまった。

見ると、男性の前に大人しそうな中型犬がいる。

「あ、ワンちゃん。お客さまの犬ですか？」

どうやら彼は、店の立て看板の支柱にその犬を繋いだ紐《ひも》を括《くく》りつけていたみたいだ。

男性は花束を持った手で苦心して紐《ひも》を解くと、澄香のすぐ横にすっくと立ち上がった。

「捨て犬だ。駅の近くにある劇場の近くで見つけた。なぜか懐《なつ》かれて、どうしても離れないんだ。仕方なく面倒を見る事になって、かれこれ三カ月近くなるな」

男性は、そう言って澄香を上から見下ろしてきた。澄香も彼を見つめ返し、にっこりと微笑みを浮かべる。

改めて見ると、つくづく男前だ。目の高さが澄香より三十センチ以上高い位置にあるから、身長は百九十センチ近くあるのだろう。

店で花をバックに立っていた彼は、まるで漫画に出てくるヒーローみたいだった。そして今、なんでもない町の風景の中にいる彼も、雑誌の表紙を飾れるくらい絵になっている。

澄香は怖がらせないよう気をつけながら、犬の斜め前にゆっくりとしゃがみ込んだ。犬は、右耳の先端が黒く、その他は全体的に薄い茶の毛色をしている。

「そうなんですか……犬って人を見ますから、きっとお客さまが優しい人だってわかったんでしょうね。……よしよし、いい人に拾われてよかったね」

澄香が犬の頭を撫でながら男性を見上げると、彼は優しい目で犬を見ていた。しかし、澄香と目が合った途端、渋い顔をしてそっぽを向く。

「俺が優しいって？　ふん……そんなふうに言われたのは、はじめてだ。ほら、行くぞ！」

男性は、犬を繋いだ紐《ひも》を自分のほうに強く引き寄せた。けれど、その紐《ひも》は十分にたわんでおり、引っ張ったところで犬には何のダメージもない。

「お買い上げありがとうございました。ぜひまたお越しくださいね」

澄香は立ち上がり、男性客の胸ポケットに、折りたたんだ五千円札を入れさせてもらった。

男性はムッとした表情を浮かべたものの、プイと横を向いてそのまま犬と一緒に道の向こうへ歩み去っていく。

澄香は犬を連れた男性のうしろ姿を見送りながら、自分が作った花束が無事役割を果たすよう心の中で祈るのだった。

「フローリスト・セリザワ」の営業時間は、午前十時から午後六時まで。定休日は毎週木曜日だが、母の日や敬老の日など、花のニーズが高まる日はその限りではない。

バレンタインデーである今日は、朝から予約客や通りすがりのお客さままで大盛況だ。

母親の葉子が店頭で接客をしているうしろで、澄香は注文を受けた花束やアレンジメント作りにかかりきりになっている。

「こんにちは～。お願いしたやつ、できてるかしら?」

先日夫に贈るバレンタインデー用のアレンジメントを注文してくれた女性客が、夕方過ぎに店にやって来た。

「いらっしゃいませ。はい、できてますよ」

澄香はキャッシャーの横にある作業台の内側から女性客に声をかけた。そして、今まさに出来上がったばかりのアレンジメントを彼女に見せる。

花びらがフリル状になった白薔薇《ばら》を中心に据えたそれは、周りをユーカリや斑《はん》入りのアイビーで囲んでいる。花束を包んでいるのは凹凸《おうとつ》のあるチョコレート色のラッピング用紙で、リボンはシックな紅色を選んだ。

「うわぁ、可愛い！　白薔薇《ばら》がホワイトチョコみたいね。いかにもバレンタインデーって感じがして、すごくいいわぁ！」

女性客が小躍りして喜び、パチパチと手を叩く。

澄香は彼女から小さなチョコレート入りの小箱を受け取り、あらかじめ空《あ》けておいたスペースに、それを納めた。

「はい、これで本当に出来上がりです。奥さまの愛情がいっぱい詰まったアレンジメントですね」

「ありがとう！　ほんと、食べちゃいたいくらい可愛いわぁ。いつものように写真に撮って、部屋に飾ったあとはドライフラワーにしようかしら」

そう言いながら女性客が笑顔で帰っていく。そのあとも、澄香は注文の品や店頭に並べるミニブーケなどを作り続ける。

いつもは午後六時で店を閉めるが、今日は一時間延長して営業を続ける予定だ。最寄り駅から歩いて三分という好条件の立地のおかげもあり「フローリスト・セリザワ」は、それなりに安定した売り上げがある。

しかし、店の土地建物は賃貸物件のため、毎月安くない賃貸料が発生していた。

澄香の家族は母の葉子と八つ離れた妹の美咲《みさき》で、父の聡《さとし》は今から十五年前に病気で他界した。現在大学二年生の美咲は、家を出て学校近くの寮に住んでいる。

日々どうにか暮らしているが、まだまだ学費がかかるし、奨学金だけでは賄《まかな》えないものも多い。何かあった時の備えのためにも、もっと売り上げを伸ばしたいところだ。

「澄香、これで素敵なバルーンブーケをお願い」

葉子が笑顔で、一輪の赤い薔薇《ばら》を差し出してきた。その向こうには、緊張した面持ちの女の子がいる。たぶん、高校生くらいだろうか。手に小さな紙袋を提《さ》げているところを見ると、これから好きな男の子にチョコレートを渡しに行くのだろう。

「はい、今すぐにとびきり素敵なやつを作りますね」

きっと今、女の子は胸がドキドキして落ち着かない気分でいるに違いない。

澄香が彼女に向かってにっこりと笑うと、女の子の口元がほんの少しほころんだ。

バルーン用のビニールを手で引っ張って伸ばし、傷つかないよう紙に包んだ薔薇《ばら》を中に入れる。空気入れでバルーンの中にしっかりと空気を送り込んだあと、薔薇《ばら》の茎に気をつけながら口を縛り、専用のスティックに固定する。

「ラッピング用紙は何色がいいですか？」

澄香が訊《たず》ねると、女の子は少し考えたあと「何色が合いますか？」と質問してきた。

「そうですね……やわらかなピンク色も可愛いですし、すっきりとしたブルーで包むと男性も持ち歩きやすいです。あとは、まっすぐな想いを伝えるって意味で、真っ白なラッピング用紙で包むのも素敵ですよ」

それを聞いた女の子が、ぱあっと顔を輝かせた。

「じゃあ、白にします！」

「はい、かしこまりました」

それからすぐに取りかかり、出来上がったものを女の子に渡した。

「あの……『頑張って！』って言ってもらっていいですか？　お姉さんに励《はげ》ましてもらったら、なんだかうまくいきそうな気がするんです」

女の子に頼まれて、澄香は大きく頷きながら彼女の目を覗き込んだ。

「頑張って！　ぜったいにうまくいくって、自分に魔法をかけましょう」

女の子は澄香が見守る中、プレゼントとバルーンブーケを持った手で胸元を押さえた。そして、大きく深呼吸をしたあと、澄香を見て顔をほころばせる。

「ありがとうございます。頑張ります！」

女の子が急ぎ足で店の外に出て行き、澄香はまた作業台に戻った。

（いいなぁ。一生懸命な気持ちがガツンと伝わってくるよね）

特別恋人がほしいとは思わなくても、やはりこの時期になると独り身の寂しさが身に染みる。

（だけど、今はまだ無理。美咲が大学を卒業するまでは、仕事に集中して頑張って稼がないと）

作業を続けながら接客をこなし、気がつけば閉店時刻まであと十分になっていた。用意したバレンタインデー用ブーケも完売し、残っているのは今作業台で作っているものだけだ。

(作り始めちゃったけど、あと十分か……。せっかくだし、残ったら家に飾ろうかな)

作っているのは、淡いピンク色の花を集めたミニブーケだ。

定価は五百円。花がたくさんついた一本の枝から分けて作るから、安く作れるしメインの花を変えるだけで、まったく違う印象のブーケが出来上がる。

ラナンキュラスを中心に、小さめのカーネーションとスイートピーを寄り添わせ、周りにグリーンとしてナズナをあしらってみた。

ナズナといえば、春の七草のひとつであり、別名〝ペンペン草〟と呼ばれるアブラナ科の植物だ。道端に生えている雑草としてよく知られているが、昨今はナチュラルな雰囲気を出す時に使うグリーンとして使われたりする。

「うん、いい感じ」

出来上がったブーケを照明にかざし、一人悦《えつ》に入《い》る。すると、店先にいた葉子が少々あわてた様子で手を振ってきた。

「どうしたの、お母さん」

澄香が声をかけると、葉子の横をすり抜けて、見覚えのある背の高い男性が店の中に入ってきた。

「あっ、犬の人――」

思わず指を差しそうになり、あわてて手を引っ込める。

男性はまっすぐ澄香に近づいてきながら、若干不機嫌そうな表情を浮かべた。

もしかして、クレームを言いに来たのかな……

内心でそう思いながら、澄香はにっこりと笑って男性を迎えた。

「いらっしゃいませ。今日は、どのような花をお求めですか？」

土曜日で仕事が休みなのか、今日の彼はシックな黒のコートに同色のカジュアルなパンツを合わせている。

クレームでなければ、彼女に渡すバレンタインデー用の花束を買いに来たのだろうか。どちらにせよ、こちらから決めつけるような事を言ってはならない。

「今日は花を買いに来たんじゃない。先日母に贈った花束の件で聞きたい事があって来た」

やはりクレームだったか……

あの時、男性は「派手で高そうに見える花束ならなんでもいい」と言った。

しかし澄香は、あえて男性から聞き出した彼の母親のイメージに合った花束を作って渡したのだ。

素直じゃない彼の母を思う気持ちが花束を通して伝われば――そう思ってした事だったが、余計なお世話だったのかもしれない。

「はい、なんなりと――」

「あの花束を母に渡したら、ものすごく喜ばれた。いつもなら礼を言って、取ってつけたような微笑みを浮かべるだけなのに、今回は花束を受け取った途端、本当に嬉しそうな顔をして『ありがとう。嬉しい』と言ったんだ」

男性が、澄香の言葉を遮《さえぎ》るようにして、そう言った。

「しかも、いつもみたいにすぐ家政婦に渡して花瓶に生けさせず、ニコニコしながらしばらくの間花束を見つめていた。母のあんな顔を見たのは、何十年かぶりだ。一体、あの貧相な花束の、どこがそんなに良かったんだ？」

貧相とは、失礼な。

けれど、とりあえずクレームを言いに来たわけではないとわかり、澄香はホッと胸を撫で下ろした。

「喜んでいただけたようで何よりです。そうですか……実は、あの花束には、いろいろな意味を込めてあったんです」

「いろいろな意味、とは？」

「たとえば、ガーベラとフリージアは二月十一日の誕生花です。花の色や国によっても変わりますが、ガーベラの花言葉は『冒険心』『忍耐』、フリージアは『無邪気』などです。もしかすると、お母さまは、それを知っていて喜ばれたのかもしれませんね」

「なるほど。そういう事だったのか」

「それと、花束の中心に入れた黄色い薔薇《ばら》は『ひよこ』っていう名前がついてるんですよ。ミモザも小さなひよこに見えなくもないし、お話を聞いているうちに、きっと可愛らしいものがお好きなんじゃないかと思って、あの花束をお作りしたんです」

「ほう……花束に、それほどたくさんの意味を込めていたのか」

澄香が説明を終えると、男性は感心したように目を細め唸《うな》った。

「俺の母は、一言で言えば〝女傑〟だ。『冒険心』とか『忍耐』は理解できる。しかし、『無邪気』というのは、どうにも納得いかないな」

「〝女傑〟ですか。きっと強くて美しい方なんでしょうね」

「もちろんだ。彼女ほどのビジネスセンスを持つ女性には会った事がないし、あの年であれだけの美貌を保っているのは評価に値する」

おそらく、女社長か何かなのだろうが、男性はよほど自身の母親が自慢であるようだ。

それでいて、実の母に対する他人行儀な言い回しが気になった。

「とにかく、あの母があんな顔をしたのには驚かされた。毎年誕生日には花を贈っているが、あれほど喜んだ事はいまだかつてなかった」

やや興奮気味にそう語る男性の様子には、喜びが滲《にじ》み出ている。

「お役に立ててよかったです。喜んでくださったと聞いて、ホッとしました。聞かせてくださって、ありがとうございます――あ、これ、よかったらどうぞ！」

澄香は、出来上がったばかりの花束を男性に差し出した。

「それと、これもどうぞ。今日はバレンタインデーですから、来店してくださった男性のお客さま全員にプレゼントしているんです」

そう言って、丸いチョコレートボンボンの入った小袋も差し出す。

ラッピングもそれらしくしようと、透明の袋に入れて、水色とブラウンのリボンで括《くく》ってある。

澄香は先端にハートがついたフラワーピックにチョコレートボンボンをくっつけて、花束の真ん中に刺した。

「ピンク色の花束に、チョコレートか」

「はい。もうじき閉店ですし、せっかく作ったので。ピンク色ですが小さいし、もう夕方ですから持っていてもあまり目立ちませんよ。それと、チョコレートはちゃんとした市販品ですから、安心して食べていただけます」

男性限定で数も多くないから、本当は手作りにしたかったが、それを嫌う人もいるし、万が一何かあってはいけない。その代わり、品物はそれなりの時間をかけて厳選した。

「ふむ……この真ん中の花は、薔薇《ばら》か？」

男性が花束を指さして、そう訊《たず》ねてきた。

「いえ、これはラナンキュラスといって、キンポウゲの仲間です。日持ちがするので、おすすめの花ですよ。ちなみに花言葉は『飾らない美しさ』です」

「なるほど。これはカーネーションだな？」

別の花を指さし、男性が澄香の顔を窺《うかが》う。

「はい、そうです」

「これも知ってるぞ。確かスイートピー……」

「当たりです。よくご存じですね！　では、これもわかりますか？」

澄香が花の周りにあしらったグリーンを掌《てのひら》で示すと、男性は顔を花束にグッと近づけて、それを凝視する。

「これも見た事がある……ちょっと待て、言うなよ。今思い出すから、ぜったいに言うな」

男性が花束に顔を寄せたまま、目を閉じて眉間《みけん》に深い皺《しわ》を寄せた。その表情は、負けず嫌いそのものといった感じだ。

「わかった、ペンペン草だ！　そうだろ？」

いきなりの大声に驚き、澄香は目を丸くして固まる。

澄香は、花束を顔の少し前、目の高さに掲《かか》げていた。花束を挟んで、男性の顔は澄香から三十センチ足らずの位置にある。

声もそうだが、何より顔の位置が近すぎて見開いた目がチカチカする。

「そ、そうです！　ペンペン草、和名だとナズナ。春の七草でおなじみの越年草です。道端に生えているイメージですが、白くて可憐な花をつけるし、よく見るとふわりとしてロマンチックな雰囲気を持っているんですよ」

「ほお……ペンペン草って、ナズナの事なのか。ただの雑草だと思っていたが、違うんだな」

男性は、さらに花束に顔を近づけてペンペン草に見入っている。

目の前にある彼の鼻筋は、見事なまでにまっすぐだ。顔の輪郭はもちろん、形のいい唇や、目の形、瞳の色、睫毛《まつげ》の長さに至るまで美しい。

澄香は思わず瞬《まばた》きを忘れて、彼の顔に見惚れた。そして、今さらながらに男性のイケメンぶりに感心する。

「なるほど。覚えておこう」

彼は頷き、ようやく花束から顔を離して、まっすぐ立った。そして、片手で花束を受け取ると、胸元から取り出した薄い冊子を澄香に差し出してくる。

「さっき、店先にいた女性に聞いたんだが、この店はオフィスに飾る花を定期的に持って来てくれるそうだな」

「はい、ご希望に沿った花をお好きな周期でお届けしております」

「では、とりあえず週に一度、ここに花を持って来てくれ」

渡された冊子は、企業パンフレットだった。

表紙には高層ビルの写真が載っており、上のほうに英字で会社名らしきものが記されている。

「花を置くのはエントランスと、社長室だ。建物の雰囲気は、これを見て判断してもらいたい。スタートは来週月曜日。正式な契約はその時に取り交わそう。時間は午前十時頃で。来社したら、受付で秘書課の武田一《たけだはじめ》に連絡を入れてくれ。名刺は、そこに挟んである。では、よろしく」

男性は、一気にそう言うと、くるりと踵《きびす》を返して入り口へ歩いていく。

澄香は受け取った冊子から顔を上げ、男性に声をかけた。

「ありがとうございます！　あの、ご予算は、おいくらくらいのものをご用意したらいいでしょうか」

男性が店の外に出たところで、澄香のほうを振り返った。

「予算の上限はない。わが社のイメージを損ねない、立派で格調高い花を持って来てくれ」

「しょ、承知しました！　必ず、ご希望どおりの花をお持ちいたします」

澄香が彼を追って店の外に出ると、葉子が入り口のそばで棒立ちになっていた。彼女の足元には、先日男性が連れていた犬がまとわりついている。

「あ、この間のワンちゃんですね。捨て犬とおっしゃってましたが、飼う事にしたんですか？」

「いや、あくまでも預かっているだけだ」

男性が言うには、拾ったあとすぐに知人経由で保護施設に問い合わせたが、現在手いっぱいであり、空《あ》きが出るまで預かってほしいと言われたのだという。

「まったく、ただでさえ忙しいのに、なんで捨て犬の面倒まで見なきゃならないんだ」

彼は文句を言いつつも、店を出るとすぐに犬のほうへ歩み寄った。犬も男性が店の外に出て来たのがわかると、尻尾《しっぽ》を振って嬉しそうにしている。

「そうなんですね。じゃあ、名前はまだ？」

「当然、名無しだ」

男性が葉子からリードの持ち手を受け取ると、犬はうしろ足で立ち上がり、彼の脚にじゃれついた。

「こら、行儀良くしなきゃダメだろ」

犬は男性の言う事を聞かず、さらにピョンピョンと跳ねて男性が履いている革靴を爪で引っ掻いている。よく見ると、犬を繋いでいるのは、通常の首輪ではなく着け心地がよさそうな胴輪タイプのハーネスだ。

これだと犬にあまり負担がかからず、快適に散歩させられると、以前犬好きの常連客に聞いた事がある。

（なんだかんだ言って、優しい人なんだな）

よく見ていると、犬は彼が持っている花束についているチョコレートが気になっている様子だ。

「ワンちゃん、チョコレートを気にしてますね。ぶらぶらしてるから目につくんだと思います。チョコレートは犬によくないので、食べちゃったほうがいいかもしれません」

犬がチョコレートを食べると、中毒を起こす事がある。

澄香がそれを男性に知らせると、彼は花束を高く持ち上げた。

「そうか。じゃあ、取って食べさせてくれ」

男性は花束を澄香に差し出し、犬を見ながら口を開けた。

「え？　た、食べ……？」

「俺の手は、花束とハーネスで塞がっている」

男性に言われ、澄香はようやく彼が言っている意味を理解した。

急いで花束からピックを抜き、小袋からチョコレートを取り出して男性の口元に差し出す。

「はい、どうぞ！」

すると、彼はいまだじゃれついている犬に視線を残したまま、澄香が持っているチョコレートを口に入れた。

その時、彼の唇が澄香の指をかすめ、わずかな温もりがそこに残った。

それは、ほんの一瞬の出来事だったけれど、澄香の心臓を跳ねさせるのに十分な事件だった。

「うむ……ナッツ入りか。なかなかイケるな」

男性が片方の頬を膨らませながら、もごもごとチョコレートを咀嚼《そしゃく》する。

「ほら、行くぞ。帰ったらごはんをやるから、大人しくしろ」

チョコレートを食べ終えた男性が、犬に向かって語りかける。そして、道を歩き出したと思ったら、ふと足を止めて澄香を振り返った。

「ちなみに、ペンペン草の花言葉は？」

男性に問われ、澄香は開けっぱなしになっていた口を閉じた。

「ペッ、ペンペン草の花言葉は――『あなたに私のすべてを捧げます』……です」

そう口にした自分の顔が、みるみる熱く火照《ほて》ってくるのがわかった。瞬《まばた》きが多くなり、鼻の穴も若干膨らんでいるような気がする。

「なるほど」

男性は軽く頷いて、口元にうっすらと笑みを浮かべた。

そして、今度はうしろを振り返る事なく、犬を連れて悠々《ゆうゆう》と道の向こうに歩み去ったのだった。


翌週の月曜日、澄香は依頼されたとおり、男性の会社に花の配達に向かった。目的のビルは「フローリスト・セリザワ」から高速を利用して三十分の距離にある日本有数のビジネス街に建っている。

あの日、受け取ってすぐに小冊子を確認したところ、彼の勤務先が「一条《いちじょう》ビルマネジメント」という株式会社である事がわかった。

同社は国内大手不動産会社である「一条コーポレーション」のグループ会社で、オフィスビルや商業施設等の開発や不動産売買のコンサルティングなどを行っている。

従業員数は千人弱。国内に七つの支社を持ち、地上二十九階、地下五階建ての自社ビルのうち、上四階を本社として使用している。

（すごい……すごすぎる。何から何まで、規模が違いすぎる……！）

これまでにも何件か、企業へ装花の定期配送をしてきたが、これほどの大企業と関わるのははじめてだ。

まさか、町の小さな花屋がこんな場所に足を踏み入れる事になるとは思わなかった。

しかし引き受けたからには、必ずや満足してもらえる仕事をしようと固く決心する。

（ビビるな、澄香！）

そう自分に気合を入れつつ、ビルが建ち並ぶオフィス街に車を走らせる。はじめて来る場所ではあるが、仕事柄運転ならお手の物だ。

午前九時四十分にビルの地下駐車場に到着し、車体に店名が書いてあるバンを停めた。

普段、仕事中は黒色のワークエプロンをしているが、配達の時は白いシャツと黒いスラックスに着替えてから届け先に向かうようにしている。

澄香は運転席のドアを開け、外に出る前にルームミラーを覗いた。

いつもは日焼け止めとファンデーションで済ましているメイクも、今日は少し気合を入れてアイライナーと色つきリップクリームを上乗せした。もともとあまり化粧映えする顔ではないから、これくらいがちょうどいい。

ちょっとだけ乱れていた前髪を整え、運転席から降りて背筋をシャンと伸ばした。

そして、もらった名刺を胸ポケットから取り出し、今一度名前を確認する。

(秘書課の武田主任……)

はじめて来店してくれた時の彼は、一流企業に勤務するにふさわしく知的な印象だった。

二度目はカジュアルな格好だったせいか、前よりも若干若く見えた。

たぶん、年齢は三十代前半くらい。

(社長室の花を頼んできたって事は、もしかして武田さんって社長秘書なのかな?)

実際のところはよくわからないが、澄香の持つ「秘書」のイメージは、話し言葉や態度が丁寧で、間違ってもスラックスのポケットに手を突っ込んだりしない人だ。

対する彼は、話し方が常に上から目線で命令口調だったし、態度も大きかった。そのせいか、どうも秘書という職業がしっくりこない。しかし、プライベートでの来店だったし、会社では印象が違うのかもしれない。

そうはいっても、別に彼に悪い印象を持っているわけではない。

母親に関する話を聞く中で、実は愛情深い人だという事が窺《うかが》い知れたし、聞きたい事があったとはいえ、花束を喜んでくれたとわざわざ報告にくる律義さもある。

それに、仕方なくとはいえ、捨て犬に対してあそこまでしてあげられる人は滅多にいないのではないかと思う。

そんな事を考えているうちに、ふとチョコレートを食べさせてあげた時の彼の顔が思い浮かんだ。あの時、触れた唇の感触は、いまだにはっきりと指先に残っていて、思い出すたびに顔が赤くなる。それに、帰り際に見た彼の顔もしっかり脳裏に焼き付いていた。

今まで多くの男性を接客してきたが、これほど印象に残っているのは武田だけだ。

だからといって、何がどうなるわけでもないし、そんな事実があるというだけなのだが――

(さ、とりあえず配達！)

車の荷室から花や花瓶などを下ろし、カートに載せて広々とした駐車場を歩く。地下に入る前にビルの外観を確認したが、想像していたより遥《はる》かに大きくて立派だった。

周りには桜や松などを配した庭園があり、地下は主要地下鉄の駅に直結している。

(さすが「一条コーポレーション」のグループ会社だなぁ)

清潔で広さが十分にある荷物搬入用のエレベーターに乗り、二十六階にある総合受付を訪ねる。受付の女性に要件と秘書課の武田主任の名前を告げると、すぐに作業スタートの許可を得る事ができた。

一応確認したところ、やはり彼は社長秘書だった。

言われてみれば、あのくらいの年齢の男性にしては貫禄があるし、威圧感もあった。一流企業の社長秘書ともなると、ああでなければ社会の荒波を渡っていけないのだろう。

(すごい人に出会っちゃったな)

客として彼が店に来てくれたおかげで、こんな大きな会社の仕事ができた。正式な契約はこれからだが、うまくいけば経済的にかなり余裕ができる。

そうすれば、妹が密かに望んでいる海外留学だってさせてあげられるかもしれない。

澄香は意気揚々《いきようよう》とカートを押してエントランス横に移動し、壁際に作業用の敷物を敷いた。

その上に大型の鉢を置き、すでに生けてある花の形を整えていく。

使ったのは、白の百合《ゆり》と薔薇《ばら》、トルコキキョウなどの淡いブルーの花々だ。鉢にはアイビーなどのグリーンを巻き付けており、幅や奥行きが感じられるよう工夫している。

高さは約百四十センチあり、行き交う人の目を引くのに十分なボリュームを持たせた。

できれば現場を下見したかったのだが、時間もなく週末だったため叶わなかった。

しかし、小冊子を見て可能な限りイメージを膨らませ、爽《さわ》やかでありながら豪華なウエルカムフラワーを演出したつもりだ。

だが、実際のフロアは思っていたよりも天井が高く、開放的な空間になっている。

(これだったら、もう一回り大きなものでもよかったかもしれない)

そんな反省をしながら、澄香は手早く作業を進め、装花の設置を終えた。

その場の片づけを済ませ、再度受付を介して、再び荷物搬入用エレベーターに乗り込んで二十九階の社長室を目指す。

(緊張する……。社長さん、あんまり怖い人じゃないといいけど……)

小冊子には社長の顔写真などは載っておらず、調べようにも澄香はパソコンはおろかスマートフォンすら満足に使いこなせない機械音痴なのだ。

目指す階に到着すると、眼鏡の男性が澄香を待っていてくれた。

「『フローリスト・セリザワ』さんですね。お待ちしておりました。どうぞこちらへ」

男性は澄香に丁寧な礼をし、掌《てのひら》を上向けて進む方向を示してくれた。いかにも腰が低そうなその人は、武田とはまるで雰囲気が違う。

(この人も秘書かな……年は私と同じくらい?)

それにしても、出入りの業者相手に、これほど丁寧な対応をする人ははじめてだ。

澄香は恐縮しつつ歩を進め、彼とともに廊下の一番奥にある部屋のドアの前に立った。

「こちらが社長室です。お花を届けたあと、エレベーターホールを右手に行った先の秘書室においで願えますか? そちらで、契約書の取り交わしをさせていただきます」

「わかりました。秘書課のどなたをお訪ねすればよいでしょうか?」

澄香が訊《たず》ねると、武田は自分の胸に手を当てて、かしこまった。

「私、武田一宛で結構です。すぐに対応できるよう、準備万端整えておきますので――」

「え? 武田さんって……」

澄香は、あわてて武田と名乗る人が首から下げているカード型の名札を見た。そこには確かに「武田一」と記されており、本人の顔写真までついている。

もらった名刺に記されていた「秘書課主任　武田一」は、店に来てくれた美丈夫《びじょうふ》ではなかった?

澄香の混乱をよそに、本物の武田が社長室のドアをノックした。

一呼吸置いたのちにドアを開け、武田が落ち着いた声で中に向かって声をかける。

「社長、『フローリスト・セリザワ』さんが、装花を届けにいらっしゃいました」

武田に促《うなが》され、澄香は部屋の中に一歩足を踏み入れた。

窓際に配されたデスクの前に、こちらに背を向けた姿勢で立っているスーツ姿の男性がいる。

武田が速やかに退出し、一人残された澄香はカートを押して恐る恐る部屋の奥に向かった。そうしながら、社長に向かって声をかける。

「『フローリスト・セリザワ』です。お花をお届けに参りました」

言い終えると同時に、うしろ向きだった社長が澄香を振り返った。

「あっ」

思わず声が出て、あんぐりと口を開けたままその場に立ち尽くす。

そこにいたのは、装花を注文した男性その人だったのだ。

まさか、彼が社長だったなんて——

思ってもみなかった状況に、澄香は唖然として声も出せずにいる。

「花は、そこの棚の上に置いてくれ」

彼はデスクのすぐ左側の壁を指さした。そこには、クロームメッキのフレームに白いガラスパネルを組み合わせたデザイン性の高い棚が置かれている。

「は、はいっ」

澄香はカートからアレンジメントを取り上げ、まっすぐ指定された棚に向かった。その際、デスクの上に置かれたプレートに「一条時生《ときお》」と記されているのを確認する。

渡されていた小冊子には、社長と数名の役員の名前が載っており、そこには確かに「代表取締役社長　一条時生」とあった。

澄香は自分の勘違いを悟り、心の中でガックリと肩を落とす。

一条を社長秘書だと思い込んでいた澄香は、彼の言動から「一条ビルマネジメント」の社長は、厳《いか》つくて近寄りがたい年配の男性だと想像していた。そして、自分なりにイメージを膨らませて、今手にしているアレンジメントを作ったのだ。

出来上がったのはバイオレットカラーやトルコキキョウなどの濃い紫を基調としたどっしりとした重みのある品で、まだ若くアクティブな印象の彼には明らかにそぐわない。

「ふぅん。ずいぶん渋めのアレンジメントだな」

澄香の背後に立った一条が、ボソリと呟く。

ああ、やっぱり――

彼が社長であると知らされていなかったとはいえ、これはさすがにイメージが違いすぎるし、不満に思っても仕方のない出来だ。

澄香は一条を振り返り、深々と頭を下げた。

「すみません！　来店してくださった方が社長ご本人とは思わず、年配の男性を想像して花を選んでしまいました」

「なるほど。俺が誰だかわかっていなかったんだな。社名がわかっているんだから、社長の名前で

「今回はこれでいいが、次回からはもっと俺にふさわしい花を選んでくれ。母に贈った花束の時のようにな」

澄香は覚悟を決めて顔を上げると、一条を見た。しかし彼は、別段怒っている様子もなく、じっとアレンジメントを見つめている。

今回の契約が無事締結されれば、生活に余裕ができて妹の海外留学の夢も実現できたかもしれなかった。しかし、自分のミスでそれもダメになりそうだ。

(こんな事なら、もっと真面目にパソコンを勉強しておけばよかった……)

せっかく、これまでにないチャンスをもらったのだから、いつも以上にリサーチをしてしかるべきだったのに……。

これでは、装花契約など結んでもらえないかもしれない。

初回からこんな失敗をしてしまうなんて……。

そのとおりの事を言われ、澄香は素直に頷いてそれを認めた。

「ふーん、機械音痴ってやつか。それじゃあ、時代に乗り遅れるぞ。一体、どんな人物を想定して作ったんだ？　恰幅がよくてしかつめらしい頑固おやじって感じか？」

一応、自室にノートパソコンはあるが、まったく触っておらず使い方もよくわからない。そのうち使いこなせるようになりたいと思いつつ、気がつけば数年が経過していた。

言い訳がましく聞こえたらいけないと思い、澄香は口ごもったまま、さらに頭を下げる。

「申し訳ありません。あまり機械に詳しくないもので……」

検索をかけたら一発で顔写真がヒットするはずだが？」

ように、俺を喜ばせるアレンジメントを持ってくるんだ」

次回——と言うからには、次があるという事だ。

澄香は俄然《がぜん》やる気を取り戻し、前のめりになって「はい」と返事をした。

「次はきっと、満足していただけるアレンジメントを持ってくるとお約束します！　もしご希望の花がありましたらお聞かせください。その他にも、大きさや色、雰囲気、なんでもいいので希望をおっしゃってください」

次こそは、という固い決意を胸に、澄香はポケットからペンとメモ帳を取り出した。

しかし、彼は鷹揚《おうよう》に首を横に振りながら、澄香の手からそれを取り上げてしまった。

「あ」

思ってもみない彼の行動に、澄香はポカンとして棒立ちになる。

「あいにく、俺は忙しくて、ここでいろいろ話している時間はないんだ」

「ああ……はい、承知しました」

なるほど、社長なのだから、それも当たり前だ。

澄香は、手を伸ばしてペンとメモ帳を受け取ろうとした。しかし、一条は取り上げたものを、高く持ち上げて手が届かないようにしてくる。

「ちょっ……あの——」

まるで、小学生の男の子が、ふざけているみたいだ。

澄香は戸惑いつつも、再度ペンとメモ帳に手を伸ばす。すると、一条が愉快そうに笑って、澄香の手を掴み、掌《てのひら》の上にペンとメモ帳を置いてくれた。

いきなり手を握られた澄香は、驚いて固まる。しかも彼は、澄香の手を握ったまま腰を屈《かが》め、顔を覗き込んできた。

「わざわざ君に花を頼むんだから、ぜひとも俺にふさわしいものを持って来てもらいたい。ところで、君の店はいつが定休日だ？」

「も、木曜日です」

「土日は営業しているのか？　君の他に従業員は先日見た年配の女性だけか？」

「はい。土日も営業していますし、先日お話させていただいたのは私の母です。あの店は母が経営者で、従業員は母と私の二人だけです」

「そうか。閉店時刻は、うちと同じ午後六時だったな。では、とりあえず今週の金曜日の午後七時、店に迎えに行くから準備をして待っているように」

それだけ言うと、一条は澄香の手を離し、デスクについてビジネスホンのボタンを押した。そして、秘書の武田を呼び出し、ここへ来て装花契約を進めるよう指示する。

ほどなくしてやって来た武田が、澄香を応接セットに誘導し、契約書を示した。

当初言われていたとおり、花を置くのはエントランスと社長室の二カ所。週に一度の割合で花を生け替え、必要に応じてメンテナンスをする。

（よかった！　これで美咲の海外留学への道が開ける！）

澄香は躍り出しそうになるのを堪《こら》えて、心の中でガッツポーズをした。今日は、なんていい日なのだろう！

ソファに腰かけながら一条のほうを見ると、ちょうどパソコンを開いて仕事を始めようとしているところだった。

聞くなら今だ——澄香は、早口で一条に声をかけた。

「あの、金曜日の準備っていうのは、何の準備でしょうか？」

澄香の問いかけに、彼はパソコンに向けた顔を動かさないまま、チラリと視線だけを向けてきた。

「デートに決まっているだろう？　俺と二人きりでデートをして、俺自身を深く知ってもらう。そうすれば、俺も君をよく知る事ができるし、一石二鳥だ」

彼はそう言うと、早々にキーを操作し始める。

「……えっ……デ、デート……？」

一瞬聞き間違いかと思った。けれど、前の席に座っている武田を見ると、澄香の言葉に反応するように深く頷いている。

「こちらが、社長の名刺です」

武田から一条の名刺を渡され、何かあれば裏面に記されている個人の電話番号かＳＮＳのアカウントに連絡をするよう言われた。

（デ、デートって何？）

再び一条を見るも、彼はすでにビジネスモードに入っており、話しかけられるような雰囲気ではない。

（ちょっ……なんでデート？　一石二鳥って何？）

一体、何がどうしてそうなるのか。

自分にふさわしい花を用意してもらいたいからといって、いくらなんでも飛躍しすぎだ。

しかし、どんなに一条を窺《うかが》っても、先ほどの言葉を撤回する様子は見られない。

（まさか、本気なの……？）

まったくもって、わけがわからないが、仕事を請け負う側の澄香には断るという選択肢はない。

武田が契約内容について話している間も、澄香の頭の中では「デート」という単語がものすごいスピードでグルグルと回り続けていた。


一方的に一条とのデートが決まった日の夜、澄香は親友の土田春奈《つちだはるな》と近所のファミリーレストランで食事をしながら話し込んでいた。

「それって、めちゃくちゃ玉の輿《こし》に乗れるコースじゃないの！　チャンスだよ、澄香！」

澄香が一連の出来事を話し終えるなり、春奈が興奮気味に椅子から腰を浮かせた。彼女は話を聞きながらスマートフォンで一条の画像を検索し、その美男ぶりに度肝を抜かれた様子だ。

春奈が見せてくれた彼に関する記事によれば、一条は今年三十歳になったばかり。幼少の頃から優秀で、成績は常にトップクラス。生まれながらのビジネスセンスを持ち、就任以来、自社の売上高を伸ばし、純利益を二倍以上に膨らませた実績を持つという。どうやら彼は、容姿端麗なだけでなく、超一流のビジネスパーソンであるらしい。

「こんなハイスペックなイケメン、ぜったいに逃がしちゃダメだからね！　何がなんでも捕まえて、結婚に持ち込まなきゃ。そうすれば、待っているのは夢のセレブ生活だよ～」

春奈が掌《てのひら》をひらひらさせながら、うっとりとした表情を浮かべた。彼女とは幼稚園からの仲であり、お互いになんでも話せる良き理解者でもある。そんな春奈は、現在付き合って二年目の彼氏と結婚準備中だ。

「玉の輿《こし》って……そんなんじゃないんだって。デートって言っても、あくまでも満足してもらえるアレンジメントを作れるよう、社長本人をよく知るためのもので――」

「だって、社長自ら〝デート〟って言ったんでしょ？　デ、エ、ト！　もしかして、いきなり盛り上がって朝までコースになったりして！　おばさんには言ってあるの？　なんなら、うちに泊まるって事にしておこうか？」

「春奈ったら……なんで、いきなりそこまで話が飛躍するの？　これは〝デート〟という名の仕事なの。うまくいけば、美咲を留学させてあげられるし、家計的にも大助かりなのよ。間違っても契約を解除されないように、できるだけ社長を観察したり話したりして、少しでもたくさんの情報を得てこないと」

契約を結んだとはいえ、一条の判断でいつでも解約できる内容になっているのだ。

「そりゃそうだろうけど、せっかく出会ったんだよ？　とりあえず、頑張ってみようよ。待ち合わせが午後七時なら、準備も手伝えるよ。私とサイズが同じだからデートの洋服を貸してあげられるし、髪の毛もおしゃれにしてあげる」

歯科衛生士の春奈は澄香と同じく木曜日が休みだが、診療は午後五時で終了するのだ。

「ありがとう。だけど、どう考えても現実的じゃないって。ものすごいイケメンなのは認めるけど、いかにも女性慣れしてそうだし、必要以上に親しくならないほうがいいと思う」

「まあ、これだけの人だから、ものすごくモテるだろうね」

「でしょ？　そんな人が私なんかを相手にすると思う？　それに、私が付き合うなら結婚前提じゃないと嫌だって知ってるでしょ？　遊ばれてポイとか、ぜったいにごめんだし。だったら、最初から何も期待しないほうがいいよ」

昔から堅実派の澄香は、軽い気持ちで男性と付き合うという考えがそもそもない。当然相手は、堅実で誠実な人が望ましいし、もし縁あって結婚する事になったら、平穏で安定した生活を送りたいと思う。

「澄香の考えは知ってるけど、たまには冒険してみるのもいいと思うよ？　だって、相手は恋愛に長《た》けたイケメンだよ。スポーツする時だって、事前に準備運動をするでしょ？　このデートは、澄香がこの先、本気で恋愛をする時のための、いい練習になるんじゃないかって思うんだよね」

「練習って……。お互いに好きでもない相手と、何をどう練習するのよ」

「だから、そう硬く考えなくてもいいんだって。彼氏がいるわけでもないし、ただデートして、社長と楽しい時間を過ごせばいいの。それに、仕事の一環って言っても、せっかくなら楽しまなきゃ損だし、自然体でないと社長の人となりだってわからないよ」

言われてみれば、そうかもしれない。せっかく時間をとってもらうのだから、きちんと成果を出さなければ申し訳ない。

「そっか、そうだね」

「そうそう、そのついでに恋愛の練習をさせてもらうって感じで」

「……その、恋愛の練習ってやつ、必要かな？」

「必要だよ！　仕事も大事だけど、私生活だって重要だよ。何事にも練習や下準備は必要だもんね。なんにせよ、デートに関しては社長に任せておけば大丈夫。それに、私、社長って、ぜったいにいい人だと思う」

犬好きで自身もトイプードルを飼っている春奈が、そう断言する。

「だって、捨て犬を保護して何カ月も世話してるんだよ？　ワンちゃんも社長に懐《なつ》いてたんでしょ？　犬を信じなさい。彼が優しい人であるのは、間違いないわよ」

「確かに。そのワンちゃん、社長がそばにくると、嬉しそうにじゃれてピョンピョン飛んだりして。社長のほうも、ワンちゃんにかける言葉はぞんざいでそっけないんだけど、接し方やワンちゃんを見る目が優しいんだよね」

「ほーらね。ワンちゃんも社長に出会えてラッキーだったよ。澄香だって、そう。とにかく、金曜日は目一杯おしゃれして行かなきゃ。せっかく誘ってくれたんだし、それなりの服装をしていかないと失礼でしょ？」

なるほど、相手は有名企業の社長であり、どこに行くにせよカジュアルな装《よそお》いは避けたほうがよさそうだ。

「わかった。じゃあ、協力をお願いしようかな」

「任せといて。あ～、なんだかウキウキしてきた～！」

やけにハイテンションの春奈に、澄香は困惑する。けれど、これも「フローリスト・セリザワ」や家族のため――そう思って、金曜日のデートに備えようと決心するのだった。

◇◇◇

一条時生は、仕事上多くの物件に接する事もあり、「一条ビルマネジメント」に入社以来、一、二年という短いスパンで引っ越しを繰り返してきた。

現在住んでいるのは地上三十二階、地下三階建てのタワーマンションで、時生はその最上階のペントハウスで一人暮らしをしている。設計施工ともに「一条コーポレーション」が行ったその建物は、築十二年、専有面積は約二百五十平方メートルの２ＬＤＫで、賃借料は毎月二百万円強。一階には二十四時間体制のコンシェルジュが常駐しており、中層階には住人専用のフィットネスルームやラウンジも完備している。

職場までは車で二十分弱で行けるし、実家は十五分の距離だ。

ここに引っ越して今年で二年目になるが、眺望は極めて良好だし、どこへ行くにも利便がよく、今のところ転居の予定はない。

唯一難点を上げるなら、大学時代からの悪友が徒歩五分の距離に住んでおり、しょっちゅうここに入り浸《びた》っては部屋を散らかしていく事くらいだ。

（そういえば、あの花屋もここから近かったな）

時生は、母に花束を贈った時の事を思い出す。毎年恒例の、ただ渡すだけの儀礼的なやり取りのはずが、今年は母の反応がまるで違った。

時生の母、一条貴子《たかこ》は現在五十五歳。

一条家の直系尊属にして、「一条コーポレーション」の代表取締役社長で、夫であり時生の父親である一条清志《きよし》を副社長として従えている女傑だ。

昔から仕事第一で滅多に笑う事などない彼女が、「フローリスト・セリザワ」で作ってもらった花束を手にした途端、目尻を下げて満面の笑みを浮かべた。

それだけでも十分驚くに値するのに、花束を見つめながら「可愛い」と呟いて「ありがとう」と言ってくれた。

もちろん、毎年花束のお礼を言われていたが、いかにも取ってつけたような感じのものだった。

それなのに、今年に限ってはいつまでも両手に抱えたまま花を愛《め》で、ついにはお気に入りの花器を用意させて自ら生けていたのだ。

今年渡した花束は豪華とはほど遠く、言ってみれば、作った本人と同じく、特別秀《ひい》でた感じはしなかったのだが……。

「いろいろと意味が込められていたにせよ、一体、あの花束の何がそんなに良かったんだ？」

時生は、窓から見える煌《きら》びやかな夜景を眺めながら、独り言を言う。

あの日、母の誕生日用の花束を買いに行く途中、たまたま「フローリスト・セリザワ」の前を通りかかった。信号に引っかかり、なんの気なしに店のほうを見ると、花屋の店先で、大口を開けて笑っているエプロン姿の女性が目に入った。

店は見るからに町の花屋といったこぢんまりとした感じだったし、女性もどこにでもいる普通の容姿だ。普段の自分なら、そんな店に立ち寄ったりしないし、花束を買う店も別の高級店を予定していた。

それなのに、気がつけば「フローリスト・セリザワ」で花束を依頼しており、店にいた女性に聞かれるまま、自身の母親について話していたのだ。

今考えてみても、なぜ話す気になったのかわからないし、気まぐれとしか言いようがない。強《し》いて理由を上げるならば、彼女の笑顔に引き寄せられたとでも言うべきか。

（芹澤澄香か……。少々おせっかいだし、顔もスタイルも普通。だが、対応は丁寧で礼儀正しいし、からかい甲斐があって面白い。それに、妙に惹かれる……実に不可思議な女性だ）

芹澤澄香は、自分にとって目新しい事この上ない。

だが、いくら知らなかったとはいえ、誰に向かってあんな自己中心的ともいえる誘導をしたと思っているのだ。

これまで生きてきた中で、時生は親族以外に意見される事などまずなかった。

それなのに、彼女は花束を依頼した時、こちらの要望をストレートに受け取らず、最終的に自分の思い通りのものを作り、それを時生に受け取らせたのだ。

はっきりとした言葉ではなかったが、時生は結果的に彼女の言葉に誘導され、思っていたのとは違う花束を持って母を訪ねたのだった。

もちろん、いい結果を得られたのだから、彼女には感謝している。

それでも、やはりちょっと気に入らない。

まさかとは思うが、ああ見えて男を手玉に取るタイプの女性なのだろうか？

（いや、あの反応からして、男慣れしていないと判断するのが妥当だろうな）

彼女は、ほんの少し指に唇が触れたり、手を握ったりしただけで固まって赤面していた。

いずれにせよ、あれほどわかりやすい反応を見せる女性に会ったのははじめてだ。

時生の知る女性は皆、手練手管《てれんてくだ》に長《た》けており、嘘の涙を見せたり過剰に媚《こ》びたりする事はあっても、こちらの行動に素直に顔を赤くするような者など一人もいない。

それもそのはずで、これまで自分に近づいてきた女性は、全員が一条家のステータスを目当てにしていた。それはまあ、よしとしよう。

自分だって、一定以上の家柄や容姿などを重視して女性を選んでいるのだから、お互いさまと言えなくもない。

時生は将来的に一条グループのトップに立ち、各会社の未来を担《にな》う立場になる身だ。つまり、今後も一条家を繁栄させるべく、結婚をして子孫を残す義務を背負っている。

そのため、これまで女性とはそれを目的として付き合い、その都度、義務を果たすにふさわしいかどうかを判断してきた。

当然、恋愛感情など二の次である。由緒正しい一族に生まれたのだから、当たり前の事だと思うし、それについて異論はない。

しかし、長く生活をともにし、子を成す相手だ。性格はもとより、身体の相性も良くなければその気にはなれない。

結果、今に至るまで妻として、ともに一条家を盛り立てていける女性は見つからず、独身生活を継続している。

言うまでもなく、芹澤澄香は伴侶としては家柄、容姿ともに候補にも挙がらない女性だ。

ただ、彼女との短い交流の中で、その性格を好ましく感じた。

提示した要望を素直に実行しないのは問題だが、きちんと結果を出したのは見事だし評価に値する。彼女の相手をするのは愉快そうだし、彼女の手からチョコレートを食べた時、ふと唇を奪ってやりたい衝動に駆られた。

ほぼ初対面の、伴侶候補にもならない相手とデートをする気になったのは、そんな感情を持った自分を新鮮に感じたからだろう。

何より、一体なぜ、彼女の作った花束があれほど母を喜ばせたのか——ぜひとも、その要因を探る必要がある。

(何はともあれ、まずは近くで、彼女と接してみる事だ)

それには、当然身体の相性も含まれていた。

もちろん、相手の意向を無視して関係を持つつもりはないが、自他ともに認める超絶モテ男たる自分だ。

男慣れしていない女性を落とすのは、赤子の手をひねるよりも簡単だろう。

花嫁候補にはならないが、たまには結婚とは関係なく女性と深い関係になるのも悪くない。

そんな事を考えながら窓辺でワイングラスを傾けていると、左の足先に柔らかな温もりを感じた。

見ると、足元に犬がいる。

「なんだ、お前か」

この犬と出会ったのは、今から数カ月前。悪友に誘われて食事に行った時の事だ。

帰りがけに車を取りに一人駐車場に向かっていると、劇場横の路地で蹲《うずくま》っているこいつを見つけた。

かなり汚れていて、見るからに弱っていた。

それでも「おい」と声をかけると、顔を上げて「クゥン」と鳴いて、尻尾《しっぽ》を振ってきた。

放っておけば間違いなく命を落とすだろう――そう判断するなり、なぜかそのまま放置する事ができなくなった。

幸い、近くに動物病院がある事を知っていたから、すぐにそこに連れて行って診てもらったところ、ジステンパーウイルスに感染していた。このウイルスは、伝染率と致死率が高く、消化器や呼吸器の他、目や皮膚、神経系の問題を引き起こすものだ。

そのまま入院加療させたが、うしろ足が動き辛いという後遺症が残った。

保護施設を訪ねたが、里親が見つかるまで預かってほしいと言われ、かれこれもう百日近く同居している。

いずれは手放す予定の犬だ。そのため、名前もつけないで「おい」とか「お前」とか呼んでいるが、一時的にでも呼び名をつけたほうがいいだろうか？

「やっぱり、名前がほしいか？　お前、どう思う？」

犬に訊《たず》ねると、機嫌よさそうに尻尾《しっぽ》を振って足の周りをクルクルと回り始めた。

『犬って人を見ますから、きっとお客さまが優しい人だってわかったんでしょうね』

そう言って、上目遣いにこちらを見た時の彼女は、犬と甲乙つけがたいほど愛嬌《あいきょう》があった。

犬も芹澤澄香も、どちらも可愛げがある。

デート中、一体どんな反応を見せてくれるのやら……

それを思うと、かなり楽しみだし、せっかくだから十分に楽しませてやろうと思う。

「ふっ……名前、何がいいかな」

時生は膝を折ってその場に屈《かが》み込むと、優しく犬の頭を撫でてやるのだった。

◇◇◇

やってきた、デート当日。

澄香は仕事を終えるとすぐに自転車で七分の距離にある春奈の家に向かった。待ってましたとばかりに自室に迎え入れられ、鏡の前に座らされる。

一応、自力でコーディネイトした服を着て行ったけれど「地味すぎる」と、春奈に一蹴《いっしゅう》されてしまった。

「ちょっと、これ着てみて」

彼女が用意してくれていたのは、ふわふわとした白いニットのトップスに、黒のレーススカートを合わせた、ちょっとフォーマルな印象の組み合わせだった。それにライトグレーのチェスターコートとチェック柄のストールが加わる。

「ちょっとガーリッシュすぎない？」

普段これほど甘いテイストの洋服を着る機会なんかなかった。

澄香は鏡に映る自分自身を眺め、首を傾げる。

「ううん、似合ってる！　バッチリだよ、澄香！」

「そ、そう？」

春奈に太鼓判を押され、ちょっとだけ安心する。

続いて、顔にナチュラルなピンク系のメイクを施《ほどこ》され、髪の毛は丁寧に梳《と》かして毛先を軽く巻かれた。

結局黒のパンプス以外は、すべて春奈のものを借りて待ち合わせ場所に向かう。

一条からは店に迎えに来ると言われていたが、前日にＳＮＳで連絡を入れ、春奈の自宅近くの公園を待ち合わせ場所にさせてもらった。

理由は、準備を春奈の家でする予定だったのと、母にデートの件を言えなかったためだ。

（だって、いきなり「デートに行ってきます」なんて言えないよ……。ぜったい驚くし、いろいろと聞かれると面倒だし）

これまでも、何度かグループデートらしきものならした事があった。

けれど、一対一のデートなどした事がないし、母もそれを承知している。それなのに、いきなり恋人でもない人とデートをするなどと言ったら、一体何事かと思われてしまう。

（しかも、その相手が一条社長だと知ったら、腰を抜かしちゃうよ）

ただでさえ母は、彼がはじめて来店した時から目を白黒させっぱなしなのだ。

今は、とりあえず内緒にしておいたほうがいいだろう。

午後七時前。外はもうかなり暗いが、大通りに面した道は、明るい街灯に照らされている。

時間より少しだけ早く待ち合わせ場所に到着し、道路のほうに顔を向けた。すると、まさに今やって来たばかりの一条と、車のフロントガラス越しに目が合う。

「あっ、社長っ……」

澄香が、咄嗟《とっさ》にペコリと頭を下げると、彼はハンドルを持っていた手を上げて、軽く横に振った。

その顔には、にこやかな笑みが浮かんでいる。

（社長、笑ってる）

薄く微笑まれた事はあったが、白い歯を見せて笑った顔を見るのははじめてだ。

その笑顔が素敵すぎる。

澄香は胸の高鳴りを抑えつつ、ぎこちなく微笑み返す。

車が少し先の路肩に停まり、一条が運転席から降りてきた。彼はすぐに助手席に回り、澄香のためにドアを開けてくれる。その動きが実に自然で、優雅だ。

「待たせて悪かったね」

「いえ、私も今来たばかりです」

「そうか。さあどうぞ、乗って。寒かっただろう？」

「あっ……ありがとうございますっ」

いつ何時も尊大なのかと思っていたが、意外と紳士的で物腰が柔らかいのに驚いた。

（一応、デートだからかな？　それとも、女性にはいつもこんな感じ？）

いずれにせよ、きっと彼はエスコート上手だ。

一方、澄香はデートに関してはド素人《しろうと》だし、もっと言えばいい年をして男性に対しては免疫がほぼゼロに等しい。

妙に背伸びしたり気取ったりしても仕方がないし、春奈が言っていたように、すべて一条に任せたほうがいいだろう。

そう思うと、いくらか気が楽になり、周りを見る余裕が出てきた。

街灯の灯りを受けて光るメタリックブラックの車は、見るからに高そうだ。

車にまったく詳しくない澄香でもそうとわかるくらい高級感があるし、腰を下ろしたシートもものすごく身体にフィットする。

（……って、当たり前だよね。大会社の御曹司で社長だよ？）

澄香が普段使っているバンとは乗り心地がまるで違う。

一条は助手席のドアを閉めると、車の前を通って運転席のドアを開けた。今夜の彼は一段とゴージャスで目のやり場に困るくらいだ。

そんな一条が、シートに腰を下ろすなり、澄香のほうに身体ごと向き直ってくる。

(わっ！　ち、近いっ！)

いきなり何事かと思いきや、彼は後部座席に置いてあったらしい縦長の紙袋を手に取り、中から真新しいネクタイを取り出した。

それまで締めていたのはシックで落ち着いた無地のネクタイだったが、今手にしているのは少しカジュアルで柔らかな印象のドット柄だ。

ルームミラーを調整した一条が、襟《えり》元に手をやりネクタイを緩めた。

衣擦《きぬず》れの音と優雅に動く手の指に見惚れているうちに、彼が新しいネクタイを締め終わり、さっきまで締めていたものを後部座席の上に置いた。

(ま、またっ⁉)

再び距離が近づき、血管の浮いた男性的な手の甲の造形美を間近に見せつけられる。

もしかして、わざと？

澄香が一人ドギマギしていると、一条がシートベルトを締めながら、澄香に顔を向けた。

「今日はシックな装《よそお》いをしてるんだな。デートにぴったりだ。とても素敵だし、可愛いよ」

いきなり褒《ほ》められて驚いた澄香は、顔にぎこちない笑みを浮かべた。

「あ……あ、ありがとうございます。実はこれ、ほぼ借り物なんです。私、おしゃれとかちゃんとした事がなくって……だから、友達に助けてもらって、メイクや髪の毛を整えてもらったんです」

あわてるあまり、別に言わなくてもいい事まで言ってしまった。澄香がバツの悪そうな顔をすると、一条がそれを見てにっこりする。

「友達はいいものだな。その人は、君の店の近くに住んでいるのか？」

「はい。幼稚園からずっと仲のいい幼馴染《おさななじみ》で、大親友なんです」

「それはいいね。近くにそういう人がいると、何かと心強い」

「そうなんです！　今日も、せっかくイケメンの社長とデートするんだから、それなりの格好をしていかないと失礼だからって――あっ……」

またしても余計な事を言ってしまい、思わず口元を手で押さえ下を向いた。車が走り出し、運転席から朗《ほが》らかな笑い声が聞こえてくる。

「君の友達には〝イケメン〟と言ってくれた礼を言っておいてくれ。さて、とりあえず食事に行こうか。一応行きつけの日本料理店に予約を入れておいたが、フレンチとかイタリアンがよければ変更しても構わない」

「いえ、日本料理、嬉しいです。和食なら、ナイフもフォークも使わずに、お箸《はし》だけで食べられますから――」

（ああ、もう！　喋《しゃべ》れば喋《しゃべ》るだけボロが出る！）

澄香は、一度上げかけた顔を再度下に向けた。

やはり、何事にも練習や下準備は必要なのだと実感する。だが、春奈に言わせると、今日のこれはデートの練習のようなもののはず。なのに、それすらまともにできない自分は、デートの練習のための練習まで必要だったという事か……

「急に黙り込んで、どうかしたか？」

下を向いたまま沈黙していたら、一条にそう聞かれた。

「あ……いえ――」

澄香は、なんとか取り繕《つくろ》おうと思ったが、そうすると余計ドツボにハマってしまいそうな気がした。それならば、いっそ素直に打ち明けたほうがいい。そう思った澄香は、今思っている事などを包み隠さず話し始める。

「実は私、これまでデートとかまともにした事がないんです。友達とかお客さまとなら、いくらでもスムーズに話せるんですが、こんなふうに男の人と二人っきりだと何を話せばいいのかわからなくて……」

ちらりと運転席のほうを見ると、一条が話を聞いているというように相槌《あいづち》を打った。

「友達からは、いつか本当のデートをする時の事前練習だと思えばいいと言われました。仕事だとしても、せっかくならデートを楽しんだほうがいいし、自然体でないと社長の人となりもわからないって。それも一理あると思って、今日の日を迎えたんですけど、さっきから変な事を口走ってばかりで……だから……」

「だから、もうあまり口を開かないほうがいいと思ったのか？」

「はい、そんなところです」

澄香は頷きながら一条のほうを見た。すると、彼は前を向いて運転をしながら、口元にうっすらとした笑みを浮かべる。

車が交差点を左折し、少し細い道に入った。

「俺は君が話すのを聞くのは嫌いじゃない。むしろ、面白くて楽しいと感じるし、取り繕《つくろ》った上辺《うわべ》だけの話をされるよりずっといい。それに、君は素直に思った事を言っているだけで、別に変でもなんでもない」

そう言われて、澄香は肩の力が抜けたような気がした。

助手席で縮こまっていた身体が少しほぐれ、自然と話そうという気持ちになる。

「それに、本当のデートをする時の事前練習っていうのも賛成だな。楽しんだほうがいいというのも。しっかり今日を楽しんで、俺という人物を理解してもらいたい」

「はい、承知しました」

澄香は気持ちを新たにし、居住まいを正した。車が赤信号で止まり、一条が澄香のほうを見た。

「せっかくだし、お互いの呼び方も変えようか。君の事は〝澄香〟と呼ばせてもらう。いいな？澄香」

「へ？　あっ……はい！　問題ありません。じゃあ、私は社長の事を――」

「好きなように呼べばいい。呼び捨てでも構わないし」

「いいえ、呼び捨ては、いくらなんでも無理です。では〝時生さん〟と呼ばせていただきます」

車が再び走り出し、高速に乗った。道の両側にはいくつものビルが乱立し、それぞれ、まだ灯りのついている階が多い。

「ここは、たまに仕事で通るんですけど、昼間とは雰囲気が違いますね」

「この辺りは日当たりがいいから、日中はほとんどの会社がブラインドを下ろしたりカーテンを引いたりしているからな。その逆に、夜は窓から中が丸見えになってる」

なるほど、時生が言うように、灯りがついている窓の中には残業をしている人達の姿が見えた。オフィスの中を歩いたり、デスクに向かったりしているのが車の中からでもわかる。

「結構よく見えるんですね。なんだか、面白いです」

「うちの社屋の下層からも高速を走っている車がよく見える。五階にあるカフェの窓際や、七階のフィットネスルームのウォーキングマシンあたりからだと、特によく見えるな」

「え？　あのビルって、カフェやフィットネスルームがあるんですか？」

「ビルのテナント専用だが、シャワールーム付きのラウンジや保育所もあるぞ。他にもレストランやコンビニも入っている。そっちは、テナント関係者とサービスアパートメントの利用者以外の人も利用可能だ」

「〝サービスアパートメント〟って何ですか？」

「ホテルと賃貸マンションの中間みたいな施設だ。家具付きで清掃などのフロントサービスがついていて、海外によくある滞在用施設だな。月や年単位で契約できるから、長期出張のビジネスパーソンがよく利用している」

「へえ……そんなものがあるって、はじめて知りました。『一条ビルマネジメント』の自社ビルは、テナント以外も充実していてすごいですね」

澄香が感じ入ったように言うと、一条はハンドルを握りながらも満足そうに胸を張った。

「今や、ただビルを建ててテナントに入ってもらうという時代じゃない。さまざまな付加価値をつけて、より魅力ある建物にする必要がある。それによって、多少立地が悪くても、いいテナントに入ってもらえるんだ」

「なるほど……。と、時生さんのお話は、いろいろと勉強になります」

澄香は、思い切って彼の名前を口にしてみた。自然と顔が赤くなり、気恥ずかしさでソワソワする。

「それに、付加価値をつける事で、そこで働く社員の福利厚生の充実にも繋がる。働くにも健康第一だし、ちょっとした買い物のために、わざわざ遠くまで行かなくて済む」

淡々と語る時生の横顔には、若くして社長を務めるだけの風格があった。澄香は彼の横顔を尊敬のまなざしで見つめた。

「それにしても、あんなにたくさんの人が、遅くまで仕事を頑張っているんですね。……皆さん、外から見られている事なんか気にも留めていないみたい」

「本当は残業なんかせずに、とっとと家に帰って家族と過ごしたり、自分の時間を好きに過ごしたりすべきなんだ……。うちでは近々〝ノー残業デー〟を導入して、無理矢理にでも社員を退社させるつもりだ」

時生の言い方は、上から目線で尊大だ。けれども、言葉の端々から、彼の社員に対する思いやりが伝わってくる。

話すほどに表情が豊かになっていく彼は、一見冷徹に見えるが、実は人一倍感情豊かな人なのかもしれない。

「花屋の仕事も、朝早かったり夜遅かったりするのか？」

「仕入れがある時は、朝五時には起きます。でも、うちは母が仕入れを担当してくれているので、私の朝は、さほど早くありません。その代わり、夜は母に早く寝てもらえるように、家事を引き受けたりしています」

仕入れの方法はいくつかあり、直接市場に行ってセリに参加する他、仲卸《なかおろし》を介したり、インターネットで取引をしたりだ。一昔前は市場でのセリが中心だったが、今ではインターネットを介しての取引がかなりの率を占めている。

「なるほど。異業種の話は、いろいろと興味深い。昔からの方法がなくなるわけではないだろうが、今の世の中、手軽さとスピードが一番だからな」

「でも、うちに関していえば、インターネットを使っての取引はゼロなんです。なんせ、母も私も機械音痴で……。そのうちなんとかしなきゃって思ってはいるんですけど、なかなか……」

「ネット環境は、整えておくべきだ。そのうちと言わず、今すぐにでも取りかかったほうがいい。それと合わせて、クレジットカードや電子マネー、ＱＲコード決済の導入も必須だな。俺の時を振り返ってみろ。客がカードでの支払いを希望しているのに、それに対応できないんだぞ？」

「それを言われると、耳が痛いです」

お客さまの利便性を第一に考えるなら、いつまでも機械音痴などと言っていられない。

澄香は、今度こそ本腰を入れてパソコンを勉強しようと固く心に誓う。

そうしている間に、車は高速を下りて幹線道路を走り始めた。繁華街を通り抜け、その先にある裏路地に入る。

黒い塀に囲まれた建物の駐車場に入り、時生が車を停車させた。

「俺が外からドアを開けるから、そのまま座ってて」

そう言い置いて車から降りた彼に、助手席のドアを開けてもらう。ごく自然に右手を差し出され、その手を借りて車の外に出る。

「ありがとうございます」

「どういたしまして」

優雅に微笑まれ、まるでお姫さまにでもなった気分だ。

立派な日本庭園を横目に、平屋建ての店内に足を踏み入れ、待ち受けていた案内係の男性に導かれて石畳の廊下を進む。

途中、男性と和《なご》やかに会話をしているところを見ると、時生はかなりの常連だと思われた。

廊下の突き当りにある個室に入ると、テーブル席の和室だった。部屋の壁には書の掛け軸が掛けられ、和の趣《おもむき》が十分に感じられる。

こんなところ、ぜったいに自力では来られない。

席に着くと、料理長らしき人が挨拶《あいさつ》に訪れ、ほどなくして料理が運ばれてきた。

「遠慮なく食べてくれ。飲み物はどうする？　アルコールが飲めるならとびきりうまい日本酒やワインもあるぞ」

「いえ、私はあまりお酒は飲めないので」

「そうか。では、特別に美味《おい》しいお茶を用意させよう」

先付の毛蟹のほぐし身をひと口食べ、その美味《おい》しさに目を丸くする。そのあとも松茸や鯛、黒毛和牛のヒレ肉といった高級食材が、次々に出てきた。どれも言葉に尽くせないほど美味で、普段そんなものを食べない澄香でもわかるほど繊細で深い味わいに感動する。

「あの……時生さんの事を知るために、いくつか質問してもいいですか？」

「もちろんだ。なんでも遠慮なく聞いてくれていい。だけど、インタビューじゃなくてデート中の会話なんだから、食べながらでいいし、もっとラフな話し方で構わないぞ」

「はい、わかりました。……じゃあ、年上の男性に話す時みたいな感じでお話しさせてもらいますね」

時生が頷き、澄香は正面に座る彼を見ながら、軽く咳ばらいをした。

「まずは、時生さんの簡単な生い立ちが知りたいです。小さい時は、どんな子供だったんですか？」

「今と大して変わらない。能動的で、活発な子供だった。身体を動かすのが好きだったから、いろいろなスポーツを習いに行ったりしていたな。割となんでもできたが、一番長く続いたのは水泳だ。今もジムで泳いでいるし、筋力アップやストレス発散にちょうどいい」

「水泳は、全身の筋肉を使うって言いますしね。だから、立ち姿が綺麗なんですね。納得しました」

「澄香も仕事で身体を使うだろう？」

「確かに、花屋はああ見えて肉体労働なので、足腰は丈夫です。身体を動かすのも好きですけど、スポーツはあまり得意じゃなくて。特に球技がダメで、テニスとかバレーボールとか、苦行でしかありませんでした」

澄香は肩をすくめ、ひと口お茶を飲んだ。さすが、時生が〝特別に美味《おい》しい〟というだけあって、ほんのりとした甘みがあって、後味がいい。

「チームでやる競技って、誰か一人でも足を引っ張る人がいると、全体に影響が出ますよね。私は、その足を引っ張る側の人間だったので……。誘われても迷惑をかけちゃうから、ぜったいにやらないです。その点、時生さんは、球技も得意そうですね」

「ゴルフやスカッシュみたいな、個人競技か一対一の競技ならお手の物だ。だが、俺もチームでやる球技は、あまり得意とは言えないな」

「そうなんですか？　なんだか、意外です。野球とかバレーボールとか、なんでも上手にこなして大活躍しそうなのに」

「プレイ自体はうまくやれる。だが、チーム戦では他のメンバーとの連携が重要だろう？　一人だけうまくできればいいってものじゃないし、かといって他と合わせようとしても、うまく噛み合わない事のほうが多い」

つまり彼は、個人戦では人並み以上に活躍できるけれど、集団戦では自分の力を発揮できないばかりか、チームの足並みを乱してしまうらしい。

マルチになんでもこなすように見えた時生だが、必ずしもそうではないようだ。

「私とは別の意味で、チーム戦が苦手なんですね」

「そうだな、会社でもその傾向にある。俺が『一条ビルマネジメント』の社長になって今年で二年目だが、いまだに部下との間に距離を感じるしな」

さっきまでのリラックスした表情が消え、時生が難しい顔をして、お茶をひと口飲む。

「社長になると決まった時、『三十歳そこそこの社長など、時期尚早だ』という意見が大半だった。だが、俺は就任以来、着実に実績を上げてきたし、実際、利益率も右肩上がりだ」

澄香は彼の話に黙って相槌《あいづち》を打つ。そして、春奈が調べて教えてくれた、時生や「一条ビルマネジメント」について思い浮かべた。

「一条ビルマネジメント」は設立して十八年の、一条グループ内では比較的新しい会社だ。

時生は大学入学と同時に、長期インターンとして一条グループの不動産関連会社に入社し、大学と並行しながら複数の会社で経験を積み、大学卒業後、グループの中核とされる「一条コーポレーション」の営業企画部に配属された。

その後、一年間の海外勤務を経て、同社経営戦略室に異動。そして今から四年前に「一条ビルマネジメント」のＣＥＯに就任し、実績を認められ現在の社長職に就いたのが二年前とあった。

「それなら、部下の方は時生さんを社長として受け入れているんじゃないですか？」

「そのとおりだ。おかげで、否定的な意見を言う者はいなくなったし、部下は俺を社長として認め、敬《うやま》ってくれている。だが、向けられるのは愛想笑いばかりで、一向に距離は縮まらない」

そう語る時生の表情が、だんだん険しくなっていく。その様子からして、この件でかなり思い悩んでいる事が窺《うかが》えた。

「どうしてですか？」

「さあね。どうしてなのか、俺のほうが聞きたいくらいだ。俺なりに部下に歩み寄ろうとした事もあったが、何も変わらないどころか、逆に距離が広がった気がする」

彼は部下との溝を放置するのではなく、自分なりに努力をしているらしい。それなのに、なぜ距離が広がってしまったのか……

「ちなみに、どんな歩み寄り方をしたんですか？」

「一人一人社長室に呼んで話したり、要望を聞いたりした」

「今みたいに、テーブルを挟んで和《なご》やかに話しをされたんで――」

「いや、俺は会社では、ほぼ無表情だ」

「えっ、どうしてですか？」

「どうしてだって？　……そりゃあ、社長がヘラヘラしてたらおかしいだろ？　ただでさえ若輩者だと思われてるし、舐《な》められないような態度を心掛けている。そのせいで偉そうだの、ワンマンなお坊ちゃま社長だのと、陰口を叩かれているけどな」

時生が不愉快そうに鼻の頭に皺《しわ》を寄せる。

「着実に業績を上げるだけじゃ不満か？　一対一で話す機会を設《もう》けたところで、ほとんど俺ばかり話して、部下は相槌《あいづち》を打つばかりだった。数字はコントロールできても、部下の気持ちは、簡単にはコントロールできないようだ。一体、これ以上俺にどうしろというんだ」

時生が、お手上げだと言わんばかりのジェスチャーをする。

諦め顔の時生を見て、澄香は胸が痛んだ。これほど心を砕いているのに、彼のその努力は部下に正しく伝わっていないように感じた。

「時生さんが社員思いのいい社長さんだって、今のお話で十分わかります。ワンマンなんかじゃないし、部下を気遣う優しい人です。それは、私が保証します！」

澄香は、自分の胸をドンと叩いた。

それを見て、時生が少しだけ口元に笑みを浮かべた。

「でも、その気持ちを伝えるのが下手《へた》というか不器用というか……。だから、誤解されてしまうんじゃないでしょうか」

「ふむ……じゃあ、具体的にどうしたらいいと思う？」

「例えば、無表情をやめてみるとか。社長として舐《な》められないようにするのも大切ですけど、この際、素直に年相応の自然な自分を出してみたらどうでしょう。その上で、部下の方に、自分が会社や社員についてどう思っているか、どうしたいかを伝える、とか」

「なるほど」

「時生さんには、相手を圧倒するほどのオーラがありますよね。だから、無表情だと威圧されているように感じるのかもしれません。相手に対して下手《したて》に出るわけじゃなく、自分をわかってもらうつもりで、いろいろな感情を出しながら、気持ちを伝えたほうがいいように思うんです」

時生が眉間《みけん》に縦皺《じわ》を寄せながら、首を傾げた。もしかすると、そうした経験がないため、戸惑いを感じているのかもしれない。

そう思った澄香は、どう説明したものかと懸命に頭を働かせた。

「だって、私もそうでしたから。はじめて見た時生さんは、不愛想だし、つっけんどんで、注文の間ずっと眉間《みけん》に縦皺《じわ》を寄せていました」

澄香の視線に気づいたのか、時生が自分の眉間《みけん》を指で押さえた。そして、そこを軽く揉んで皺《しわ》を消した。

「だけど、いろいろとお話しするうちに、本当は不器用なだけで、優しくて思いやりのある、人一倍気遣いのある人だってわかりました。だから、私に接したみたいにすれば、部下の方も、きっと時生さんを正しく理解してくれて、お互いの気持ちが通じ合うんじゃないでしょうか」

澄香はそう力説し、時生の顔を見つめた。

「それに、人の気持ちはコントロールするものじゃなくて、理解したり、してもらったりするものだと思います。たとえ分かり合えなくても、気持ちを伝え合って、相手がどんな事を思ったり考えたりしてるのか知ろうとする事が大事なんじゃないかと――」

気がつけば、時生からも見つめ返されていた。

つい熱く語ってしまったが、相手は自分よりも年上の超一流のビジネスパーソンだ。

「す、すみませんっ！　私、何を偉そうに……今の、ぜんぶ聞かなかった事にしてください。本当に申し訳ありませんっ……」

澄香は身を縮こめて平謝りした。しかし、時生は別段怒る様子もなく、やけに神妙な表情を浮かべている。

「いや、澄香が言いたい事はよくわかったし、いろいろと参考になった」

時生が、ふと表情を緩めた。

その顔を見て、澄香もようやく安堵して、にっこりする。

「母の誕生日の花束の時もそうだったが、澄香は人の心を動かす才能があるみたいだな」

「そんな……私にそんな才能なんかありませんよ」

澄香は恐縮して、それを否定した。

「だが、実際に俺の母も俺自身も澄香が作る花束や話に、心を動かされているぞ。一体、どこでそんな技術を身につけたんだ？」

興味津々《きょうみしんしん》といった顔をされて、澄香は戸惑いの表情を浮かべる。

「うーん……強《し》いていえば、仕事柄たくさんの人と顔を合わせているうちに自然と、って感じでしょうか。来てくださったお客様を観察したり、花を贈られる方のお話を聞きながら花を選んで、私なりに、どうしたら喜んでもらえるかイメージを膨らませているので……」

考えながら話す澄香を見て、時生が深く頷く。

「私、小さい頃から、しょっちゅう店に入り浸《びた》っていたし、中学生の頃にはもういっぱしの店員きどりで店先に立っていました。そうしながら、母の仕事ぶりを見て、真似っこして……フローリストとしての今の私があるのは、ぜんぶ母のおかげです」

「なるほど……それにしても、その頃から店を手伝っていたなんて、偉いな。中学の頃なんて、まだまだ遊びたい盛りだろうに」

「小さい頃から花屋の仕事は好きでしたし、友達や妹とも遊んだりしていましたよ。でも、うちは私が中学二年生の時に父が亡くなってしまったので、早く学校を卒業して、母の手助けをしたいと思っていたんです」

「それは大変だったな……」

時生の顔が曇り、澄香を気遣うような表情を浮かべる。

「当時は結構大変でした。でも、どうにかやって来られましたし、女三人、みんな元気で頑張って来られただけでもありがたいと思ってます」

澄香は、しみじみと語り、亡き父を偲《しの》んだ。

「澄香には、妹がいるんだな」

「はい。今大学二年生で寮に入っているんですけど、私と違って美人で頭がいいんですよ。勉強好きで向上心もあるから、できれば留学をさせてあげたいと思ってます。本人はそう言わないけど、行きたがっているのを知ってますから」

「留学か。俺も高校時代に短期留学に行ったが、きちんと目的を持って行くなら、おすすめだな。視野が広がるし、いい経験になると思う」

「そうですよね。うちの妹、私よりも八歳も年下なのに、すごくクールで大人びてるんです。知らない人が見たら、どっちが姉かわからないくらいで。時生さんは、兄弟はいらっしゃるんですか？」

「俺は一人っ子だ」

「では、ご家族はご両親と三人？」

「今はもう一人暮らしをしているが、高校卒業までは両親と、母方の祖父母と一緒に住んでいた。四人とも、実家で元気に暮らしてるよ」

「じゃあ、ご両親とおじいさま、おばあさまの愛情を一身に受けて育ったんですね」

「いや、うちの両親は、俺が物心ついた時には、仕事でほとんど家に居なかったな」

時生が、当時を思い起こすように空《くう》を見つめた。

「だから、実質俺を育ててくれたのは祖父母だし、気心が知れているのも祖父母だ。父はまだ同性だから、多少分かり合えるが、母についてはいまだによくわからない」

時生の顔に、スッと影が差した。

それは、彼が母親への花束を依頼してきた時に見せたのと同じ顔だ。

「母とは、顔を合わせるたびに緊張する。今思い出してみても、昔から母がそばに来ると、条件反射で背筋が伸びるんだ。他人行儀というか、打ち解けられないというか……たぶん、今後もずっとそうなんだろうと思う」

「私は、そうは思いません」

気がつけば、そんな言葉が口をついて出ていた。

「時生さんのお話を聞く限り、お二人はとても似ているんじゃないかと思います」

「俺と母が？」

「はい。もしかしたら、時生さんのお母さまも気持ちを伝えるのが苦手なんじゃないかと……。でも、一度笑って心を開いてくださったのなら、来年はもっと笑ってくださると思いますよ。そして、きっと今年よりわかり合えるはずです――また、『フローリスト・セリザワ』に注文をしてくれたら、の話ですけど」

澄香は、できるだけ自然に、何気ない感じでそう言ってみた。

知り合ったばかりの自分が、また偉そうに――

そう感じたし、差し出がましいとは思ったが、彼の寂しそうな顔を見たら、言わずにはいられなかったのだ。

「ふん……澄香がそう言うなら、そうかもしれないな。じゃあ、来年の母の誕生日用の花も頼むよ」

「ご注文、承《うけたまわ》りました。今年以上に喜んでいただける花をお持ちしますから、キャンセルはなしにしてくださいね」

「わかったよ。澄香は意外と商売上手だな」

時生が声を出して笑い、澄香も微笑みを返した。

「これでも『フローリスト・セリザワ』の看板娘ですから。お得意様は、ぜったいに離しません」

「いいね。そういうのは嫌いじゃない。どうだ、うちに入社して俺の秘書として働いてみないか？」

箸《はし》を止め、じっと顔を見つめられながらそう言われた。

「ふふっ、冗談だと承知の上で答えますけど、私を秘書にしても役に立つどころか、足手まといにしかなりませんよ。さっきも言ったとおり、機械音痴なのでパソコンはおろかスマートフォンも満足に使いこなせませんから」

「それは残念だな。もっとも、澄香を引き抜こうとしたら、お母さまが黙ってはいないだろうが。それに、やはり澄香は人と接する仕事が合っている。澄香は人を惹きつけるし、『フローリスト・セリザワ』で、笑顔で接客をしている時の澄香は、とても魅力的だった」

「ありがとうございます。そんなふうに言っていただけて、すごく嬉しいです」

思いがけない褒《ほ》められ方をされて、澄香は照れて顔を赤くする。

デート中のリップサービスだろうか？

そうだとしても、褒《ほ》められて嬉しくないわけがなかった。

「私、これから、もっと頑張って店を盛り立てていきます。今はまだ賃貸ですけど、いつかは自分の土地を手に入れて、そこで新しく『フローリスト・セリザワ』をオープンさせたいと思ってます」

澄香はそれが亡き父の夢であった事を語り、それを実現させるのが自分と母の目標なのだと話した。

「澄香は親孝行ないい娘だな。目標や夢を持つのはいい事だし、人生の励《はげ》みにもなる」

そう言う時生は、自信に溢《あふ》れていた。

それも当然だ。彼は、実際に十分すぎるくらいの実績を築き上げてきているのだ。

（いいな……私も、自分に自信が持てる生き方ができるよう、頑張らなきゃ）

澄香は密かにそう決心して、時生を眩《まぶ》しそうに見つめた。

「だが、あの辺りだと、賃借料はかなりするんじゃないか？」

「大家さんがいい方で、昔のままの賃借料で貸してくれているんです。両親は、結婚してあそこで『フローリスト・セリザワ』を始めたんですよ。だから、私と妹にとって、あそこが生まれ育った家であり実家なんです」

澄香の両親は、店をオープンさせるにあたり、建物のうちの一階と二階が階段で続いている店舗兼住居用物件を借りた。店舗の奥には六帖の和室があり、二階は四・五帖のダイニングキッチンと六帖の洋室に分かれている。妹が家を出て以来、母親は二階の洋室で寝起きし、澄香は一階の和室を自室として使っていた。

そんな話をしているうちに、デザートにイチゴとタンカンを添えたプリンが運ばれてきた。プリンをひとさじスプーンですくって食べると、見た目以上に柔らかく優しい味がした。

「うわぁ、これ美味《おい》しいです。食感がほろほろで、口の中に入れた途端なくなっちゃいますね」

「そうだろう？　俺は普段甘いものはあまり好んで食べないんだが、ここのデザートは、いつも美《お》味《い》しく食べられるんだ。素朴な味なのに、奥が深いというか」

「その感じ、わかります」

二人は顔を見合わせて、にっこりする。あっという間にデザートを平らげ、食後のお茶を飲んで一息ついた。

「澄香のほうから質問があるって言ってたのに、いつの間にかこっちの質問ばかりになってしまったな」

「ふふっ、そうですね。だけど、話をするだけでも、時生さんの事がちょっとずつわかってきたような気がします」

「そうか？　じゃあ、もっと知ってもらえるよう、場所を変えようか。まだ時間は大丈夫だろう？」

「はい」

実のところ、春奈に押し切られ、今夜は彼女の家に泊まる事になっている。母にもそう伝えてあるから、たとえ少し帰りが遅くなっても問題ない。

『別に、必ずうちに泊まらなくてもいいんだよ？　社長とそのまま一晩過ごしてもいいし、むしろそうなったら素敵だなって思う。でも、もし社長と結ばれたら、次の日は仕事どころじゃなくなるかも～。念のため、午前中は休みにしておいたほうがいいよ！』

春奈にぜったいにそうしろと言われ、明日の祝日は午後から店に出る予定だ。

しかし、そんなのは万が一にもあり得ない。

期待してくれている彼女には悪いが、今夜は春奈の家に泊まらせてもらい、明日の朝は久しぶりにカフェでゆっくりしてから帰宅しようと思っている。

「じゃあ、行こうか」

促《うなが》されて席を立ち、店の入り口に向かう。

すぐに先ほどと同じ案内係の男性がやって来て、時生と料理の話をしながら入り口の引き戸を開けてくれた。

「ごちそうさま。今日もとても美味《おい》しかった。料理長によろしく」

「かしこまりました。またのご来店を、お待ちしております」

会話は終始和《なご》やかな雰囲気で、互いに気遣っている様子が伝わってくる。

「ごちそうさまでした。本当に美味《おい》しくて、お腹いっぱいです」

澄香も案内係の男性に挨拶《あいさつ》をし、にっこりと微笑んだ。

「それはよかったです。どうぞ、お気をつけてお帰りください」

「はい、ありがとうございます」

案内係の男性は、おそらく四十代くらいだろう。礼儀正しさの中にも親しみを感じられ、とても雰囲気のいい男性だと思った。

その人に見送られ、澄香は時生とともに駐車場に向かう。

それにしても、彼はいつ会計を済ませたのだろう？　どういう支払いシステムになっているのかわからないまま、時生が車の助手席のドアを開けてくれた。

（こんなふうに車のドアを開けてもらうなんて、生まれてはじめてじゃないかな？　こういう事を日常的にする人って、はじめて見たかも）

会ってすぐにそうされた時は、驚く余裕すらなかった。

今、ようやく少しだけ状況に慣れて、改めて時生の立ち居振る舞いを観察する。

澄香に対する細やかな心遣いや案内係への対応など、今日の時生は紳士的なだけでなく完璧と言っていいほど礼儀正しい。

おそらく、彼という人はその気になれば、人一倍優しくていい人になれるのではないだろうか。

(時生さん、もともと優しい人なんだよね。ただ、それが相手によってうまく表現できなかったりするんだろうな。立場もあるし、仕事絡みだといろいろと難しいんだろうけど……)

車に乗り込み、改めて時生に「ごちそうさま」を言った。

「美味《おい》しく食べてくれてよかった。ここは、俺のとっておきというか、曾祖父の代から親しくさせてもらっている店なんだ。気に入ったか？」

「もちろんです！　こんなに料理が美味《おい》しくて、立派で居心地のいいお店、はじめてでした」

澄香が笑顔でそう話すと、時生が嬉しそうに頬を緩ませる。

「じゃあ、また連れてきてやろう。ここは、いつ来ても違う料理を出してくれるから、来るだけでも楽しいんだ」

(「また連れてきてやろう」って……。次があるの？)

図らずも胸が弾み、ウキウキとした気分になる。

(——って、デート中のリップサービスに決まってるでしょ！　何浮かれてるの？　これは仕事なんだからね？　しっかりしてよ、澄香！)

澄香が密かに自分を戒《いまし》めていると、時生がふいに、シートベルトを掛けようとする澄香の手を握ってきた。

「俺が掛けてやる」

彼は、そう言うなり澄香のほうに身を乗り出し、シートベルトを掛けてくれた。

やけに距離が近いような気がして、澄香はできるだけ身体をシートに押し付けて、表情を硬くする。

「ど……どうもありがとうございます」

「どういたしまして」

およそ十五センチの距離から、時生が澄香の目をじっと見つめてくる。

デート開始直後、後部座席からネクタイを取った時よりも近い！

澄香の目を見ていた彼の視線が、だんだんと唇のほうに下りていく。

緊張のあまり、自然と唇を硬く閉じて、目は瞬《まばた》きもせずに大きく見開いたままになる。

それからすぐに、時生の視線は唇から目に戻り、彼は運転席に座り直して車を発進させた。

（な、何っ……？　今のは、なんだったの……）

一瞬、キスでもされるのかと思った。けれど、そんな事が起こるはずがない。

澄香は、フロントガラスの向こうに見える景色に集中し、どうにか自分を落ち着かせる。

「さあ、お腹もいっぱいになったし、少し散歩をしようか。どこか行きたいところはあるか？」

交差点をひとつ超えたところで、時生が機嫌のよさそうな声で話しかけてきた。

「えっ……と、いきなりそう言われても……」

これは油断した。

てっきり、彼に連れ回される感じのデートだと思っていたから、特に何も考えていなかった。

「帰りは、ちゃんと自宅まで送っていくよ。なんなら、朝まで出歩いたっていいんだぞ？」

「いえ、今日はデートの準備を手伝ってくれた友達の家に泊まる事になっているので――」

一瞬、春奈の『別に泊まらなくてもいいんだよ？』という言葉が頭をよぎるが、それについては黙っておく。

「ふぅん。もしかして今日のデートの事は、家族には内緒か？　もしかして、泊まりがけのデートになってもいいように、友達に口裏を合わせてもらった、って感じかな？」

時生が、チラリと澄香のほうを見てにんまりする。

春奈の目論見《もくろみ》そのままの事を言われ、澄香はあわてて首を横に振った。

「まっ……ま、まさか、そんなわけないじゃないですか！　学生じゃあるまいし……ぜったいに、あり得ませんから！」

しどろもどろの上に、必要以上に大きな声を出してしまった。

「そうか。ところで、澄香は明日、仕事は通常どおりか？」

「いえ、明日は母に頼んで午後からにしてもらいました」

「へえ……じゃあ、明日の昼まで、澄香は完全にフリータイムって事だな」

「な、なんですか、それ……」

どうやら、余計な事を喋《しゃべ》りすぎて、あれこれと深読みをされているみたいだ。

ここはなんとか、うまく話題を逸らさねば――

そう思った澄香は、頭の中をフル回転させて、今言うにふさわしい台詞《せりふ》を探し出した。

「あ、ありました、行きたいとこ！　そういえば、ずっと行きたいと思っていて、なかなか行けずじまいになってるとこ、ありましたっ！」

それは、今いるところから車で二十分足らずで行ける施設内にある大観覧車だ。高さが百二十メートル近くあり、そこから見える夜景はとても綺麗だと聞く。

五年前に完成し、一度は乗ってみたいと思っていたものの、結局行けずじまいになっていたのだ。

ただし、夜はほぼカップル専用になっているようなのだが……

「じゃあ、そこに行こうか。どこだ？」

時生に問いかけられ、澄香はその場所を告げながら、彼のほうを見た。

その横顔が、かっこよすぎる。

こんな完璧で素敵な男性の隣にいるのは、本来なら自分のような女ではないはずだ。

澄香は急にバツが悪くなり、彼から目を逸らして正面を向いた。

「ああ、夜高速を走っているとよく見えるあれか」

「いえ、やっぱり、そこはやめたほうがいいかも……」

「なんでだ？」

「その観覧車、夜はカップルばかりみたいなので」

「俺達だってカップルだから、問題ないだろう？」

「問題ありますよ！」

澄香は、思わず運転席のほうを見た。彼は楽しそうに表情を緩めている。

「どんな？」

「ど、どんなって……」

「言い淀《よど》む程度のものなら、問題なしだ。あそこは、めずらしくうちのグループ会社がまったく関わっていない施設なんだ。俺も、前から一度行ってみたいと思ってたんだが、機会がなくてね。澄香が行きたいと言ってくれて、ちょうどよかった」

澄香があたふたとしている間に、車は交差点を右に曲がり、高速に乗った。

ビルの谷間を通り過ぎると、狭かった空が急に広くなる。

知らない道ではないのに、隣にいる人と時間帯のせいか、目に入る風景がやけにきらきらとして新鮮に見えた。

近くの駐車場に車を停め、ゆっくりと歩きながら目的の場所に向かう。

間近に迫る観覧車の側面は、時間とともに変化する色鮮やかなイルミネーションで彩《いろど》られている。

施設内は、思ったとおりカップルだらけだ。

たくさんの照明に照らされた施設内は十分に明るく、道行く人は皆一様に時生のイケメンぶりに目を見張っている。そして、隣にいる澄香を見ては、怪訝《けげん》な顔をする人がほとんどだ。

自然と歩く足が速くなり、前を向いていた顔がだんだんと下向きになっていく。

「澄香」

ふいに名前を呼ばれ、顔を上げた。視線が合うなり肩を抱き寄せられ、身体がぴったりと密着する。

「やけに足が速いんだな。油断してると置いてきぼりをくいそうだ」

「えっ！　あ、あのっ……」

澄香は驚いて身を硬くした。そして、歩きながら少しでも時生から離れようと、腰から上を横に曲げる。しかし、あっさりと彼の腕に引き戻され、時生の身体に寄りかかるような姿勢になってしまった。

「と、時生さん……これは、さすがにくっつきすぎでは――」

澄香が身体をこわばらせていると、時生が白い歯を見せて笑った。

「今はデート中だし、周りもみんなこんなもんだぞ」

「で、でも――」

「とりあえず、観覧車に乗ろう。さ、行くぞ」

半ば強引に肩を抱かれたまま歩き、観覧車の受付に辿《たど》り着く。チケットを買い、やって来た水色のゴンドラに乗り込み、隣り合わせに座った。

デート中だからか、時生は澄香の肩を抱いたまま離そうとしない。

きっとこれも、デートの演出のひとつだろう。そう思い、澄香は大人しく時生の隣に座り続けた。

しかし、慣れない体勢に、心臓が早鐘を打っている。

ゴンドラが徐々に高度を上げ、地上から十メートル近い高さになる。ついさっき通ってきた道が下に見え、澄香は思わず目を見張り、立ち上がった。

「うわぁ、街、キラッキラですね！　すごく遠くまで見えますよ！」

窓に手を当て、そこに顔をくっつけんばかりにして外の景色を眺める。

「あっ！　あれってさっき渡った橋ですよね？　ほら見て、飛行機が飛んでる！　いいなぁ……どこに行くんだろうね——」

興奮して、ついため口をきいてしまいハッとした。

あわてて時生のほうを振り返ると、彼はゆったりとシートに身を預けたまま、澄香に向かって微笑みかけてくる。煌《きら》びやかな夜景をバックにした彼の姿は、まるで映画のワンシーンを切り取ったみたいにスタイリッシュだ。

「飛行機で旅行に行きたいのか？」

時生がシートから腰を上げ、澄香の横に来て肩に手をかけてきた。

中腰になっている彼とは、目の高さが同じだ。じっと見つめられ、心臓が止まりそうになる。こんなのは、ドラマの中でしか見た記憶がないし、まさか自分が実演するとは想像すらした事がなかった。

「い、いえ……そういうわけでは……」

「澄香が望むなら、セスナかヘリコプターをチャーターしてもいいぞ。それとも、いっそ海外旅行に行くっていうのはどうだ？　ハワイなら三千万円くらいで飛行機を貸し切れると思う」

「さ、さ、三千万？　……む、無理です！　お、お店、休めませんからっ」

突拍子《とっぴょうし》もない事を言われて、声がとんでもなく上ずってしまった。

「ふむ……まとめて何日か休む事はないのか？」

「い、いえ、年末年始は市場が休みに入るので、休みますけど」

「その他に、長期の休みは？」

「ありません。たまに臨時で休む事はありますけど、花をお店で寝かせておくわけにはいかないので」

「なるほどな」

ゴンドラが高度を上げ、地上にいる人達がコメ粒ほどの大きさになる。ふと左手に見える別のゴンドラを見ると、中でカップルがキスのまっ最中だった。しかも、男性の手が女性のスカートの中に入っている。

濃厚なラブシーンを目《ま》の当たりにして、澄香は密かに目を剥《む》いて、息を呑んだ。

「どうした？」

澄香の様子に気づいた時生が、横から顔を覗き込んでくる。

「いえっ……べ、別にどうもしないですっ！」

急いで視線を外《はず》したが、時生に直前まで何を見ていたか気づかれてしまう。

「ふむ……二人とも、もう外の景色なんかそっちのけみたいだな」

「そ、そうですね。もっ……もうじき頂上だから……」

「頂上？　ああ、観覧車の頂上でキスをすると、ぜったいに別れないってやつか」

「はい……確か、そんな感じのやつです」

澄香が言うと、彼は周りを見回して納得したように頷いた。

「せっかくだから、俺達もやってみようか」

言い終えるなり、正面から腰を強く抱き寄せられ、その反動で上体が反《そ》り返った。自然と顔が上を向き、向かい合った姿勢で時生と見つめ合う格好になる。

「や、やってみるって、何をですか？」

「キスに決まっているだろう？　これほど完璧なシチュエーションで、キスをしないっていう選択肢はない」

「え？　で、でも、それはいくらなんでも――」

澄香は、時生の腕の中で、ますます上体を仰《の》け反《ぞ》らせた。その分、澄香を支える彼の腕に力が入り、腰から下の密着度が増してしまう。

「俺は澄香とキスしたい。澄香は、俺とキスするのは嫌か？」

「い、嫌とか嫌じゃないとか、そういう問題じゃなくて――」

まさか、こんな状況になるなんて――

澄香は顔を真っ赤にして、時生を見た。これまでで一番近い距離から見つめられ、息も絶え絶えになる。

「嫌じゃないなら、キスしてもいいだろう？　……返事は？　答えないなら、キスしてもいいって事だと判断する」

唇をじっと見つめられ、そこがジィンと熱く火照《ほて》ってくる。

まるで魔法をかけられたかのように言葉が出なくなり、気がつけば唇が軽く触れ合っていた。

上体を腕の中に抱き込まれ、全身から力が抜け落ちる。がくりと膝が折れ、そのまま床にへたり込むのかと思いきや、素早く伸びてきた腕に背中と膝裏をすくい上げられて、身体が横向きになった。

「ん……んっ……」

いつの間にか閉じていた目蓋《まぶた》がピクピクと震え、心臓があり得ないほど高鳴りだす。

『まもなく、ゴンドラが最上部に達します』

音声案内の合間に、繰り返しリップ音が聞こえている。

地上百十五メートルの高さでのキスは、澄香にとってはじめてのキスだ。

今まで人並みにキスに憧れの気持ちを抱いてきたが、まさかこんなロマンチックなシチュエーションでファーストキスをする事になるなんて……

だんだんと唇が触れ合っている時間が長くなり、息が苦しくなる。

「ぷわっ……!」

大きく喘《あえ》ぐと同時に、二人の唇が離れた。

澄香はハッとして我に返り、大きく目を見開く。

一体、いつどうやってそうなったのか、澄香はなぜか時生の膝の上に横抱きにされた状態で腰かけていた。

「わっ……す、すみませんっ! お、重いのに――」

澄香はジタバタともがきながら、時生の膝から下りた。しかし、すぐに伸びてきた手に再び肩を抱き寄せられ、隣に座らされるなり額《ひたい》の生え際にキスをされる。

「重くはなかったし、抱き心地もよかった。地上に着くまで乗ったままでもよかったのに」

ちょっと待って……！

ただでさえパニックになっているのに、これ以上思わせぶりな事を言わないでほしい。

すでに頭の中は大混乱だし、なぜこんな事になったのかすら、わからないでいる。

（落ち着いて、澄香……。こ、これは一応デートだから……。キスはあくまでも突発的にそうなっただけで、深い意味はない……そうに決まってる……）

澄香は時生に寄りかかった状態のまま、忙しく考えを巡《めぐ》らせる。そして、どうにか今の状態を理解しようと躍起になった。

もとはといえば、ここに来ようと言ったのは自分だし、こうなった責任の一端は自分にもある。

澄香だって、もういい大人だ。

ここはサラリとスルーして、何事もなかったかのように振る舞うのがベストだろう。

ゴンドラが地上に戻り、澄香は時生に手を貸してもらいながら席を立った。手を繋いだ状態でゴンドラから下り、もと来た道を歩き出す。

なんだか足の裏がふわふわして、雲の上を歩いているような感じがする。

スルーすると決めたものの、どんな顔をしてこれからの時間を過ごせばいいのか、皆目見当がつかなかった。

「少し喉が渇いたな。美味《おい》しいカクテルを出してくれる店があるんだが、そこへ行ってみないか？」

繋いだ手に軽く力を込められ、澄香は条件反射的に時生のほうを見た。

「はい、そうします」

半分上《うわ》の空でそう答え、機械的に微笑みを浮かべる。

頬が引き攣《つ》ってうまく笑えていないような気がするが、見た目だけでも平常心を保っているように見せなければ——澄香がそう思っていると、斜め前方から歩いてきた数人の女性が、ふいに立ち止まってこちらに向かって小走りに近づいてきた。

女性達は、明らかに時生に向かってきている。澄香は足を止め、時生の陰に半分隠れるような格好になった。

「時生さん、こんばんは。こんなところでお会いできるなんて、奇遇だわ」

最初に近づいてきた女性が、時生の斜め前で立ち止まって華やかな微笑みを浮かべた。

「時生さん、お久しぶりです。先週青山《あおやま》であったパーティでお会いできると思ってたのに、いらっしゃらなかったのね」

その横にいる別の女性が、にこやかに笑いながら肩にかかる髪の毛を払った。二人とも甲乙つけがたいほど綺麗な顔立ちをしており、それぞれに美しく装《よそお》っている。

最後にやって来たひと際背が高くスタイルのいい女性が、先に来た二人を左右に押しのけるようにして時生の前に立った。

「時生？　こんなところで会うなんて、運命かしら」

ゴージャスなその美女が、時生を見つめながら、にっこりとする。

「年末にホテル『セレーネ』で会って以来ね。今日は、どうしてこんな時間にここにいるの？　まさか、デート？　といっても、それらしき相手が見当たらないわね。なんなら、私がご一緒しましょうか？」

女性の言葉を聞き、澄香は身体を硬くしてさらに半歩うしろに下がった。

しかし、次の瞬間握ったままの手を前に引かれ、肩をしっかりと抱き寄せられる。

「いや、それには及ばない。今まさにデート中なんでね」

女性達が、いっせいに澄香を見た。そして、信じられないといった面持ちでこちらを凝視してくる。

「え？　やだ……時生さんったら、冗談ですよね？」

右側にいる女性が、ぷっと噴き出し、指先で口元を押さえた。

「もしかして、チャリティイベントか何か？」

左側の女性が時生を見て、気の毒だと言わんばかりの表情を浮かべる。

「それとも何かの罰ゲームかしら？　そうでなきゃ、あなたがこんな貧相な女とデートなんかするわけないもの」

真ん中の女性が言い、澄香をじろじろと睨《ね》め回す。

女性達の言葉が、針のように澄香の胸を刺した。

自分が彼にふさわしくないのは、十分わかっている。けれど、いつの間にか、夢のようなデートに、そんな現実を忘れてしまっていたみたいだ。

「言葉には気をつけてもらいたいものだな」

澄香が下を向いて縮こまっていると、時生が怒気を含んだ声でそう言った。彼は女性達の悪意から守るように、澄香の肩を抱く手に力を入れてくる。

「君達が、どれほど立派か知らないが、この人は俺にとって間違いなく君達よりも、大切で魅力的な女性だ。少なくとも、君達のように、家柄や財産だけで男の価値を決めたりしないし、上《うわ》っ面《つら》だけの人間でもない」

「なっ……なんですって？」

「ひどいわ、時生さん！　私の事を、そんなふうに思っていただなんて！」

はじめにやって来た二人が顔を赤くして憤慨《ふんがい》する。

時生が横にずれて立ち去ろうとした時、あとからやって来た女性が、時生の前に立ちはだかった。

「時生ったら、どうしちゃったの？　あなたほどの男が、何を血迷った事を言ってるのよ。ねえ、馬鹿な事を言ってないで、私と行きましょう？」

女性が時生の空《あ》いているほうの腕に手を回し、自分の胸に押し付けるようなしぐさをした。しかし、すぐに無言で腕を引き抜かれ、悔しそうな表情を浮かべる。

「どうして？　私より、そこにいる貧相な女を選ぶっていうの？」

「貧相なのは君のほうだろう？　どんなに綺麗に着飾っても、心が貧《まず》しすぎて救いようがない」

「は？」

女性がキツネにつままれたような顔をして、時生を見つめる。

「私より、こんな、見るからにみすぼらしい女のほうがいいなんて、どうかしてるわ。……ああ、時生ってば、私と別れたのを後悔してるのね？　だから、こんな馬鹿げた真似をして、私の気を引こうとしているんでしょう？」

女性が再度、時生の腕を取ろうとしたが、素早く彼に避けられる。

「いい加減、その口を閉じろ。これ以上彼女を侮辱《ぶじょく》するのは許さない」

時生がたまりかねたように、低い声でそう言った。

「侮辱《ぶじょく》されてるのは私のほうよ！　だって私達、ほんの二カ月前まで付き合ってたのよ？　あなたの目に留まるために、私がどれほど努力したか知らない訳じゃないでしょう？」

女性が時生のほうににじり寄り、鬼の形相《ぎょうそう》で澄香を睨《にら》みつけてきた。

「それなのに、どうして私が振られて、こんな女と一緒にいるのよ！　このいかにも貧乏そうな女が、一条家の役に立つとでも言うの？　役に立つどころか、一緒にいるだけで時生の価値を下げるだけだわ！」

澄香は女性の言葉を聞きながら、表情を硬くする。いくらなんでもここまでひどい言われ方をされる筋合いはないはずだし、これ以上ここにいると自分の存在価値が地に落ちてしまう気がした。

「時生、もう一度私とやり直して？」

澄香の思いをよそに、女性がすがり付くような目をして時生に訴えかけた。そして、澄香の肩を抱く時生の手を強く振り払い、いきなり時生に抱きついて切なそうな声を上げる。

「私、まだいろいろと納得してないから。ねえ、もう一度だけ試してみて。今度こそ、時生をがっかりさせたりしないわ。お願い――」

「離してくれ。君とはもう、きちんと話し合って終わっているはずだ」

時生が抑えた声でそう言い、女性から一歩身を引こうとした。しかし、彼女は時生に抱きついたまま離れようとしない。

一体、自分はなぜこんなところで、まったく関係のない、男女のいざこざに巻き込まれているのだろうか。

澄香はじりじりと後ずさると、時生達に背を向けて走り出した。

「澄香！」

背中に、自分の名前を呼ぶ時生の声が追いすがってくる。

澄香は、それを振り切るように足を速めた。

「澄香！」

聞こえてくる彼の声に耳を塞ぎ、澄香は通路を駆け抜けて階段を急ぎ足で下り始める。

途中、何度かよろけながら階段を下り切り、なおも走り続けて、舗装された広場に辿《たど》り着いた。

そこには一定の間隔で街灯が設置されており、ちょうどいい感じの薄闇に包まれている。

辺りは人影もまばらで、いるのは数組のカップルだけ。誰も澄香に注意を払う事なく、自分達の世界に浸《ひた》っている。

「私ったら、馬鹿みたい……」

澄香はそう呟くと、街灯から遠い広場の隅を、のろのろと歩き始めた。

やはり、こんなところに来るべきじゃなかった。いや、そもそも恋人でもない人とデートなんかすべきじゃなかったのだ。

ここに来なければ、あんな思いをしなくて済んだのに――そう思うにつけ、愚かな選択をしてしまった自分を叱り飛ばしたくなる。

歩きながら繰り返しため息を吐き、極力頭の中を空《から》っぽにしようとした。

できる事なら、今夜あった事を、ぜんぶ忘れてしまいたい！

そうすれば、すべてなかった事にできるのに……

けれど、女性達に言われた言葉は、思った以上に深く澄香を傷つけていた。

時生の元カノという女性が言った言葉が脳裏によみがえり、澄香は唇を噛んだ。

『私達、ほんの二カ月前まで付き合ってたのよ？』

なるほど、あの二人は二カ月前まで恋人関係にあったのだ。そして、彼女は時生にまだ未練があるらしい。

『私、まだいろいろと納得してないから。ねえ、もう一度だけ試してみて。今度こそ、時生をがっかりさせたりしないわ。お願い――』

澄香は、思い浮かんだ言葉を振り払うように強く頭《かぶり》を振った。

どうしてこれほどまでに、あの女性が言った事が気になるのだろう？

もしかして、ショックを受けている？

まさか、焼きもち？

彼女でもあるまいし、そんな愚かしい感情を抱いている自分が滑稽《こっけい》すぎた。

（どうしたのよ、澄香……しっかりして！）

澄香は拳《こぶし》を握り締めて、自分自身を叱咤《しった》する。

はじめてのデートだったにしろ、あれは仕事の一環であり、今後のための事前練習だ。

そうとわかっていながら、観覧車に乗った上に、ロマンチックなムードに流されてキスまでしてしまった。きっとそのせいで本当の彼女でもないのに、的外《はず》れな感情を抱いてしまったに違いない。

大体、恋人でもない人とキスするなんて、不道徳すぎる。我ながら呆れるし、情けない。

とにかく、もう二度とこんな思いをするのはごめんだ。

そう思いながら、広場を歩き通し、左右に広がる長い遊歩道に出た。

右と左を見比べ、どちらに進むべきか悩みながら一歩踏み出した途端、何かに躓《つまず》いて転びそうになる。

「きゃ……！」

あわてて前に手をついて事なきを得たが、コンクリートで擦れたのか、ストッキングの膝が破れていた。

街灯はあるが、離れた位置にあるため、足元がよく見えない。なんとか目を凝《こ》らして辺りを見回してみると、どうやら円形の花壇の縁につま先が引っかかったようだ。

（こんなところに、花壇があったんだ……）

花壇に花はなく、ところどころにシロツメクサの葉が茂っている。別名クローバーと呼ばれるそれは、昔は荷物の緩衝材としても使われていたヨーロッパ原産の多年草だ。

丈夫で育てやすく、グランドカバーとして雑草が生えるのを抑えたり、大気中の窒素を取り込み土壌を豊かにする効果が期待できる。

ペンペン草同様、少しくらい踏まれても平気だし花の咲く期間も長い。

(昔、よく四ツ葉のクローバーを探したり、花で冠《かんむり》を作ったりしたな)

澄香は花壇の前にしゃがみ込み、掌《てのひら》で葉っぱを撫でた。地面に顔を近づけ、丸っこい葉をじっと見つめる。そうしているうちに、いくぶん気持ちが落ち着いてきた。さすが、植物の癒《いや》し効果だ。

起きてしまった事は、もう仕方がない。二度と同じミスを犯さないよう強く心に誓うしかなかった。

(うっかり別世界に足を踏み入れちゃったけど、それももうおしまい)

所詮、時生もさっきの女性達も、自分とは住む世界が違うのだ。一時の夢を見たと割り切り、さっさと気持ちを切り替えていつもの生活に戻るべきだろう。

「大丈夫、これくらいで傷ついたりしないいし、凹《へこ》んでる暇なんてないんだから」

澄香は自分に言い聞かせるように、声に出してそう言った。

しかし、いざ歩き出そうとした時、パンプスの踵《かかと》が片方取れてしまっている事に気づく。

「踵《かかと》……どこに行ったんだろう？」

辺りを見回すも、それらしきものは落ちていない。仮に落ちていたとしても、一度取れたものを元に戻すのは困難だろう。

試しに歩いてみたが、バランスが悪く身体がグラグラする。しかし、どのみち春奈の家まで帰らなければならないし、裸足で歩くよりはずっとマシだ。

両手についた土を払い、澄香は注意深く立ち上がった。

(駅はどっちかな?)

澄香が、もう一度辺りを見回した時、ついさっき来た方角から時生が走ってくるのが見えた。

「澄香!」

彼の声を聞いた途端、澄香は全身をこわばらせた。

まさか、追いかけてくるとは思わなかったのに――

いずれにせよ、今は顔を合わせたくない。

澄香は、彼の呼びかけに答えず、背中を向けて一目散に逃げ出した。

けれど、踵《かかと》が片方取れたパンプスでは、どうやっても速く走れない。

あっけなく捕まり、無理矢理前に進もうとする身体を抱き止められる。

「澄香!」

「なんですか? 私、もう帰りますから――」

「ダメだ、まだ帰さない。あんな奴らの言う事なんか気にするな」

両方の肩を持たれ、時生と真正面から向き合う。顔を上げると、男性の最高峰みたいに整った顔が、じっとこちらを見ている。

「気にするなって言われても、気にしますよ。わざわざ言われなくても自分が美人じゃない事くらい知っています。だからって、見ず知らずの人に、あそこまで言われる筋合いはありません」

「ああ、もちろんだ――」

「そう思うなら、もう帰してください！　私、これ以上時生さんと一緒にいたくありません」

澄香が言うと、時生の顔に傷ついたような表情が浮かぶ。

まるで捨てられた子犬みたいな目で見つめられるが、今の澄香にそれを受け入れる余裕などなかった。

「なんでだ？　俺は、もっと澄香と一緒にいたい」

「もう無理です。時生さんには、もっと隣にいてふさわしいお相手がたくさんいるでしょうし、少なくともそれは私じゃありません」

澄香は一歩下がり、時生の手から逃れようとした。しかし、いち早くそれに気がついた彼に動きを阻《はば》まれてしまう。

「離してください！」

「嫌だ。それに、ふさわしいお相手ってなんだ？　さっき会ったような女性達の事か？　あんな外見だけで中身のない連中が、俺にふさわしいって？　馬鹿な事を言わないでくれ」

時生が、そう言いながら鼻で笑った。

その中身のない女性達の言葉に、澄香はここまで深く傷つけられたというのに――

「でも、二カ月前まで付き合っていたんですよね？」

「付き合ったといっても、たった一週間だけだ。それに、彼女とはきちんと話し合って別れた」

「あの人は、いろいろと納得してないって言ってましたよ。今度こそ、がっかりさせないって……とにかく、私はもう帰ります――」

澄香は肩を揺すって時生の手を振り払った。踵《きびす》を返し、この場から立ち去ろうとしたが、その途端、身体がぐらついてよろけた。

「ほら、転ぶぞ！」

斜めになった身体を時生に支えられ、そのまま腕の中に抱き込まれる。

「転んだっていいです！　怪我したって、そんなの絆創膏《ばんそうこう》を貼っておけばすぐに治るし、私は、さっきの女性達と違って、雑草みたいに逞《たくま》しく生きてるので」

身体を揺すり、再び彼の手を振り払った。けれど、すぐにまた腕の中に抱き込まれ、向かい合わせの姿勢を取らされる。

「何をムキになってるんだ？　逞《たくま》しく生きていても、怪我をすれば血も出るし痛いだろう？」

膝を折り、顔を覗き込むようにそう言われて、なぜかさっきよりも心が痛くなった。

「ムキになんてなってません！」

「そう言ってる口調が、もうムキになってる。その靴じゃまともに歩けないだろう？　さあ、おんぶがいいか、抱っこがいいか、どっちだ？」

「なっ……何を言って――」

「ああもう、抱っこでいいな？」

そういうが早いか、時生が澄香の背中と膝裏を腕の中にすくい上げる。そして、観覧車の時のように澄香を横抱きにした。

「ちょっ……ちょっと待って――」

澄香が止める間もなく、時生が大股で歩き出す。あっという間に広場の中央に辿《たど》り着き、そこを大胆に横切って駐車場に向かう。

「おっ……お、下ろしてください！」

「ダメだ。どうせ下ろしても歩けないだろ。それと、今は少し黙っていたほうがいい。俺は別に構わないが、騒ぐと余計周りから注目を浴びるぞ」

素早く周りを見ると、確かに近くにいるカップル達がチラチラとこちらを窺《うかが》っている。

（恥ずかしいっ！）

澄香は時生の胸に顔を向け、彼の腕の中で小さくなった。

「いい子だ」

いくぶんコンパクトになった澄香を、時生がいっそう強く自分のほうに抱き寄せる。

背中を抱え込まれるような格好になり、周囲が気にならなくなった。そのまま運ばれ、駐車場でようやく腕を解かれ、地面に下ろしてもらった。

有無《うむ》を言わさず助手席に押し込まれ、ドアを施錠される。

運転席に着いた時生が、流れるような動作で車を発進させた。駐車場を出た車が、大通りに合流する。

「残念だが、美味《おい》しいカクテルは、また今度だ。その靴じゃ、歩き回るのも大変だろうし、ストッキングも破れてる」

うっかり、破れたストッキングまで見られてしまい、澄香は恥じ入って身を縮こめる。

せっかく逃げたのに、どうしてまた彼と一緒にいるのだろう？

本気で逃げようと思えば、逃げ出せたはずだったのでは？

一体、なぜそうしなかった？

靴がダメになってしまったのは事実だし、時生には人の意思をねじ伏せてしまうほど圧倒的なオーラがある。だからといって、彼から本気で逃げなかった言い訳にはならない。

結局は、彼に抗《あらが》えるだけの強い意志が自分になかったせいだ。

そんな自分を不甲斐なく思いつつ、澄香は前を向いたまま時生に話しかけた。

「どこに向かっているんですか？」

「夜景の綺麗な別の場所だ。車で二十分もかからない距離にあるし、そこなら人目につかず怪我の手当てができる」

「怪我なんかしてませんし、手当は必要ありません」

澄香は、できる限り冷静な声でそう答えた。しかし、心の動揺を隠しきれている自信はない。

「それはどうかな。よく見なければわからないし、軽い打撲ぐらいはしてるんじゃないか？　それと、さっきからものすごく帰りたそうな顔をしているが、とりあえず、その要望は却下させてもらう」

「どうしてですか？　もう十分すぎるほど時生さんを知る事ができましたし、当初の目的は果たしたと思います。それに、これ以上一緒にいても、お互いに気まずいだけだと思いますけど」

「俺はそうは思わない。さっきの件で気を悪くするのも当然だと思うが、せっかくのデートをこんな形で終わらせるのは、俺のプライドが許さない」

車が高速に乗り、スピードがグンとアップする。

「それに、余計な邪魔が入ったせいで、おそらく俺についてマイナスな情報までインプットされているだろう？　それを正すためにも、もう少し一緒にいてもらいたい」

どこに連れていかれるのかはわからないが、とにかく車が止まるまでは逃げる事もできない。もうここまで来たからには最後まで付き合うしかないだろう――そう思ってしまう自分の本音は、一体どこにあるのやら……

澄香があれこれと考えを巡《めぐ》らせている間も、車は渋滞に引っかかる事なくスムーズに進み続ける。

「走って喉が渇いたんじゃないか？　後部座席に冷蔵庫があるから、中の飲み物を好きに飲むといい」

「冷蔵庫、ですか？」

後部座席の足元を示され、澄香はうしろを振り返った。そこには、黒いコンパクトなボックスが置かれている。

「車用の冷蔵庫だ。長く運転する時とか、便利だぞ」

促《うなが》されて蓋《ふた》を開けると、中には数種類のペットボトルが入っていた。

「じゃあ、お水をいただきます」

澄香はペットボトルのミネラルウォーターを取り出し、蓋《ふた》を開けてひと口飲んだ。冷たい水が喉を通り、しゃっくりが出そうになる。

気づかないうちに、かなり喉が渇いていたようで、澄香はさらにペットボトルを傾けた。今まで飲んだ、どのミネラルウォーターよりも美味《おい》しく感じる。

一息ついて、また飲もうとすると、横から伸びてきた手にペットボトルを奪われ、あっという間に残りの水を飲み干された。

「あっ」

つい声が出てしまい、急いで口を噤《つぐ》む。

「なんだ？　間接キスだとでも言いたいのか？」

頭の中を見透かされ、澄香は咄嗟《とっさ》に首を横に振った。

「べ、別にそんな事思ってません」

「そうか？　その割には、顔が赤くなってるようだが」

「えっ？」

あわてて頬に手をやると、確かに少し熱くなっている。だが、そこでふと夜の高速道路を運転している彼が、澄香の顔の赤さなどわかるはずがないと気づく。

「からかわないでくださいっ！」

澄香は、やや語気を強めてそう言った。

「からかっているわけじゃない。そうじゃないかな、と思っただけだ。なんなら、もう一度キスをして、本当に顔が赤くなっているかどうか確かめてみようか」

「なっ……なんでそうなるんですか。やっぱり、からかっているじゃありませんか！」

「いや、俺は本気で、澄香ともう一度キスがしたいと思ってるよ」

今度は、頬に手を当てなくても自分の顔が赤くなっているのがわかった。

なんと返していいかわからず、澄香はだんまりを決め込んで窓の外を眺めた。

車が高速を下りて、大通りに入る。少し気持ちが落ち着いてくると、自分の振る舞いが恥ずかしく思えてきた。

思うところがあるにせよ、今は時生の車に乗っているわけだし、彼は何くれとなく気を遣ってくれている。それなのに、いつまでもマイナスの感情を引きずっているのはよくない。

ここは気持ちを切り替えて、本来の目的に戻るべきだろう。

澄香がそう思った時、車がジャンクションの屋上に造成された天空庭園の近くに差し掛かった。

そこは今から八年前にオープンした施設で、芝生《しばふ》を基礎として木や花が多く植えられている。施設内には図書館やテニスコートもあり、人々の憩《いこ》いの場になっている場所だ。

「時生さん、そこの庭園に行った事ありますか？」

澄香は天空庭園のほうを指して、訊《たず》ねた。

「いや、しょっちゅうそばを通りかかりはするが、来た事はないな」

「そうですか。私は何度かありますけど、見晴らしがよくておすすめですよ。春には桃やハナカイドウの花が咲いて綺麗ですし」

「ハナカイドウ？」

「中国原産のバラ科の低木です。ピンク色の花が綺麗で、楊貴妃《ようきひ》が眠る姿にたとえられたりして、中国では美人の代名詞として使われているんですよ。花言葉は『艶麗《えんれい》』『温和』『美人の眠り』です。私には無縁のものばかりですけど」

「無縁ではないだろう？」

最後のほうは小声で言ったのに、時生に聞き咎《とが》められてしまった。

「澄香は誰が見ても『温和』な感じがするし、実は『艶麗《えんれい》』で『美人の眠り』を体現したりするんじゃないのか？」

「さ、さすがにそこまでは……」

「自分が知らないだけかもしれないぞ。それにしても、さすがフローリストだけあって、いろいろと詳しいな」

「仕事をする上で、調べながら覚えたりするんです。花に花言葉の意味を込めて贈ったり、誕生日に誕生花を贈ったりする人もいるので。もちろん、ぜんぶは覚えきれませんし、調べる本によって違ったり、一種類じゃなかったりするから、ややこしくて」

ハナカイドウの花言葉と自分との関わりはともかく、花の知識を褒《ほ》められるのは嬉しかった。

我ながら単純だが、そもそもこれは仕事上のデートであり、遊びではない。それに、時生と話すのは楽しいし、いろいろと勉強になる。

「なるほど。じゃあ、俺の誕生日の六月十九日は？」

「それならわかります。薔薇《ばら》ですね」

「へえ、薔薇《ばら》か。それなら覚えやすい」

「薔薇《ばら》が誕生花だなんて、なんだかすごいですね。ゴージャスだし気品があって時生さんにぴったりです。ちなみに、花言葉は『愛』とか『美』です」

「それも、わかりやすいし覚えやすいな」

「薔薇《ばら》は、贈る本数によって意味が違うんですよ。一本だと『一目惚れ』とか『あなたしかいない』。百本だと『百パーセントの愛』。三百六十五本だと『あなたが毎日恋しい』。それと、色にも意味があって、中には『愛の減退』とか『恨み』とか、ちょっと怖い花言葉がついている薔薇《ばら》もあります」

「ふむ……花言葉があるのは知っていたが、そこまで考えた事はなかった。実に興味深い」

「調べてみると、面白いですよ。意味深なものもあったりして、人の思いの大半は、花で表現できると思います」

話すうちに、車が通りすがった高層ビルの敷地内に入った。緑が美しい庭を通り過ぎ、御影石《みかげいし》張りのエントランス横にある地下駐車場への道を進む。

「ここですか？」

「そうだ。スカイラウンジもあるが、できればもう少しプライバシーが保てる場所で、今の話の続きを聞かせてもらいたいんだが、いいかな？」

「もちろんです」

時生が慣れた様子で車を駐車スペースに停め、運転席から降りた。周囲には、澄香でもわかるような国内外の高級車がずらりと並んでいる。

(なんだかわからないけど、すごい……セレブ御用達の施設なのかな?)

まるで勝手がわからず、澄香は若干ソワソワしながら、時生が助手席のドアを開けてくれるのを待った。

今日は、いろいろとはじめての事だらけだし、予想外の出来事が目白押しだ。

(あんな事があったのに、結局帰らずに、こんなところまでついて来ちゃって……)

観覧車を降りてからの出来事を忘れたわけではない。

しかし、あの時彼が自分を庇《かば》ってくれたのは、ちゃんとわかっているし、それをありがたいと感じている。

それに、花の話となると、ついいつも以上に饒舌《じょうぜつ》になってしまう澄香だ。これほど花の話を熱心に聞いてくれる男性は希少だった。

いずれにせよ、これでまた時生の人となりを知る事ができるし、より彼という人物を理解できるのではないかと思う。

「どうぞ、お姫さま」

「あ……ありがとうございます」

おどけてみせる時生に照れたような笑顔を向けると、澄香は時生とともにエレベーターホールに向かう。ちょうどやって来た無人のエレベーターに乗り込み、奥に進んだ。

上昇が始まって間もなくすると、ガラス張りの窓の向こうに近くの街並みが見えた。それが、一気に下方向に遠ざかっていき、観覧車の景色とはまた違う迫力に、思わず声を上げる。

「わぁ、すごい……」

そのまま外の景色に見入っていると、いつの間にかノンストップで最上階に到着していた。

ホールの壁際には胡蝶蘭《こちょうらん》が飾られており、枝いっぱいに瑞々《みずみず》しい花をたくさんつけている。それを眺めつつ、導かれるままに長い廊下を歩き出した。

「立派で落ち着いた雰囲気の建物ですね。ここも、『一条コーポレーション』が建てたビルですか？」

時生が頷き、満足そうな微笑みを浮かべる。

「ああ、そうだ。外観や内観はもちろん、建物の周辺の緑地に至るまで、一流のデザイナーに監修してもらった、鳴り物入りのタワーだ」

そう言う彼の顔は、とても誇らしげだ。

きっと彼は、自分と同じように自身の仕事を愛しているに違いない。そう思うと、なんだかとても嬉しくなった。

「じゃあ、ここも時生さんの会社と同じように、コンビニやレストランが入っているんですか？」

「コンビニはないが、ここの住民専用のレストランがある。以前カフェだったところをレストランとしてリニューアルオープンさせたんだ。もちろん、味は保証するし、ワインセラーも充実しているぞ」

「え？　住民専用って……ここって、マンションなんですか？」

「ああそうだ。俺はここの最上階にあるペントハウスに住んでいる。そこに澄香を招待しようと思って、連れてきたんだ」

「ペ、ペントハウス……？」

「ペントハウスとは、大まかに言えば高級マンションの最上階に造られた特別仕様の物件の事だ」

「つまり、私は、これから時生さんのご自宅にお邪魔するって事ですか？」

澄香はうろたえて視線をあちこちに泳がせる。デートとはいえ、自宅に招かれるなんて想定外だ。

「そうだ。デート中なんだから、お互いの家に行くくらい普通だろう？　さあ、ここだ」

廊下の中ほどで立ち止まると、時生がマホガニー色のドアを開錠した。

（さすがにこれはマズイんじゃ……。あ、でも仕事上のデートだから、問題ない？）

「何を難しい顔をしているんだ？」

澄香が逡巡《しゅんじゅん》していると、時生が背中に手を添えて玄関の中に入るよう促《うなが》してきた。

玄関は一戸建ての豪邸と変わらないくらいに広く、床はクリーム色の大理石だ。靴を脱いで上がると、すぐに木製のドアがある。時生が先に行き、ドアを開けて澄香を誘《いざな》ってくれた。

中に入って正面に見えたのは、全面ガラス張りの壁に、ビルが乱立するパノラマの景色だ。

部屋の照明は、しっとりとした琥珀《こはく》色で、そのせいか夜景がより一層浮き立って見える。

窓の横幅は、およそ十五メートルくらいだろうか。

澄香は声もなく目の前の景色に見入り、背中をそっと押されるまま歩を進め、時生とともに窓際で立ち止まる。

近くには多くのビルが建っているが、皆ここよりも低く、とても見晴らしがいい。

澄香は一歩前に出て、ガラスに額《ひたい》をくっつけんばかりにして外を見た。別に高いところが苦手ではないが、さすがに足がすくむ。

遠くに見える高速道路が、夜の街を流れる河のように見えた。

「東京にはたくさんのタワーマンションがあるが、ここほど他のビルに視線を遮《さえぎ》られない部屋はめずらしい。特別な開放感があるし、プライバシーも保たれる」

手を取られ左方向に進むと、そちら側の壁もまたガラス張りになっており、つい今しがたいたところとは違う景色が広がっていた。今いる場所は、さっきいた部屋の真ん中よりも、さらに薄暗く感じる。

時生が照明を明るくしなかったのは、きっとこの景色を見せるためだったのだろう。

澄香は、そんな彼の心遣いに感謝しつつ、ゆっくりと視線を巡《めぐ》らせて目の前の光景を堪能する。

「どうだ？　結構いいだろう？」

「結構どころじゃないです。本当に素敵……あ、あれってさっき通りかかった天空庭園ですよね？」

澄香は興奮気味に声を上げ、そばにいる時生の顔を見上げた。

「そうだな」

時生が澄香を見て、にっこりする。

「やっぱり！」

視線を外に戻し、ガラスに手を付けて庭園に見入った。

「うわぁ……夜なのに、緑がくっきりと見えて綺麗ですね。それを上から見られるなんて、すごいです！　天空よりも上に住むって、一体どんな気分――」

ふいに肩を引き寄せられ、時生と向かい合わせになる。

そのまま背中をガラスに押し付けられ、指先で顎《あご》を上向かされたと思ったら、もう唇が重なっていた。

「んっ……ん……」

途端に心臓が跳ね上がり、息が止まった。

一体、何が起こったのか――澄香は大きく目を見開いて、身じろぎをしようとする。けれど、どうしてだか身体がこわばってしまい、動く事ができない。

観覧車でのキスに続き、時生の住まいであるタワーマンションでも唇を重ねてしまうなんて……しかも、今度のキスは前回よりも唇を重ねる時間が長い。聞こえてくるリップ音が静かな部屋の中で、やけに大きく聞こえた。

その音が、たまらなくエロティックだ。

聞いているだけで呼吸が乱れ、身体の奥がじんわりと熱くなる。

澄香の腰に回っている時生の手が、太ももに移動した。スカートの裾《すそ》がずり上がり、ストッキングを穿いた脚に直接彼の掌《てのひら》が触れる。

続いてヒップラインをなぞられ、左の尻肉をやんわりと揉まれた。

「ひっ……」

しゃっくりのような声が漏れ、澄香は頭を動かして、時生のキスから逃れた。しかし、すぐにまた唇を塞がれ、喘《あえ》ぐ口の中に彼の舌が入ってくる。

驚いた澄香は、反射的に彼の舌を噛んだ。

「痛っ……！」

時生が顔をしかめて澄香から唇を離した。

「ご、ごめんなさい！　だっ……だけど、いきなり、し、舌を入れるとか、どうかしてます！」

声が裏返り、話す唇が明らかに震えている。

澄香は彼の腕の中から逃げようとしたが、再び時生の腕に強く身体を抱き込まれた。

「いきなり驚かせるような事をして悪かった。それにしても、俺のキスを本気で拒《こば》むとは、たいしたものだ。前から思っていたが、本当に面白い。これほど俺を面白がらせる女性は、澄香がはじめてだ」

面白い？　自分のどこがどう面白いと言うのだろう？

澄香が大いに戸惑っている間に、時生に鼻先を近づけられ、唇をじっと見つめられた。その視線を、やけに官能的に感じる。

「そ……そんな目で見ないでください！」

「そんな目って、どんな目だ？」

「そ、その、今にも、むしゃぶりついてきそうな目です……！」

「それは仕方がないだろう？　俺は今まさに澄香にむしゃぶりつきたいと思っているんだから」

時生の唇が澄香の顎《あご》をかすめ、そっと首筋に吸いついてきた。

「ちょっ……ちょっと、もう！　何をしているんですか？」

澄香はもがき、顔を窓のほうに向けた。

「見てのとおり、澄香の首にキスをしてる」

「そ、それはわかってます！　そうじゃなくて、なんで、こんな事をするんですか？　私達、恋人でもなんでもないんですよ？」

時生の唇がゆっくりと鎖骨に下りていく。

澄香は彼の動きに抗《あらが》おうとして、さらに顔を窓に近づけた。すると、いつの間にか暗さを増していた目下の景色が、ふいに目の中に飛び込んでくる。頭の中からガラスの存在が消え去り、地上に向かって真っ逆さまに落ちていくような感覚に陥《おちい》った。

「きゃあぁっ！」

この高さから落ちたら、人はどうなってしまうのか——

凄《すさ》まじい恐怖に囚《とら》われ、澄香は咄嗟《とっさ》に時生の身体にしがみついた。膝がガクガクと震え、足元がおぼつかない。腰が抜けたみたいになり、時生がいなかったらその場にへたり込んでいただろう。

「大丈夫か？　ここは落ち着かないみたいだな」

そう言うなり、時生が彼にしがみついていた澄香の両手を自分の首に回させた。そして、澄香を軽々と横抱きにすると、そのままスタスタと歩き出す。

「ど、どこへ行くんですか？」

「ベッドルームだ。腰が抜けたみたいだから、ひとまず横になったほうがいいだろう？」

「べ、ベッドって……ダメですよ！　さっき言いましたよね？　私達、恋人でもなんでも――んっ、ん……」

歩きながらキスをされ、身体の内側が、じゅんと熱く湿り気を帯びる。

無理矢理なのに、なぜか優しさを感じるし、不思議と怖さを感じない。

けれど、どう考えてもこの状況はおかしかった。

どうにかしなければ――そうは思うものの、まだ身体に力が入らず、結局は彼にされるままになってしまう。

「ベッドに行くのが、そんなにダメか？　何か特別な事が起きるのを期待している？」

「ち、違います！」

「だったら、別に構わないだろう？　それに、さっき花言葉についてもっと話を聞かせてくれると言ってくれたよな？」

「そ、それはそうですけど……」

部屋の反対側まで歩き、ドアを開けて廊下に出た。

その先に、ドアが開いたままの部屋が見える。時生に抱えられたまま中に入ると同時に、壁際に置かれている間接照明が点《つ》いた。

ここも広々としており、少なくとも「フローリスト・セリザワ」の一・五倍くらいの広さがある。

窓際にはキングサイズのベッドが置かれており、さっきの部屋同様、美しい夜景が見えた。

時生がベッドの前まで歩を進め、澄香を下ろそうと前屈《かが》みになる。

ようやく少し身体が動くようになり、ベッドの上に下ろされるなり手足をばたつかせた。

「おっと……今頃暴れ出すとは、油断ならないな」

横向きになって逃げようとしたのに、時生の腕に阻《はば》まれてしまう。それでもなおベッドの外に出ようとして下を見ると、そこには大きな犬用のサークルが置かれていた。

「あっ……これって——」

「これは、ハナ——あの犬のサークルだ。二日前に、ようやく保護施設から連絡があって、引き取られていったんだ」

時生の話によると、保護施設に行った時に、里親募集用に写真だけは先に撮ってもらっていたらしい。そして、つい先日里親希望者が現れ、今はその人の家でマッチングを兼ねたトライアルをしている最中なのだという。

「その人は、あの犬の足に後遺症が残っている事も承知しているし、昔から犬を飼っていて経験も豊富だと保護施設の人が言っていた。一軒家で広い庭もあるというし、そこならきっと可愛がってもらえるだろうな」

そう言ってサークルを見る時生の顔は、なんだか寂しそうだ。

サークルの中を見ると、エサ入れや犬用のベッドはもちろん、おもちゃや暖かそうな毛布まで揃っている。

「あのワンちゃん、『ハナ』って名前にしたんですか？」

「一時的に預かっているだけだし、名前をつけないつもりだったんだが、呼びにくいし、一応、名前をつけてみたんだ。澄香の店に行った時、花を嬉しそうに見ていた顔を思い出して、その名前を思いついた」

「いい名前ですね。『ハナ』ちゃん……。しあわせになるといいですね。可愛いし、いい子だから里親さんにも気に入られると思います」

「そうだろう？　『ハナ』は可愛いんだ。それなのに、俺の知り合い連中の中には、雑種だからという理由で『ハナ』を軽んじるやつが大勢いた。『ハナ』ほど賢くて愛らしい犬は滅多にいないというのに——」

ブツブツと文句を言う時生は、心底腹を立てている様子だ。

春奈が予想したとおり、時生はいい人なのだろう。しかし、だからといって、それがこんなふうにベッドに連れ込まれてもいいという理由にはならないが……

時生の気が逸れているうちにと、澄香はそっと身体を下にずらそうとした。しかし、いち早くそれを察知した彼に、優しく羽交《はが》い締《じ》めにされる。

「『ハナ』を正しく理解して褒《ほ》めてくれるのは澄香だけだ。……澄香……今夜はここで朝まで俺と一緒に過ごそう」

そう話す唇が、目前まで迫ってくる。

てしまう。

澄香は咄嗟《とっさ》に彼の唇を掌《てのひら》で制した。だが、すぐに手首を掴まれてベッドの上に押さえつけられ

「俺のキスを二度も拒《こば》むとは、いい度胸だ。澄香、何がそんなに気に入らないんだ？　もっとロマンチックな演出をしてほしい？　それとも、セクシーに迫ったほうがいいか？　せっかく、ここまで来てもらったんだ。澄香の望みどおりのアプローチをするよ」

「そ、そういう事じゃなくて！」

その言葉が耳に入らなかったのか、時生がベッドの上に仰向けになっている澄香の腰を挟む格好で膝立ちになる。

そして、スーツのジャケットを脱ぎ捨て、首元に指をかけてネクタイを緩めた。続いて、流れるような動きで外《はず》したネクタイをベッドの外に放り投げる。

まるで、ロマンチックな映画のワンシーンみたいだ。

シャツの前がはだけられ、引き締まった胸と腹の筋肉が飴《あめ》色の照明の中にくっきりと浮かび上がった。

頭の中がカッと熱くなり、それが瞬時に全身に広がっていく。身体中の肌がチクチクと粟立《あわだ》ち、あろう事か、脚の間に熱いときめきが生じた。

「やっ……」

思わず両膝を硬く閉じて、全身をこわばらせる。すると、澄香の変化を見透かしたように、時生がおもむろにシャツを脱いで、上から覆《おお》いかぶさってきた。

両方の手指を絡められ、鷹揚《おうよう》に微笑まれる。

どのしぐさをとっても完璧だし、まさにロマンス映画のヒーローといった感じだ。

「どうやら気に入ってくれたみたいだな？　言っておくが、これはとびきりスペシャルなサービスだぞ——」

「んっ……ん……む……」

唇にキスをされ、舌で口の中をまさぐられる。脳味噌が茹《ゆだ》ったようになり、瞳が潤《うる》んできた。

男性経験ゼロの澄香だが、性的な欲求がないわけではない。しかし、それとこれとは話が別だし、いくらなんでもこれはダメだ——

「ダメッ！」

澄香は思いきり身を捩《よじ》り、時生を遠ざけようとした。しかし、手を押さえつけられているから、実際にはわずかに身体が離れただけに終わってしまう。

「どうしてダメだなんて言うんだ？　また、恋人同士でもないのに、って言うのか？」

「そうです。私と時生さんは、あくまでも仕事の関係でデートしているだけなんですよ？」

「そうだな」

短くそう答えた時生の顔には、それがどうしたと言わんばかりの表情が浮かんでいる。

どうしてこうも話が通じないのだろう？

これほどハイスペックな美男だから、きっと会った女性とすぐにベッドインするのは、日常茶飯事なのかもしれない。

「とにかく、ダメなものはダメです！　時生さんが普段、女性とどんな付き合い方をしているかは知りませんが、私をそうした女性と一緒にしないでください。この状況だけでも普通じゃないのに、その上、朝まで一緒に過ごそうだなんて……そんな事できるわけがないじゃないですか！」

「ふむ……澄香の言いたい事はわかった。つまり、仕事上のデートで、キスをしたりセックスをしたりするのはおかしいと言いたいんだな？」

「セッ……セ……」

言われた言葉が、あからさますぎる。

二十八歳にもなれば、朝まで一緒にいるという事が何を意味するのかくらいわかっている。しかし、はっきりそう言われたわけではない。もしかしたら、朝まで何もせずに語り合う可能性だってゼロではなかった。

むしろ、そうであってほしいと願っていたのに、やはりそういう意味で言っていたなんて……

驚きすぎて言葉が出てこないし、わけがわからないくらい動揺している。それと同時に、自分の能天気な馬鹿さ加減に、苛立ちを抑えきれなくなった。

「時生さんは、一体私の事をどんなふうに思っているんですか？　私は誘えばすぐにそういった関係になるような軽い女じゃありません！」

澄香の憤《いきどお》る気持ちが伝わったのか、時生がいくぶん表情を改めて握った手に力を込めた。

「もちろん、澄香がそんな女性じゃないのは、十分わかってる」

「だったら、どうしてこんな事をするんですか？　私の事を面白いって言いましたよね？　私のどこがどう面白いんですか？　もっと面白くするために、セックスしてみようって事なんですか？　そんなの、ぜったいに嫌です！」

気がつけば、自分でも、びっくりするくらいの大声を出していた。

恥ずかしいやら気まずいやらで、どうしたらいいかわからなくなってしまう。

澄香が俯《うつむ》いて黙っていると、時生が絡めていた指をほどき、そっと背中を抱き起してくれた。

「俺が澄香の事を面白いと言ったのは、今までに出会った事がない女性だからだ。もちろん、いい意味で」

時生が、横座りになった澄香の左右に膝を立てて腰を下ろす。そして、澄香の乱れた前髪を指で丁寧に整えてくれた。

「これまで複数の女性とデートしてきたが、今日ほど楽しいと思った事はない。ありがたくないアクシデントはあったが、あそこにいた女性達に言ったのは、すべて俺の本当の気持ちだ」

澄香は下を向いていた視線を、そろそろと時生に向けた。彼は澄香に語りかけるような目で、こちらをじっと見つめている。

「正直、自分でも驚いている。こんなに一人の女性に興味を持ったのははじめてだし、だからこそ純粋に澄香をもっと深く知りたいと思って、ここに誘った。一緒に過ごすうちに澄香が可愛くて仕方なくなって、どうしても澄香がほしくなった。これが俺の今の本音だ」

時生の言葉を聞き、澄香の胸が痛いほど高鳴り始める。彼が裏表のない正直な人であるのは、これまでの付き合いから理解できている。

彼がそう言うのだから、きっとそうなのだろうと思う。

それを嬉しく思う気持ちがある反面、どうして彼がそう思ったのか、まったく理解できなかった。

「だからって、すぐに深い関係になるなんて、おかしいです。何度も言いますけど、私と時生さんは恋人同士じゃありませんよね？　私、きちんとお付き合いをしている人とでなければ、そういう事はできませんし、したくないんです」

澄香が、きっぱりとそう言い放つと、時生が眉を顰《ひそ》めながら深く頷いた。

「よし、わかった。たった今から、俺ときちんと付き合おう。二人が恋人同士になれば、何も問題はないわけだろう？」

そう言い終わるなり、時生が澄香の顎《あご》を掴み、唇に軽くキスをしてきた。

「今のやり取りで、澄香が思っていた以上に貞操観念があって、真面目な女性だとわかった。澄香は面白くて貞淑《ていしゅく》な、すごくいい女だ。そんな澄香と寝たいと思うのは、ごく自然な感覚だったんだな。ようやく腑《ふ》に落ちたよ」

そのまま、ゆっくりと押し倒され、脚の間に彼を挟む格好で仰向けになった。またしても唇を押し付けられ、あわてて顔を背《そむ》ける。

「……んっ……ぷわっ！　な、なんでそうなるんですか？　て、展開が速すぎて、ついていけませんっ――ん、んっ……」

逃げる唇を執拗《しつよう》に追いかけられ、話す言葉を封じ込むようにキスをされる。

「仕事も恋愛も、スピードが大事だ。それに、澄香だって多少は俺の事を受け入れてるだろう？

そうでなきゃ、こう何度もキスを許すはずがない。そうじゃないか？」

返事をする間もなく唇を重ねられ、舌を絡め取られる。腰から下を長い脚でやんわりと押さえつけられ、一気に密着度が増した。スラックスの生地《きじ》をとおして、時生の引き締まった脚の筋肉の硬さが伝わってくる。

逃げようとしても、上からしっかりと押さえ込まれていて容易には抜け出せない。

唇を離され、正面から瞳をじっと見つめられる。時生が腰を落とし、澄香の脚の間にスラックスの股間をグッと押し付けてきた。

「ひ、ぁっ……！」

「さっき、俺の裸を見て、うっとりとした顔をしただろう？　性欲を感じて、ここがしっとりと濡れたはずだ」

時生が、花房に勃起した性器を押し当て、ゆるゆると捏《こ》ねるように左右に動かしてくる。

洋服を着たままとはいえ、そんなところに触れられた事など一度もない。

澄香は声を震わせて、それを否定した。

「そ、そんな……ち……違っ――あんっ！」

「澄香は正直者だが、時々ちょっとした嘘を吐くんだな。違うというのなら、実際に澄香のここを指で触って、確かめさせてもらってもいいか？」

スカートの裾《すそ》を捲《まく》られ、太ももの内側をそっと掌《てのひら》で撫でられる。

「ダ……ダメです！　そんないやらしい事……無理に決まってます！」

顔があり得ないほど熱くなり、いつの間にか全力疾走したあとのように息が上がっている。それに、なぜか身体中がむず痒《がゆ》くてたまらない。

もしかすると、時生の言うとおりの状態になっているのだろうか？

いずれにせよ、これは緊急事態だ——

「これだけは先に言っておくが、俺は澄香を傷つけようなんて少しも思っていない。恋人になるからには大事にするし、ぜったいに俺と付き合ってよかったと思わせてやる」

キスをされ、彼の舌が我が物顔で口の中に入ってくる。頭の芯が痺《しび》れ、下腹がどうしようもなく熱くなった。

「いい加減、認めるんだ。俺とセックスをするのは嫌じゃないだろう？　むしろ、積極的に抱かれたい……そうじゃないか？　だってほら、これがいい証拠だ」

時生の指先が、澄香のショーツのクロッチ部分に触れた。そこをちょっとだけ押されただけで、全身に熱い衝撃が走った。

「こんなに濡れてるのに、その気がないなんて言わせない」

「あぁっ……あ……」

首筋に舌を這《は》わされ、声を上げる。

ビクリと腰が跳ねた拍子《ひょうし》に、時生の指に花房がぴったりと寄り添った。すぐに腰のベルトがカチャカチャと音を立て、ほどなくしてスラックスがベッドの下に落ちる音が聞こえてくる。

「ダメったら、ダメです！　いくらなんでも、早すぎます！　だって、まだ出会ってから少ししか経ってないし、お互いによく知りもしないし、今日だって本当のデートじゃなかったし——」

「時間がなんだ？　知り合うなら、これからいくらでも知り合える。今からが、本当のデートだ。ぜったいに後悔はさせない……澄香、俺と寝るんだ！」

そう言い放つ時生の顔には、獰猛《どうもう》な雄の表情が浮かんでいる。

「んっ……ん、ん……」

言い終えるなり貪《むさぼ》るようなキスをされ、息さえもままならなくなる。

なんて強引で、自分勝手なのだろう——そう思うのに、心の底では深く彼と結ばれたいと望んでいるのを、もう誤魔化す事ができない。

いつの間にか膝の力が緩み、シーツを硬く掴んでいた指がほどけた。

抵抗する事なくカットソーを脱がされ、ストッキングごと下ろされたスカートをベッドの下に落とされる。

「澄香——」

名前を呼ばれ、唇の先に緩く噛みつかれた。

このまま思う存分、彼に抱かれ、何もかも奪われてしまいたい——

そんな淫《みだ》らな思いに囚《とら》われ、澄香は思わず身震いをした。

ブラジャーのカップを引き下ろされ、あらわになった乳先にぢゅっと吸いつかれる。

「あっ……あああっ！　あっ、あ、あああっ！」

反対側の乳房を掴まれ、乳暈《にゅううん》を指の間に挟まれてクニクニといたぶられた。指の位置がだんだんと乳先に移動するにつれ、身体中の血が沸くような感覚に陥《おちい》る。

上体を仰《の》け反《ぞ》らせた時、背中のホックが外《はず》れ、ショーツを踵《かかと》まで引き下ろされた。

何ひとつ身に着けていない格好にさせられ、唇に長いキスをされる。

時生の唇が首筋を下り、胸の膨らみにたくさんのキスを落としてきた。

そうしながら、彼の指先が右の乳房の先端を摘まんだ。

もう片方の乳房にかぶりつかれ、舌先で乳暈《にゅううん》を捏《こ》ねるように舐《な》め回される。それが、信じられないほど気持ちいい――

身体の内側から快感が込み上げてきて、澄香は我にもなく嬌声《きょうせい》を上げた。

「あんっ……あ、あっ……あ――」

ぼんやりと霞《かす》む目を瞬《また》いて胸元を見ると、上目遣いでこちらを凝視する時生の視線とぶつかった。

それほど強く見つめられているとは思わず、澄香はにわかに動揺する。瞬時に恥ずかしさが込み上げてきて、上体を浮かせ足でシーツを蹴った。

ちゅぷん、という水音とともに、時生の口から澄香の乳房が離れた。しかし、すぐに上半身を引き戻されてもう片方の乳房にかぶりつかれる。

歯列で乳暈《にゅううん》をこそげられ、乳先を吸われながら先端を甘噛みされた。

身体の芯がジィンと熱くなり、居ても立ってもいられなくなる。

男性に触れられ、胸を愛撫《あいぶ》されただけで、こんなふうになるなんて――

これは相手が時生だからだ。他の男性では、ぜったいにこうはならない。そもそも相手が彼以外だったら、きっとセックスをしようなどと思わなかったはずだ。

「ああ……と……きお……さんっ……。あああっ……！」

乳房ばかりか、身体中が彼の愛撫《あいぶ》に反応している。

セックスが、こんなにも心震わせるものだなんて、知らなかった。

澄香が愛撫《あいぶ》の沼にどっぷりとはまっていると、彼の唇が乳房を離れて鎖骨の上に移動する。

ホッと一息ついたのも束の間、時生の手が澄香の腰に下り、太ももの内側を捏《こ》ねるように撫で回してきた。

そうしながら、彼の手の甲が澄香の花芽の上をかすめ、思わせぶりに何度もそこを往復する。

「ひっ……」

思わず声を上げ、そのまま息が途切れた。

胸への愛撫《あいぶ》とは違う衝撃を受け、澄香の身体が震えだし、歯がカチカチと音を立てる。

さっき感じた快楽は、激しかったけれど夢心地になってしまうほど甘やかだった。

しかし、今度のは、いきなり脳天を貫かれたような強い衝撃を感じる。

そこにほんの少し触れられただけで、まるで電気を流されたかのように全身が痺《しび》れるのだ。

「あっ……ああああんっ！　あぁっ……！」

時生の唇が、再び乳先に戻ってきた。

一カ所ずつでも十分感じるのに、二カ所同時に愛撫《あいぶ》されたら、もうどうしていいかわからない。

横になりながら腰が抜けそうになり、澄香は荒い息を吐きながら、もたげていた頭をがっくりとベッドの上に預けた。

「どうした？　ひどく震えてるな」

返事をしようにも、歯の根が合わず、思うように喋《しゃべ》る事ができない。

時生が澄香の上体を腕で支え、頭の下にそっと枕をあてがってくれた。そして、さっきまでとは打って変わった優しいキスをしてくる。

「ん……ふ……ぁっ……」

もはや、唇が触れ合っただけでも身体の奥に、新たな快感を覚えた。

キスの合間に吐息が漏れ、彼にもっと触れてほしくてたまらなくなる。

自分がこんなにも性急な淫欲《いんよく》を感じている事に驚きつつ、澄香は時生のキスを受け入れ、舌が絡み合うたびに小さく声を漏らした。

「澄香……今までまともにデートをした事がないって言っていたが、もしかしてセックスもはじめてか？」

静かな声でそう訊《たず》ねられ、澄香はおずおずと時生に視線を向けた。

遅すぎるロストヴァージンに、引かれたらどうしよう……

そう思い、素直にそうだとは言えなかった。

「わ……私、もう二十八歳ですよ？」

「ふむ……二十八歳か。俺よりもふたつ年下だな」

またキスをされ、首筋に舌を這《は》わされる。

話す時に頬が若干引き攣《つ》ったけれど、なんとか誤魔化せた――澄香が安堵していると、大きな掌《てのひら》が乳房をそっと揉みしだいてくる。

「あんっ！」

澄香は短く声を上げ、うっとりと自分の胸を愛撫《あいぶ》する彼の手に見入った。

長い指はわずかに節くれだっており、太い血管が浮いた手の甲が、いかにも男性的だ。

自分とはまるで違う手指に胸を触られ、それだけで心臓が跳ねて息が苦しくなる。

胸元にあった時生の手が、下腹に移動した。指先が和毛《にこげ》を軽く弄《もてあそ》んだあと、恥骨を超えてその先にある花房に、そっと指を差し入れてくる。

「ふぁっ……あっ……ゃあああんっ！　あ、ああああああっ！」

身体がビクリと跳ね上がり、その拍子《ひょうし》に首筋から唇が離れた。

敏感な中を指で弄《いじ》られ、溢《あふ》れ出た蜜にまみれた指で花芽の先をいたぶられる。

澄香は身を捩《よじ》りながら、シーツを蹴って上に逃げた。

時生が身を起こし、視線を合わせてくる。

彼は、蜜に濡れた指を口元に近づけ、思わせぶりにそれを舌で舐《な》め上げた。

「澄香は、とても感じやすいんだな」

時生が低い声でそう呟き、澄香の身体に視線を這《は》わせながら、太ももの裏側を撫で回してくる。

「それに、とても綺麗な肌をしている。見たところほくろひとつ見当たらない」

上に逃げたはいいが、そのせいで彼に全裸姿を晒《さら》すような位置に来てしまった。

ただでさえ今の状態が恥ずかしいのに、わざわざ全身を見られるような振る舞いをしてしまうなんて……

澄香は左手をうしろにつき、右腕で両方の乳房を覆《おお》い隠した。腰をひねり、少しでも秘部が見えないようにする。けれど、そうしたつもりが、逆に彼に濡れた花房を見せつけるような姿勢をとってしまった。あわてて腰の位置を戻そうとするも、その直前に彼の手に阻止された。

「澄香――まさかとは思うが、俺を煽《あお》ってるのか？」

「あ……煽《あお》ってなんかいませんっ……」

「じゃあ、無意識に俺を誘惑してるわけか」

「ゆ、誘惑なんか――ひゃっ！　やぁんっ……」

閉じた脚の片方をベッドに抑え込まれ、もう一方の膝裏を腕に抱え込まれた。

時生に向かって大きく脚を開く姿勢を取らされ、いきなり花芽の先にチュッと吸いつかれる。

あまりに強い快感に襲われ、澄香は掠れた声を上げて全身をこわばらせた。頂《いただき》を舌の先で転がされ、耐え切れずに、小さく叫び声を上げる。

「ああんっ！　あ……あぁっ……！」

さんざんそこを嬲《なぶ》られ、ようやく解放された澄香は一気に脱力する。

崩れるようにベッドの上に倒れ込むと、時生がすぐに上からのしかかってきた。

「澄香……また正直者の嘘を吐いたな？」

喘《あえ》ぐ唇を舌先でなぞられ、彼の膝にぴったりと閉じていた両脚を割られる。

「う……嘘なんか、吐いてません……」

「嘘というか、曖昧《あいまい》に返事を濁《にご》して、処女って事を誤魔化そうとしただろう？」

「そ、それは……」

ズバリと指摘され、鼻先まで顔を近づけられた。

「くくっ……その顔、『はい、そうです』って言っているようなものだな。澄香、これがはじめてのセックスなんだろう？　もしかして、キスもはじめてか？」

澄香は口ごもるも、今度は正直に「はい」と答えた。

ぜったいに馬鹿にされる——そう思ったが、意外にも時生は蕩《とろ》けそうな微笑みを浮かべて唇にキスをしてきた。

「そうか。俺が澄香のはじめての男なんだな？　嬉しいよ……事前に言ってくれれば、もっとゆっくり進めたのに。どうして言わなかったんだ？」

「しょ、処女とか……キスもまだだなんて、恥ずかしくて言えるわけありませんっ……。もう二十八歳なのに……ぜったいに馬鹿にされるって思ったから——」

下を向く顔を指先で上向かされ、唇に微かに触れるだけのキスをされた。

吐息が混じり合い、じれったさもあいまって、呼吸がいっそう乱れてくる。

「馬鹿になんかしない。澄香を真面目で貞淑《ていしゅく》な、いい女だと言ったけど、俺が思っていた以上にそうだったんだな」

左乳房を掌《てのひら》で包み込まれ、やんわりと揉まれる。指の間に乳先を囚《とら》われ、そっと締め付けられると声が漏れた。

「澄香は、本当に可愛いな。ちょっと触れただけでも、敏感に反応する。……俺がこれから、どうするか見てろ――」

軽く唇にキスをしたあと、時生が澄香の乳房を改めて掌《てのひら》で包み込んできた。そして、ゆっくりと揉みながら、先端に舌を這《は》わせてくる。吸いついたり、舌で転がされたりしているうちに、先端がだんだんと硬くなっていくのがわかった。

「は……ぁんっ……はぁ……。やぁあんっ……！」

はじめこそ我慢していたものの、次第に抑えきれなくなって声を漏らした。

両方の胸を手と唇で交互に愛撫《あいぶ》され、感じるあまり、まともに目を開けていられなくなってしまう。

「澄香」

名前を呼ばれると同時に、身体を腕に包み込まれ、そのまま仰向けになった時生の左肩に頭を預けた。触れ合っている肌から、時生の体温を感じる。

こんなにも感じてしまう自分が恥ずかしく思えて、澄香は彼の胸に顔を埋めた。

そのまま顔を上げられずにいると、時生が優しく髪の毛を撫でながら、頭のてっぺんにキスをしてくる。

しばらくの間じっとしている間に、ようやく呼吸が整ってきた。それでもなお恥ずかしさは残っており、とてもじゃないけれど顔を上げられない。

しかし、時生の指で顎《あご》を持ち上げられ、思わず開いていた目蓋《まぶた》を閉じて唇を硬く結んだ。

「……澄香、今の表情はどう解釈したらいいんだ？　キスをしてほしいのか、もう、とっとと抱いてほしいのか――」

「そ、そうじゃありませんっ！」

澄香は咄嗟《とっさ》に目を見開いて、時生の顔を見た。彼は澄香を見つめ返し、口元に微笑みを浮かべながら目を細めた。

「じゃあ、もっとたっぷり感じさせてほしい？　……それとも、もう触られたくない？」

「いえ、まさかそんな事――」

速攻で否定すると、時生が小さく笑った。

澄香は恥じ入って下を向こうとしたが、彼に唇を奪われて、そうできなくなる。

「じゃあ、あとでもっと触ってやる」

囁《ささや》くようにそう言われ、図らずも期待で胸がいっぱいになった。

そんな自分に驚きこそすれ、もう抗《あらが》う気持ちなど欠片《かけら》ほども残っていない。一体なぜ、という疑問はあるが、結局は自分自身の気持ちに正直になるより他はなかった。

時生に寄り添うように横たわっているから、いくぶん恥ずかしさは和《やわ》らいできている。もしかすると、処女とわかり、いろいろと気を遣ってくれているのだろうか？

そんなふうに思えて、また少し彼のほうに気持ちが傾いていった。

見つめ合い、唇を重ねながら、時生が再び澄香を仰向けにして、その上にゆったりと覆《おお》いかぶさってくる。

「そういえば、さっきの話――花言葉に関する話の続きをしてもらう約束だったな。俺の誕生花は薔薇《ばら》。澄香の誕生日はいつだ？　誕生花は？」

「私の誕生日は、一月十七日……誕生花は、何種類かあって……『胡蝶蘭《こちょうらん》』とか『マーガレット』とか――」

「胡蝶蘭《こちょうらん》はすぐにわかる。ちなみに、花言葉は？」

「『清純』とか、『変わらぬ愛』です」

「マーガレットは？」

「色にもよりますが、『真実の愛』とか『心に秘めた愛』とか……」

「なるほどね。その他にも誕生花があるのか？」

両方の乳房に何度となくキスをされ、背中がベッドから浮き上がった。澄香は息を弾ませつつ、もうひとつの誕生花を口にする。

「ナ……ナズナ、です」

「ほう、ナズナか。はじめて会った時にナズナの花言葉を教えてくれていたよな。なんだったかな？　もう一度教えてくれないか？」

微笑む彼は、きっとその花言葉を覚えている。

澄香は口ごもり、恥じらいを込めた目で彼の顔を見つめた。

「どうした？　忘れたのか？」

目を細め、舌で乳先を嬲《なぶ》るその様子を見て、澄香は彼がナズナの花言葉をぜったいに覚えていると確信する。

それなのに、わざわざ、このタイミングで言わせようとするなんて……

ものすごく意地悪だ。

けれど、そんなやり取りが、澄香の心をより一層熱くしているのは間違いなかった。

「ナズナの花言葉は……『あなたに私のすべてを捧げます』……です」

「ああ、そうだったな。……とてもいい花言葉だ。今の俺にとって、最高の殺し文句だよ」

「あっ……、と……時生さんっ……ああんっ！」

摘まんだ乳先を舌で弄《もてあそ》ばれ、音を立てて吸われる。

その音を聞くだけで、身体中が小刻みに震えてきた。

「可愛いよ、澄香……何も心配はいらない。ぜったいに嫌な思いはさせないし優しくする。大切に扱うって約束するよ」

時生の唇が澄香の乳房に移り、左右の乳先にキスを浴びせかける。そうする間に、時生が再度澄香の頭の下に枕をあてがってくれた。

「こうすれば、俺が澄香に何をしているか、よく見えるだろう？」

見つめられながら、ニッと微笑まれ、図らずも胸が高鳴ってしまった。

完璧な肢体を持つ獅子のような時生に、見惚れずにはいられない。

彼が獅子なら、自分は彼に捕らわれた獲物だ。

一体、これからどんなふうに彼に食べ尽くされるのだろう？

言いようのない緊張と高揚感で胸がいっぱいになりつつ、澄香は恥じらいながら身も心も潤《うるお》っていく自分を感じていた。

「澄香の全身にキスしたい……。こんなふうに思うのは、澄香がはじめてだ」

時生の指が澄香の花房を割り、中の蜜を外に溢《あふ》れさせた。指先で秘裂を撫で回され、花芽に蜜を塗りたくられる。

「あんっ！　あっ……あああ——」

突然激しい愉悦《ゆえつ》を感じて、澄香は頭のてっぺんを枕に擦りつけて身もだえした。

まるで感電でもしているかのように身体が震える。

あまりにも感じすぎて、澄香は咄嗟《とっさ》に時生の肩にすがり付いた。身体が仰《の》け反《ぞ》るたびに二人の身体が密着する。

ようやく花芽から指が離れた時には、いつの間にか時生の首に腕を回し、自分から彼に抱きついていた。

はたと気がついて腕を解くと、時生がにっこりと微笑んで唇を合わせてくる。

「……澄香……本当に可愛い——」

小刻みにキスをされ、そのたびに見つめられ「可愛い」と言われた。

ものすごく甘やかされている気分になり、澄香はぐったりと身体を弛緩《しかん》させて彼のキスに身を委《ゆだ》ねた。

そんな蜂蜜のように甘いひと時にどっぷり浸《ひた》っていると、時生がおもむろに澄香の太ももを両手に抱え上げる。微笑みながら、さらに脚を高く上げられ、気がついた時には両方のふくらはぎが姿勢を低くした時生の双肩にかかっていた。

「やっ……な、何をするんですかっ……」

惚けていた頭が少しだけ覚醒し、澄香は掠れた声を上げながら脚を下ろそうとした。けれど、あっさりと制されて、首を横に振られる。

「いい子だから、じっとして。澄香の全身にキスしたいと言っただろう？　まずは、ここからだ。はじめて身体を開くんだし、舌で少しずつほぐして慣れさせてやる」

「あっ……ダメっ……お、お風呂にも入ってないのに――ああっ……！」

澄香の抵抗も空《むな》しく、濡れそぼった秘裂に唇を押し当てられた。中を舌でねっとりと舐《な》め上げられ、花芽にそっと吸いつかれる。

その途端、目の前に幾千の星が散り、全身の産毛が熱く総毛立った。

「やああんっ！　あ……ああんっ！」

澄香は、あられもない声を上げて身を捩《よじ》った。

しかし、腰をしっかりと抱えられているせいで、彼の愛撫《あいぶ》から逃れる事ができない。

澄香がもがいている間も、脚の間から淫《みだ》らな水音が聞こえ続けている。

だんだんと抵抗する気持ちが消えていき、羞恥心《しゅうちしん》すら甘やかな期待に変わった。

「あんっ……あ……」

まるで赤ん坊が母親の乳を飲むように、時生が音を立てて花芽に吸いつく。

乱れがちな呼吸に嬌声《きょうせい》が混じりだし、澄香はうっとりと瞬《まばた》きをして目の前の光景に見惚れた。

身体の奥から、新しい蜜が溢《あふ》れ出るのがわかる。

澄香の視線を感じたのか、時生が顔を上に向けた。そして、これ見よがしに澄香の腰を持ち上げ、花芽の先を舌先で捏《こ》ね回して見せる。

目を逸らさなければと思うのに、視線はそこに釘付けになった。

「クリトリスは男性のペニスと相同のものだ。刺激すれば勃起するし、愛撫《あいぶ》すればそれだけでイける。知ってるだろ？」

「し、知りませ……ああっ！　あ！　ああああっ！」

今の言葉を実践するかのように、時生が澄香の花芽を執拗《しつよう》に愛撫《あいぶ》してくる。

花芽の両脇を指で押さえられ、つるりと包皮を剥《む》かれた。露出した頂《いただき》を舌で押し潰すように舐《な》め上げられ、全身が浮き上がったような感覚に陥《おちい》る。

眉間《みけん》に光の礫《つぶて》を投げつけられたような衝撃が走り、それが目の前で弾けた。

身体が硬直し、天地がわからなくなる。

ビリビリと痺《しび》れるような快感に囚《とら》われ、澄香は無意識に自分の太ももを抱え込んだ。

「はうっ……！　あ、あ――」

ふいに蜜窟の入り口に違和感を感じ、そこをキュッと窄《すぼ》める。

何か熱いものがそこに押し入ってくる――それが時生の舌だとわかるなり、澄香の身体が燃えるように熱くなった。

硬く尖らせた舌を繰り返し中に差し込まれ、そこをちゅうちゅうと吸われる。溢《あふ》れ出る蜜と唾液が入り混じり、後孔を伝ってシーツをしっとりと濡らしていくのがわかった。

チロチロと中をくすぐられ、時折ぐっと中を探られては、また引き抜かれる。少しずつ時生の愛《あい》撫《ぶ》に慣らされたそこが、はしたないほど舌の動きに反応した。

澄香は、いつの間にか閉じていた目蓋《まぶた》を上げて時生のほうを見た。すると、見た事もないほど淫《みだ》らな光景が目に入り、自然と瞳がしっとりと潤《うる》んでくる。

ものすごく、いやらしいのに、胸が痛くなるほどの悦《よろこ》びを感じた。

蜜窟から舌を抜いた時生が、ふと前髪を掻き上げる。その姿勢のまま視線が合い、うっすらと微笑みかけられた。

彼は蜜にまみれた口元を手の甲で拭うと、ゆっくりと澄香の上に覆《おお》いかぶさってくる。

「気持ちいいって顔、してるな……。そろそろ挿《い》れてほしくなったか？」

そう問いかけてくる彼の顔が、エロティックすぎる。

恥骨の上に、彼の屹立《きつりつ》が触れるのを感じた。硬い側面が花芽をかすめ、声が出そうになる。

「俺は、今すぐにでも澄香の中に入りたい。澄香のここは、俺のものだ……。俺だけがここを気持ちよくできて、俺だけが中に挿《い》れられる——そうだろう？」

澄香が頷くと同時に、蜜窟の中に時生の指が浅く入ってくる。

十分にほぐされたそこは、彼を嬉々《きき》として受け入れて、きゅうきゅうと指を締め付けてしまう。

指の節が蜜窟の入り口を刺激し、指先が蜜壁を捏《こ》ね回す。

「ぁあ……っ……、と……時生さんっ……」

時生が澄香の顎《あご》を掴み、唇に深いキスをしてくる。

つい今しがたまで秘部を舐《な》め回していた舌が、澄香の口の中を席巻《せっけん》し、愛撫《あいぶ》の余韻を口移ししてきた。

「甘いだろ？」

唇を合わせながら囁《ささや》かれ、うっとりと頷く。

指の抽送《ちゅうそう》が徐々に速くなり、脚の間からぐちゅぐちゅという水音が繰り返し聞こえてくる。

破瓜《はか》に対する恐れはある。けれど、もう到底我慢なんかできなかった。

「澄香――」

呼びかけられ、もう一度短いキスをもらった。

時生が身体を離し、どこからか取り出した四角い小袋を歯で噛み千切った。

彼は、取り出した避妊具を持った手を軽く振って、澄香の注意を引く。

うっかり、それにつられて視線を向けた先に、時生の勃起した屹立《きつりつ》を見た。それは、見事に割れた腹筋に、ぴったりと寄り添わんばかりに硬く猛《たけ》っている。

「これほどガチガチに硬くなったのははじめてだ。言い忘れたが、俺がここに女性を招いたのも澄香がはじめてだぞ。それに、さっきみたいに女性のここにキスをしたのもはじめてだ。つまり、澄香は俺のはじめてをふたつも奪ったんだ」

時生が指で、そっと秘裂をなぞった。小さく声が出て、身体がピクリと震えた。

「二人きりでこうしていると、いろいろな事を試したくなる。澄香は俺のはじめてを、いくつ引き出すんだろうな？」

おそらく、澄香の緊張をほぐそうとしてくれているのだと思う。時生が、そんな軽口を叩きながら屹立《きつりつ》に避妊具を着けた。

処女ではあるが、澄香だって映像で男性器を見た事くらいある。実際に目にしているそれは、長さ太さともに十分すぎるほどの質量を感じさせた。

唇に濃密なキスをされ、今一度蜜窟の中に指を沈められる。だんだんと深い位置まで探られ、中を捏《こ》ね回された。

「澄香……できるだけ身体から力を抜くんだ……。澄香は世界一いい子だから、これから俺が世界一のロストヴァージンを味わわせてやる——」

指をそっと引き抜かれ、すぐに両方の太ももを彼の腕に抱え込まれた。あらわになった蜜窟の縁に、熱の塊《かたまり》のような屹立《きつりつ》の先を押し付けられる。何度かそこを行きつ戻りつしたあと、切っ先が、ずぶ、と澄香の中に沈み込んできた。

「ああ……あ、あ、ふぁあああっ……！」

凄《すさ》まじい圧迫感が澄香の下腹を襲い、時生が隘路《あいろ》に分け入ってくるのを感じた。

無意識に身体がこわばりそうになるも、彼の体温と繰り返される甘いキスに全身が蕩《とろ》けていく。

この上なく優しい目で見つめられ、破瓜《はか》の痛みすら甘美なものに変わる。腰を振られ、奥を突かれるごとに悦《よろこ》びが胸に迫った。

まるで、身も心も時生に貫かれたようになり、彼と交わっている事に感動する。

「と……きお……さ……んっ……。あんっ……あああっ……！」

込み上げる想いが唇から零《こぼ》れ、生まれてこの方出した事がないほど甘えた声が出た。

「澄香……気持ちいいか？」

ストレートにそう聞かれ、迷いなく頷き嬌声《きょうせい》を上げる。はじめての交わりが、こんなにも愉悦《ゆえつ》に満ちているものになるとは、思いもよらなかった。キスをされ、乳房を愛撫《あいぶ》されながら、何度となく奥を突かれる。

蜜窟の上壁を切っ先で抉《えぐ》られた拍子《ひょうし》に、脳天を貫くほどの強い衝撃に身体を突き動かされ、自然と彼の背中に腕を回した。

与えられる快楽を取り零《こぼ》すまいとして、時生の腰に脚を絡みつかせる。

ふとした瞬間に視線が合い、どちらともなく舌を絡め合う。

「澄香……もっと俺の名前を呼んでくれ――」

切っ先が蜜窟の最奥《さいおう》を凌駕《りょうが》し、自分の形を刻み込むようにそこを掻き回してくる。

「と……時生さん……」

屹立《きつりつ》を嚥下《えんげ》するように蜜壁がうねり、蜜窟の入り口がきゅうきゅうと窄《すぼ》まる。

さらに奥に押し込まれ、身体が高く上昇し、そこから一気に引き下ろされるような感覚に陥《おちい》った。

すがり付く指が彼の背中に食い込み、太ももの内側から蜜窟の奥に至るまでがビクビクと痙攣《けいれん》する。

「時生……さ……ぁあっ！　あ、ああああああっ！」

蜜窟の中で屹立《きつりつ》が跳ね、一気に容量を増した彼のものが、最奥《さいおう》で力強く脈打つ。

時生が、自分の中で精を放っている――そう実感した澄香の胸が悦《よろこ》びに震えた。

大きな波になぎ倒される様な衝撃のあと、澄香は濃厚な悦楽《えつらく》の海の中にどっぷりと浸《ひた》り込んだ。

そして、唇に時生のキスを感じながら、ゆるゆると深海の底へと沈んでいくのだった。


目蓋《まぶた》の上に明るい日差しを感じて、澄香は眩《まぶ》しさに目を覚ました。

(もう、朝……？)

いつもなら、すぐに頭がシャンとして動き出せるのに、今朝に限ってはなぜか身体が思うように動かない。

気怠《けだる》さの中で、なんとか目を開けたものの、見えてきたのは真っ白な天井と、はめ込み式の照明器具だけ。まるで海外のリゾートホテルのようだが、そもそも自分が、そんなところにいるはずもなく――

(ここ、どこ……？)

目をしょぼつかせながら周りを見回してみると、壁際に見覚えのある間接照明がある。

それを見た途端、ぼんやりと霞《かすみ》がかっていた頭の中がクリアになり、昨夜の記憶が一気によみがえってきた。

「時生さんっ！」

澄香は弾かれたように飛び起きると、ベッドの周りや部屋の中を見回した。しかし、彼の姿はどこにも見当たらない。

今いる位置はベッドのど真ん中で、右隣のスペースに誰かがいた形跡があった。

急いで自分自身をチェックしてみると、薄いクリーム色のパジャマを着ている。確認してみると、ブラジャーはつけていないが、きちんとショーツを身につけていた。

「い、いつの間に？　それに、これって誰が着せてくれたの？」

澄香はベッドの中で途方に暮れつつ、昨夜の一番新しい記憶を手繰《たぐ》り寄せる。

時生とセックスをして、何度となく昇りつめて果てたあと、彼から繰り返しキスをされたのは覚えている。

たぶん、そのままとろんで眠ってしまったのだと思う。いくら思い出そうとしても、それ以上の情報は出てこないし、何がどうなって今の状態にあるのかもわからない。

焦りながらベッドサイドの時計を見ると、午前七時半を少し過ぎたところだ。

土曜日の今日、時生は休みだし、澄香も仕事は午後からだから、急ぐ必要はない。

図らずも、春奈の目論見《もくろみ》どおりになってしまった。

けれど、いつまでもこうしているわけにもいかず、澄香はそろそろと腰をずらしてベッドから出ようとした。

「あっ……とと――」

足を一歩外に踏み出した途端、身体がぐらついて横に倒れそうになる。

どうにか立ち上がるも、下半身の違和感が尋常じゃない。

（これが、ロストヴァージンのあとってやつ？）

ずっと前に春奈から話は聞かされていたが、ようやくそれを実感できた。

それにしても、時生はどこに行ってしまったのだろう？

澄香がそう思った時、ドアの向こうから物音が聞こえてきた。耳を澄ますと、廊下を歩く足音がだんだんと近づいてきているみたいだ。

（きっと、時生さんだ――）

澄香は身の置き場に困り、あたふたとベッドの中に戻った。もとの位置に座ったところで、ちょうど時生が部屋の中に入ってくる。

「おはよう。もう、起きてたのか？」

「おっ……おはようございます！　たった今起きたところです」

ベッドの上で居住まいを正すも、気恥ずかしいやら気まずいやらで、まともに彼の顔を見る事ができない。

「そうか。ついさっき、レストランから朝食をデリバリーしてもらったんだが、ここに持って来て食べるか？　それとも、先に風呂に――」

「お風呂っ……先にお風呂をお借りしていいですか？」

食い気味にそう頼み込み、時生に軽く笑われてしまった。

「もちろんだ。バスルームは、そこのドアの向こうだ。遠慮なく、ゆっくり入ってくるといい。必要なものは、ぜんぶ洗面台横のケースに入れてあるから好きに使ってくれ」

時生が部屋にある、廊下側とは別のドアを示した。

「はい、ありがとうございます——」

それからすぐに時生が部屋を出て行き、澄香は即座にベッドを出てバスルームに向かった。

ドアを開け、入ってすぐの洗面所とバスルームを見るなり、澄香は立ち止まって仰天《ぎょうてん》する。

そこもまた前方の壁がガラス張りで、ブラインドをリモコン操作して、中と外を遮断する仕様になっていた。

（こんなところまで、パノラマビューなの？）

すごすぎて、もう言葉もない。

（とりあえず、お風呂に入ろう——）

澄香は早々にブラインドを下ろすと、洗面台の前でパジャマを脱いだ。鏡の前に立ち、裸の上体をチェックした。

よく見ると、鎖骨の下と両方の胸にうっすらとキスマークがついている。

あれほど、ところ構わず吸いつかれたのだ。無理もないし、それは十分に予測できた。

（私、本当に時生さんと、しちゃったんだ……）

自分の顔を見るのも恥ずかしくなり、澄香は洗面台の前を離れそそくさとバスルームに入った。

明るいベージュ色の壁と、それよりもワントーン濃い色の床。ゆったりとした大きさのバスタブには、すでにたっぷりとお湯が張られている。

かけ湯をし、湯船に全身を浸《ひた》した。一気に緊張がほぐれ、思わず小さく呻《うめ》き声を漏らす。外の景色が見えるよう少しだけブラインドを開き、湯の中で手足を伸ばした。前方に見えるのは、遠くにあるビル群のみだ。

まるで天空に浮かぶ風呂に浸《つ》かっているような気分になり、澄香はバスタブの縁を強く握りしめた。

（何もかも桁違いって感じだな）

目を閉じ、身体から力を抜いてゆっくりと深呼吸をする。

昨夜は、まさに予想外の出来事ばかりだったし、春奈になんだかんだと言われていたとはいえ、まさか本当に時生とベッドインするとは思ってもみなかった。

いい年をして、こんな突発的なロストヴァージンを迎えるなんて——けれど、相手が時生だったからこそ、あれほど素晴らしい時を過ごせたのだと思う。

セックスの最中、時生はとても優しかった。

強引だったり、恥ずかしい行為を強《し》いられたりする事もあったけれど、そうされてもまったく嫌じゃなかった。それどころか、嬉々《きき》としてそれを受け入れ、彼とともにめくるめく時間を過ごしたのだ。

（素敵だった。本当に、素敵だったな……）

きっと、あれ以上のロストヴァージンは望めない。

ぼんやりと外を眺めながらそんな事を思っていると、自然と頭の中にベッドでの記憶がよみがえってくる。

「ちょっ……朝っぱらから――」

澄香は湯面を叩き、バシャバシャと湯を掻き混ぜながら、自分を叱り飛ばす。

『――だったら、俺ときちんと付き合えばいい。二人が恋人同士になれば、何も問題はないわけだろう？』

昨夜、時生は、確かにそう言った。

しかし、その言葉を額面どおりに受け止めていいものかどうか……

男女が出会い、互いに好意を持って恋人同士になるのは至極普通の事だ。

だが、時生はただの一般人ではない。

彼は日本屈指の大企業である「一条コーポレーション」の御曹司であり、ゆくゆくは会社のトップに立つ、本来なら澄香が触れる事などできない雲の上の人だ。

そんな男性が、一介のフローリストと本気で恋人同士になろうと思うだろうか？

あれだけ容姿端麗で超一流のビジネスセンスを持つ人だ。

彼が望めば、たいていの女性は靡《なび》くだろうし、昨夜、実際にそうした現実を見せつけられた。

澄香の頭の中に、昨夜出会った女性達に投げつけられた言葉が思い浮かぶ。

途端に湯船の中で緩んでいた指先がこわばり、胸に苦いものが広がった。

（ストップ！　せっかくの朝が台無しになっちゃう！）

速やかに頭の中を切り替え、湯船から出て身体を洗い始めた。置かれているバスグッズは、どれも上等でいい香りがする。

(この香り、ジャスミンかな?)

たっぷりとした泡で肌をそっと擦り、ふんわりと広がる香りを楽しむ。

よく見ると、キスマークは下腹や太ももの内側にもついている。彼は自身で言ったとおり、澄香の全身にキスをして、その痕《あと》を刻んでいた。

一晩明けても、身体中にされた愛撫《あいぶ》の熱はもとより、脚の間には挿入の感触が、はっきりと残っている。

「さ……さてと! そろそろ上がらないと――」

これ以上昨夜の記憶を辿《たど》れば、脳味噌が茹《ゆだ》ってしまいそうだ。

手早く身体を洗い終えてバスルームを綺麗に洗い流すと、澄香は身体を拭いて洗面所に戻った。

鏡の横には、時生が言っていたとおり中型のケースが置かれている。中を見ると、真新しいワンピース型のルームウェアと複数枚の下着類、その他にストッキングや靴下まで入っていた。

(これ、ぜんぶ私のために?)

その奥にある白色のポーチには、澄香も知る高級コスメティックメーカーの基礎化粧品が一式と、ドライヤーやヘアアイロンまで用意されていた。

しかも、すべて新品だ。

一体、いつの間に用意したのやら……

澄香はありがたくそれを使わせてもらい、身支度を整えた。

うっかり化粧ポーチを持ち込み忘れ、今は完全にノーメイクだ。しかし、日頃からさほどメイクをしていないし、今さら気にしても仕方がないくらいには、もう十分すっぴんを見られている。

洗面所のドアを開け、ベッドルームに戻ると、時生がベッドの上に寝転がって難しい顔でタブレットに見入っている。

一目で何かしら仕事に関わるものを見ているのだと理解した澄香は、邪魔をしないようにそろそろとベッドの前を横切ろうとした。

しかし、あと少しというところで、いきなり起き上がってきた時生に抱きつかれてしまう。

「捕まえた！　黙って通り過ぎようとするなんて、ひどいぞ」

彼の腕に抱かれたまま、ベッドの上に横倒しになった。そのまま時生の身体の上に乗せられ、ぐらぐらと揺すぶられる。

「せっかくここで風呂上がりの澄香を待ち伏せしてたのに、知らんぷりとは冷たいな」

「だ、だって、お仕事中かと思って――」

「それはそれ、これはこれだ。どうだ？　風呂に入って、すっきりした？　どこも痛くないか？」

時生が澄香の顔をじっと覗き込んでくる。

「はい、おかげさまでスッキリしましたし、どこも痛くありません」

「本当か？　昨夜は、かなり無理をさせたんじゃないかと思って心配してたんだ。はじめてなのに、ちょっと攻めすぎたな」

頬に唇を寄せられ、チュッとキスをされる。優しく微笑まれ、頬が緩む。

「澄香がすごく気持ちよさそうにしてたから、止められなかった。実際、澄香の中は俺のものを咥《くわ》え込んだまま何度となくイって、またすぐにほしがってぎゅうぎゅう締め付けてきたりして――」

「と、時生さんっ……そ、そんな話、は、恥ずかしいです！」

澄香が真っ赤になって抗議するも、時生はすまし顔で唇に軽くキスをしてきた。

「そうか？　恋人同士なんだから、こういった話をするのも当たり前だろう？」

サラリとそう言ってのけられ、胸が喜びにキュッと窄《すぼ》んだ。

もしや、彼は本気で自分と付き合おうとしてくれているのだろうか？　そう思うと、自然と口元がほころんでくる。

「今度は、もっと気持ちよくしてやる。今日は午後からの仕事なんだろう？　あとで車で送っていくから、ちょっとだけ昨夜の続きをしないか？」

耳のうしろにキスをされ、左腕で身体をギュッと抱きしめられる。空《あ》いている右手がワンピースの裾《すそ》をたくし上げ、澄香の尻肉を掴んだ。指がショーツの中に忍び込み、花房の間に割って入る。

「あんっ！　こ、こんな早い時間から……ダ、ダメですっ……」

「早かろうが遅かろうが、時間は関係ないだろう？　なんだ……もう濡れてるじゃないか――」

秘裂の湿り気を確かめられ、にんまりと微笑まれる。ぬらぬらと中を掻き混ぜられ、蜜窟の入り口をトントンと突かれた。

「そ、それは、時生さんが急に抱きついてくるから――」

「ふぅん、澄香は俺に抱きつかれただけで濡れるんだな」

すぐさまそれを否定しようとした時、廊下の向こうからチャイムの音が聞こえてきた。

「……無粋だな」

時生が小さくため息を吐き、澄香を抱いたまま、ぐるりと身体を反転させた。彼は澄香の額《ひたい》に短くキスをしたあと、大股で部屋を出て行く。

（もう！　油断も隙もない――）

付き合いが長い恋人同士ならいざ知らず、恋人になりたての今、朝っぱらから淫《みだ》らな行為をするのは恥ずかしすぎる。

そう思いながらも、身体はもらったキスや触れてきた指に、しっかり反応してしまっていた。

脚の間が熱い――

澄香は、それを振り切るように、急いで起き上がりベッドから離れた。

（春奈、心配してるかな？）

昨夜は連絡を入れる間もなく、ベッドインしてしまった。

スマートフォンを入れたバッグは、リビングに置きっぱなしだ。

とりあえず連絡を入れておかなければ――そう思い、澄香はドアを開けて廊下に出た。

誰か訪ねて来たようだが、確か玄関はリビングよりも向こう側だったはず――

できれば来客とは顔を合わせたくない。

澄香は爪先立って廊下を進んだ。あと少しでリビングの入り口に辿《たど》り着くというところで、時生に見つかって手招きされた。

仕方なく玄関の前に行くと、時生と向かい合わせになって立っているスーツ姿の若い女性と目が合う。彼女は、澄香を見るなり驚いたような表情を浮かべた。

一瞬、またしても元カノと遭遇したのではと思い、無言で一歩後ずさる。

「ほら、これ」

時生が両手に持った紙袋のうちのひとつを、澄香に手渡してきた。

「澄香が昨日着ていた洋服だ。昨夜クリーニングを頼んでおいたのが、戻ってきた」

中を覗いてみると、確かに春奈に借りた洋服が入っている。

「そ、そうでしたか。ありがとうございます」

澄香はそれを受け取ると、時生に礼を言い、女性に軽く会釈《えしゃく》をした。

女性は澄香を見て目を丸くして固まっていたが、すぐににっこりと微笑んで挨拶《あいさつ》をし、ドアの外に去っていった。

「あの、今の方って……」

「一階に常駐しているコンシェルジュだ。ホテルのコンシェルジュ同様、来客の対応や住民の要望を聞いてくれる」

「ああ……そうなんですね」

時生はしょっちゅうスーツなどをクリーニングに出しており、先ほどの女性をはじめとする数人のコンシェルジュとは自宅の玄関先で頻繁《ひんぱん》に顔を合わせている様子だ。

「どうした。もしかして焼きもちを焼いてくれたのか？」

時生が目を細め、ニヤリと笑う。

「ち、違いますっ。ただ、コンシェルジュというシステムを知らなかっただけですから」

そう言い切るも、時生はニヤニヤ笑いをやめない。

「まあ、そういう事にしておこうか。とりあえず、朝ご飯を食べよう」

促《うなが》され、連れ立ってリビングに向かいながら、澄香はさっきの女性の表情を思い返した。

(思いっきり驚かれちゃったな。まあ、無理もないか……)

ここは、タワーマンションのペントハウスで、住んでいるのはとびきりハイスペックな美男だ。

そこに、自分のような庶民面《づら》をしたすっぴんの女がいたのだから、誰だって驚くに違いない。

だが、きっと仕事中であるゆえに、あれでも精一杯感情を抑えてくれていたのではないかと思う。

リビングに入り、ダイニングテーブルの前に行くと、時生が椅子を引いてくれた。

「ありがとうございます」

相変わらずの紳士ぶりに感嘆しつつ、礼を言って椅子に腰かけた。

テーブルの上には、ワンプレートに載ったオムレツやソーセージの他、さまざまな種類のパンが入ったバスケットとサラダボウルが並んでいる。

いただきますを言って、さっそく食べ始めた。食べながら、結構お腹が空《す》いていたと気づき、勧められるままに時生のソーセージを一本分けてもらった。

盛られた料理をペロリとすべて食べ終え、食後のコーヒーを飲んで一息つく。

「はじめて二人で迎えた朝だし、本当は花でも買って贈りたかったんだが、『フローリスト・セリザワ』以外で花を買うのは、なんだか気が引けてね。代わりと言ってはなんだが、これをプレゼントするよ」

時生が羽織っていたパーカーのポケットから小さな箱を取り出した。

「開けてごらん」

箱を手渡され、言われたとおり蓋《ふた》を開けて中を見ると、中には薔薇《ばら》がモチーフになっている銀色のペンダントが入っていた。

「昨夜、俺の誕生花が薔薇《ばら》だと教えてくれただろう？　それを聞いて、以前行きつけの店で、それを見たのを思い出してね。昨夜のうちに連絡を入れて、今朝、澄香が寝ている間に受け取りに行ってきたんだ」

「えっ……わざわざ、そのために早起きをしたんですか？」

「どうせ渡すなら、今のタイミングで渡したかったからな。そんなに高いものじゃないから、気軽に受け取ってくれ」

そう話す時生が、若干照れたような表情を浮かべる。

彼がそんな顔をするのを、はじめて見た。

澄香は胸をときめかせながら、ペンダントを手に取った。

さほど大きくないペンダントトップは、細かな細工が施《ほどこ》してあり、普段使いにちょうどいいサイズだ。シンプルでありながらとても可愛らしいそれを、澄香は一目見て気に入った。

それに、何よりも彼の心遣いが嬉しかった。

「ありがとうございます。デザインもすごく素敵だし、お花屋さんにぴったりですね。嬉しいです……いつも身に着けて、大切にしますね」

澄香はニッコリと微笑んで、心から礼を言った。

「気に入ったようで、よかった。俺がつけてやるから、うしろ向いて」

時生に促《うなが》されてうしろを向き、邪魔にならないように髪の毛を手で束ねた。

彼の手が鎖骨に触れ、肩を通って首のうしろで止まる。パチリと小さな音が聞こえたあと、背後から抱き寄せられ、うなじにキスをされた。

「澄香……」

甘く低い声とともに、肌に触れる逞《たくま》しい筋肉が澄香を捕らえた。

男性的な魅力全開で迫られ、澄香はたじたじとなって身を縮こまらせる。

今日は午後から仕事だ。起きてからだいぶ時間も経っているし、今これ以上イチャついてしまうと、仕事に遅れてしまうかもしれない。

「も……もう準備しないと――」

「まだ早いだろう？　それに、ちょっとだけならそんなに時間はかからない」

「そ、そういう問題じゃ……あんっ！」

耳元に息を吹きかけられ、身体の奥がじわりと熱くなる。

「ちょっ……ちょっと待ってください！」

「いやだ」

肩をすくめて阻止しようとするも、反対側の首筋を舐《な》められて鎖骨を指先で引っ掻かれる。

くすぐったさに身体が斜めになった腰を掴まれ、いきなり右肩の上に抱え上げられた。

「ひゃああっ！」

身体がくの字になり、時生の肩に担《かつ》がれる格好でベッドルームまで連れていかれる。

「ちょっ……と、時生さんっ！」

ろくに抵抗する暇もなくベッドの上に下ろされ、首筋にキスをされる。

「ダ……ダメッ……ダメですってば――」

「なんで、ダメなんだ？　時間なら、まだあるだろう？」

時生が、澄香の身体を胸に抱き寄せてきた。

時間はある。しかし、澄香の心と身体的には、もうタイムリミットだった。

「きょ、今日、妹が帰ってくるんです！」

澄香は声を大きくして、そう訴えた。

「ああ、大学の寮に入っているという妹さんか？」

「はい、み、美咲っていうんですけど、すごく勘が鋭くって――。だっ……だから、今、時生さんと、こんな事をしてしまうと、ぜったいにいろいろと嗅ぎつけられて質問攻めにあうので……」

「だから、もうベタベタするのはやめろって？　たとえば、こんなふうに――」

時生が右手で澄香の左乳房を揉みしだき、耳のうしろを舌先でくすぐってくる。

「あんっ！　あ……ぁ……ダ、ダメですっ……！」

澄香は身体をひねり、首をすくめて彼の腕の中から逃れようとした。

それでもなお、諦めきれない様子の時生が、澄香を横抱きにして膝の上に抱え上げる。

「ちぇっ……送っていく前に、もう一度澄香を抱きたかったのにな……」

耳の上にキスをしながら、時生がなおも食い下がってくる。

「む、無理です！」

「ぜったいに、ダメか？　キスくらい、いいだろ？」

「いえ、ダメですっ……時生さん、言いましたよね？『澄香は俺に抱きつかれただけで濡れるんだな』って……。だから、キスなんかされたら、その余韻が身体に残っちゃって、仕事中、まともに立っていられなくなります！」

言いながら、澄香は耳朶《じだ》を真っ赤にして恥じ入った。

自分でも、ずいぶん大胆な事を言ってしまったと思う。けれど、本当なのだから仕方がない。

「そうか……」

時生が澄香を膝に乗せたまま、ぐらぐらと揺すってくる。

澄香は丸くなったまま頷き、首まで赤くなった。

「じゃあ、仕方ないな。澄香の姉としての立場を守るためにも、今日は我慢するか……。俺に『待て』だの『我慢』だのを強《し》いるのは、澄香くらいのものだ。まるで、ごはん前のハナになった気分だな」

「そ、そんなつもりは……」

澄香は、わずかに顔を横向けて時生のほうを見た。

ハナの事を思い出したのか、彼の顔にはいかにも寂しそうな表情が浮かんでいる。

「ハナちゃんのマッチング、うまくいってるといいですね」

「そうだな……ハナは賢いから大丈夫だとは思うが、ちょっと寂しがり屋なところがあるからな。夜鳴きとかしてないといいんだが……」

時生が言うには、ハナは毎日暗くなるとひどく甘えん坊になり、夜大人しく寝てくれない時は、サークルの中で一緒に寝たりしていたのだという。

「サークルの中で？　ハナちゃんと一緒にですか？」

「ああ、そうだ。サークルの中でしばらく一緒に遊んだりして、そのまま寝てくれる時はいいんだが、それでもダメな時は毛布を持ち込んで一緒に寝てた。サークルを買う時、大きめを買っといてよかったよ」

「そうですか……時生さんが一緒に寝てくれたら、ハナちゃんも安心して眠れたでしょうね」

「だけど、鳴けば来てくれるものだと思わせてしまったかもしれないな。それだけが、少し気になってるんだ」

時生が難しい顔をして首をひねる。

その様子が、まるで小さな男の子のように思えて、澄香はひそかに胸を高鳴らせた。

「時生さん、犬を飼ったりはしないんですか？」

澄香は、そう言いながら、そっと時生の膝から下りてサークルに近づいた。

「どうだろうな。犬がいる生活も案外いいとは思ったんだが、四六時中一緒にいられるわけじゃないし、特に俺は何かと忙しくて家を空《あ》ける事が多い。シッターやホテルを利用すれば飼えない事もないが、犬が落ち着かないと可哀想だろう？」

悩まし気な顔をする時生が、澄香のそばに来てまた首をひねる。

「時生さん、犬を飼いたいんですね」

「いや、犬を飼いたいというわけじゃないんだが……」

「ああ……わかりました。時生さんは、ハナちゃんを飼いたかったんですね」

澄香がそう言うと、時生は一瞬意外そうな顔をした。

「俺が、ハナを？」

「はい。ハナちゃんって人懐《なつ》っこくて可愛いし、情が湧くのも無理はないです。ハナちゃんが寂しがって時生さんを呼んでいたように、今は時生さんがハナちゃんを恋しがってるのかなって」

「ははっ……なるほど……。言われてみれば、そうかもしれないな。……だが、もうハナは里親にもらわれていったあとだ。名前も、もうハナじゃないだろうし――」

時生が軽く笑い声を上げたあと、しんみりと眉尻を下げる。

「もし、また捨て犬に会ったら、今度こそ誰にも渡さずに俺自身が里親になる事にする。今さらだが、やはり名前なんかつけるんじゃなかったな。実際、里親の話を聞いた時、まるで自分のものを誰かに横取りされるような気分になった」

そう話す顔が、ひどく寂しそうだ。

部下との関係に悩み、そっけない態度で母を思いやる彼は、実のところ人一倍寂しがり屋なのではないだろうか――そう思った時、時生が澄香を強く抱き寄せて唇に激しくキスをしてきた。唇の隙間を割られ、口の中を舌で思う存分蹂躙《じゅうりん》される。

「ぷぁっ……、あっ……」

澄香は、かろうじて顔を背《そむ》けて彼の唇から逃れた。

けれど、そうした途端、ベッドに仰向けに押し倒されて、またキスで唇を封じられる。

まるで欲望のすべてをぶつけてくるようなキスをされ、一気に身体の奥に火が点《つ》く。

時生がベッドサイドの引き出しを開け、避妊具の小袋を取り出した。

彼はすぐさまそれを噛み千切り、穿いているスウェットの前を下げてそれを屹立《きつりつ》に装着する。

そして、澄香のワンピースの裾《すそ》を捲《まく》り上げるが早いか、ショーツを足首まで引き下ろしてきた。

「と……時生さ……ん、んんっ……！」

まるで、彼という大波に身体ごと呑み込まれたみたいになり、澄香は手に触れたシーツを強く掴んだ。

「澄香……頼む……今すぐに俺に抱かれてくれ――」

時生が、キスの合間に低く響く声でそう呟く。

澄香は火照《ほて》る顔で目を瞬《またた》かせながら、目の前にいる時生の顔を見た。その顔には、獰猛《どうもう》で欲望を滾《たぎ》らせた雄そのものの表情が浮かんでいる。しかし、澄香を見る瞳の奥に、彼が抱える深い寂寥《せきりょう》が垣間見えた。

「……澄香……俺を拒《こば》まないでくれ……そうでないと、俺は――」

時生の顔に、欲望と孤独が入り混じったような表情が浮かんだ。彼の中に常にあるのであろう寂しさが劣情に取り込まれ、今や抑えきれないほどの烈火となって澄香を丸呑みにしようとしている。

一体、時生はその胸の中に、どれほど大きな孤独を抱えているのだろう――

澄香はシーツを握っていた指を解くと、時生の首に腕を巻きつかせた。

彼の唇に自分からキスをし、すぐに口の中に入ってきた舌を受け入れて、強く吸った。

そうすれば、時生の寂しさが薄れるかもしれない。そうであれば、望みどおりにしてあげたいと思う。それに、もうすでに澄香自身の中に点《つ》いた火が炎となって燃え盛り始めている。

澄香は彼の意に沿うよう、足首に絡んでいたショーツを脱ぎ、脚を開いた。

「澄香……いいのか？」

訊《たず》ねられ、小さく頷く。

「澄香――」

「時生さん……あ、ああっ！　あっ……ああっ……！」

一気に深く挿入された屹立《きつりつ》が、ぬめる蜜をまといながら最奥《さいおう》まで達した。そこを繰り返し突かれ、唇を重ねられる。

互いの目を見つめ合いながら身体を交わらせ、また舌を絡みつかせた。

「んっ……ん、ん――！」

彼のものが蜜窟の中で質量を増し、まだ狭い隘路《あいろ》をみちみちとこじ開けてくる。さらに奥を突き上げられ、どっと蜜が溢《あふ》れた。

キスをして、時生のものを咥《くわ》え込んだ身体が、悦《よろこ》びに震え、潤《うる》んだ。

澄香の蜜壁がびくびくと震えだし、引き攣《つ》ったように屹立《きつりつ》をぎゅうぎゅうと締め上げる。

「澄香……澄香……」

名前を呼ばれながら強く腰を振られ、乳房を執拗《しつよう》に捏《こ》ねられる。右脚を左手に抱え込まれ、上向いた蜜窟の入り口に、屹立《きつりつ》の根元が当たった。

「あっ……ああっ――」

込み上げてきていた愉悦《ゆえつ》がパンと弾け飛び、蜜窟の中が激しく痙攣《けいれん》する。

はじめてセックスを経験した次の日であり、行為を始めてまだ一、二分くらいなのに、もうこれほど強い快楽を感じ、達してしまうなんて――

見つめ合った彼の瞳が、一瞬優しく蕩《とろ》けたような気がした。次の瞬間、屹立《きつりつ》が蜜壁をさらに押し広げ、硬く反《そ》り返りながら繰り返し吐精する。

澄香は身を震わせながら時生の背中を掻き抱き、彼の腰に両脚を強く絡みつかせた。どちらともなく唇を寄せて、繰り返しキスを交わす。

それでもまだ足りなくて、そのままもう一度欲望に身を任せようとした時、遠くでスマートフォンの着信音が聞こえてきた。

音は聞き覚えのないもので、着信中なのは時生のスマートフォンのようだ。

それは延々と鳴りやまず、途切れてはまた鳴り始める。

時生は諦めたようにため息を吐くと、のろのろと上体を起こした。

「ちっ……また邪魔が入った。あの音は、秘書の武田だ。休みだっていうのに、なんの用だ？」

彼はそう言うと、澄香の身体から離れた。

屹立《きつりつ》が抜け出る少し前に、蜜窟の入り口がキュッと窄《すぼ》んだ。中がひくつき、なぜか無性に切なさが胸に込み上げてくる。

きっとそれが顔に出ていたのだと思う。時生がベッドから下りようとしていた身体を戻し、澄香の唇にチュッとキスをしてきた。

「まだ離れたくないが、仕方ないな」

見つめられ、にっこりと微笑まれる。

「はい」

澄香は素直に頷き、触れられたばかりの唇をそっと噛みしめる。時生が素早く身づくろいをしたあと、大股で部屋の外に出て行く。

その背中を見送りながら、澄香は今すぐに彼の背中に抱きつきたい衝動に駆られた。

（時生さん……）

心の中で彼の名前を呼ぶと、胸がキュンと痛んだ。

（ハナなら、こんな時クンクン鳴いて時生さんのあとを追うんだろうな）

そう思ったりするも、それよりももっと強い想いが澄香の心に宿り始めている。

それからほどなくして着信音が途絶え、何かしら話す声が聞こえてきた。

澄香は、ようやく我に返り、ベッドから起き上がった。

さっきクリーニングから帰ってきた洋服は、リビングの入り口近くのポールハンガーにかけてある。急いで着替えをしなければ——澄香は、いったん洗面所に向かい、身づくろいをしてリビングに戻った。

入り口の手前で立ち止まり、聞き耳を立てる。通話はまだ続いており、終わる気配がない。

部屋の中を窺《うかが》うと、時生はこちらに背を向けたまま話し込んでいる。

澄香は音を立てないよう、そっと部屋に入り、すばやく洋服と置きっぱなしにしていたバッグを取ってベッドルームに戻った。

スマートフォンを確認すると、春奈からメッセージが届いている。

『私の事は気にせず、ごゆっくり。また話を聞かせてね～』

そんな一言のあとに、ハートマークが五つ並んでいた。

(春奈ったら……)

親友の気遣いを嬉しく思いながら、着替えて帰る準備を済ませる。ちょうどその時、時生が部屋に戻ってきた。

「すまない、結構な長電話だったな」

「いえ、お仕事ですか？」

「そうだ。今手掛けているプロジェクト関連で、これから出社しなければならなくなった。だが、澄香を送っていく時間くらいはある。急《せ》かすようで悪いが、準備はできているか？」

「はい、すぐにでも出られます」

「じゃあ、行こうか」

それからすぐにペントハウスをあとにし、地下駐車場に向かった。

「行き先は、どうする？　澄香の自宅に向かうか、それとも友達の家に向かうか」

「友達の家でお願いできますか？　昨日迎えに来てもらった公園の前で降りますから」

「了解」

車が走り出し、大通りに出る。道は若干混んでおり、空には薄雲がかかっている。

「休日なのに、お仕事なんて大変ですね」

「普通は休日出勤なんかしないいんだが、今日は特別だ。あと少しでプロジェクトが成功する段階まできているから、できるだけ早く完成させたいんだ。成功すれば、多額の利益を生むし、事業の幅も広がる」

そう語る時生は、ひどく上機嫌だ。

「仕事を成功させる鍵は、タイミングとセンスだ。プライベートも、しかり。……澄香、君と出会えて本当によかったよ」

「私も、時生さんに会えて、本当によかったと思ってます」

澄香は、頬を染めながらそう答えた。それが今の偽りのない気持ちだし、本心だ。

「そうか」

時生が嬉しそうな声を上げて、笑った。

車が少しの渋滞に巻き込まれ、速度を緩める。ブレーキを踏んで一時停車した時、時生の左手が澄香の太ももに触れた。

「澄香がダメだって言ったのに、無理矢理して悪かったな」

「いいえ、結局は私も、そう望んだので……」

時生が微笑み、太ももの上に置いた手に力を込める。

「今の返事を聞いて安心した。俺と澄香は気が合うし、身体の相性も抜群にいい。これからもこんな感じで付き合っていこう」

「こんな感じっていうのは……？」

「時間を合わせてデートをして、二人だけの時間を楽しむんだ。恋人として付き合うっていうのは、そういう事だろう？　もちろん、デート代はぜんぶ俺が持つし、澄香は何も気にせず、俺との時間を楽しめばいい」

時生が気分よさそうに話している横で、澄香は息をひそめて黙り込んだ。

昨日今日といろいろな事があったが、時生と二人きりで過ごした時間は、後々の記憶に残るほど素敵なものだった。

彼が今後も恋人として付き合おうと言ってくれるのは嬉しい。

会って、デートをして、気持ちのいいセックスをする――

むろん、心から愛し合っている二人なら、なんの問題もない。

けれど、時生との関係は、果たしてそれに当てはまるのだろうか？

時生が言う、恋人として付き合うというのと、自分が思うそれとは、まったく別物ではないか。

彼は自分達が同じ気持ちだと言うが、本当にそうだろうか——

そんな問いかけに、澄香の心は言葉に詰まり、答える事ができずにいる。

渋滞が緩和され、時生の手が澄香の太ももを離れた。再びハンドルを握る彼の手を見つめながら、澄香は密かに表情を曇らせる。

もともと澄香は、恋人として付き合うのなら結婚が大前提だった。

時生とベッドインしてしまった今、それを声高に言う事はできないが、やはり自分は楽しむだけのために男性と付き合うなんて事はできそうもなかった。

だが、そんな考えを覆《くつがえ》してしまうほど、澄香は時生に惹かれてしまっている。

(私、一体どうすればいいんだろう……)

車は走り続け、もう間もなく公園前に到着する。

澄香は、揺れる心を抱えたまま、ただじっとシートに座り続けるのだった。

週末の「フローリスト・セリザワ」は、「チューリップフェア」と称して色とりどりのチューリップを仕入れ、単体売りの他に花束やアレンジメントにして店先に並べていた。

売れ行きは上々で、妹の美咲にもキャッシャーを手伝ってもらったくらいだ。

日曜日は、家族三人で少し早めの夕食のテーブルを囲み、その後寮に帰る美咲を澄香が駅まで送っていった。

「お姉ちゃん、もしかして〝男〟できた？」

駅への道すがら、美咲にいきなりそう訊《たず》ねられた。

さすがの観察眼に舌を巻きながらも、澄香はなんとかうまく誤魔化そうとした。しかし、頭の回転の速い美咲には、まったく通じなかったみたいだ。

結局は電車の時間まで、質問攻めにあい、時生について白状させられてしまう。

「その人、なんでお姉ちゃんに、そこまで執着するんだろうね？」

それは、澄香自身も一番疑問に思うところだった。

いくら人柄などの内面に惹かれたとはいえ、澄香レベルの女性などごまんといる。

「もしかすると、モテすぎて、わけわかんなくなっちゃったのかも。もしくは、才色兼備な女の人に飽きちゃったとか。なんにせよ、初彼氏ゲットおめでとう。頑張れば、一パーセントくらいはゴールインできる可能性があるかもよ」

美咲は、そんな言葉を残して寮に帰っていった。

（相変わらず、言いたい事言ってくれちゃって……。一パーセントなんて、ほぼゼロじゃないの）

そうはいっても、美咲の毒舌は、いつもその裏に家族への愛情がこもっている。

きっと、すぐに時生に関する情報をネット検索して、彼の人となりを探ろうとするに違いない。

時生も美咲も頭がよく、能動的で情に厚い。

いつか二人が顔を合わせる事があれば、意外と意気投合するのではないかと思う澄香だ。

そして迎えた月曜日、澄香は朝一番で「一条ビルマネジメント」に届ける花を車の荷台に積み、店を出発した。

エントランス用には、ひな祭りに先駆けて桃の花をメインに選んだ。それに白いコデマリと薄いピンクのアネモネを合わせ、ユーカリなどのグリーンを添えて、全体的に春らしいスタンド装花にした。

社長室用に用意した花は、さまざまな花が混在する大ぶりのアレンジメントだ。

エントランス用の何倍も悩み、ようやくできたそれは、力強さと優しさが混在する大胆なフォルムになっている。

メインは大ぶりで豪奢《ごうしゃ》な深紅の薔薇《ばら》と、同系色のグロリオサ。それを取り巻くように、ジャスミンと藤を配した。それらを取り巻くグリーンは、タイムとミスカンサスだ。

一見アンバランスのようだが、色や配置はもとより、全体の調和に細心の注意を払い完成させた。今回のアレンジメントには、時生に対する澄香なりの想いがこもっている。使った草花には、それぞれの花言葉で意味合いを持たせ、内容については一緒に渡す花の名前を書いたメッセージカードに書き添えた。

(気に入ってもらえるといいけど)

土曜日の昼前に時生と別れて以来、彼からSNSを通じてメッセージをもらっていた。

忙しい人だから、少しくらい連絡が途絶えても我慢しなければならないと思っていたけれど、実際はかなり頻繁《ひんぱん》に激甘な言葉を文字にして送ってきてくれる。

そんな時生は、結局あれから休み返上で海外出張に出掛けた。日曜日の夜遅くに帰国予定だと聞いているから、おそらくもう出社しているだろう。

今日はあれ以来、はじめて時生と顔を合わせる。

それを思うと自然と気持ちが浮き立ち、昨夜はなかなか寝付けなかったくらいだ。

(ダメダメ！　今は仕事中でしょ！)

つい緩みそうになる顔を叩いて、澄香は改めて気持ちを引き締めた。

車を「一条ビルマネジメント」の地下駐車場に停め、受付を訪ねる。

前回同様、速やかにエントランスの装花の設置作業に取り掛かった。前よりも一回り大きなデザインにした事もあり、今回は花と器を別々に持ち込み、ここで一から装花を生ける。

それを手早くやり終えた澄香は、再度受付に立ち寄って社長室に向かう旨を伝えてもらった。

仕事とはいえ、自然と歩幅が大きくなる。

エレベーターで二十九階に到着し、社長室を目指して廊下を進むと、ドアの前で社長秘書の武田が立っているのが見えた。

挨拶《あいさつ》を交わし、彼に促《うなが》されて部屋の中に入るが、そこに時生の姿はなかった。

「あの、社長はまだ出社されていないのですか？」

「はい。……実は、出張先でちょっとしたトラブルに巻き込まれまして、まだ帰国できていないのです」

武田が、若干声を潜《ひそ》めてそう返事をした。彼の顔には、やけに深刻そうな表情が浮かんでいる。

「そ、そんな……社長は大丈夫なんですか？　トラブルって一体なんなんです？」

動揺した澄香は、思わず武田を問い詰めてしまう。

「すみません……私もまだ、あまり詳しくは聞かされておりませんので」

「でも、武田さんは社長秘書ですよね？　仕事上の事かそうでないかくらいは——あっ……すみません、つい……」

いくら気になるからといって、部外者の自分が出すぎた事を言ってしまった。反省して頭を下げると、武田が恐縮したような表情を浮かべる。

「いえ、社長とはプライベートでも深く関わっておいでなのですから、心配はごもっともです」

「え？」

澄香がポカンとした顔をすると、武田が訳知り顔で頷く。

「社長から、おおよその事は伺《うかが》っております。私は、専属秘書としてぜったいの信頼を寄せていただいておりますし、口は貝よりも堅いのでご心配なく」

「はあ……そ、そうでしたか」

よもや、時生が自分達の関係を第三者に話しているとは思ってもみなかった。なんとなく嬉しくなり、澄香は密かに胸を温かくする。

「いずれにせよ、事件や事故に巻き込まれたわけではありませんので、あまり心配されませんように。わかり次第、すぐにご連絡させていただきます」

そう話す武田は、やけに落ち着き払っている。その様子からして、本当に大事《おおごと》ではないのだろう。

「わかりました。よろしくお願いします」

澄香は武田にアレンジメントを託し、その場を辞した。そして、駐車場で車に乗り込むなりスマートフォンを取り出して時生からのメッセージの有無《うむ》を確認する。

「来てない……。本当に大丈夫なのかな……」

駐車場を出て店に向かって車を走らせながらも、時生の事が気になって仕方がない。

いつもなら何かしら連絡をくれているはずだ。なのに、急にそれがないのは、どう考えてもおかしい。

（でも、武田さんは心配いらないって言ってたし、仕事が忙しくて連絡できないだけかもしれないし……）

いくら考えたところで、真相がわかるはずもない。

結局、澄香はその日一日中スマートフォンを持ち歩き、時生か武田からの連絡を心待ちにしながら夜を迎えたのだった。

◇　◇　◇

時生が出張先から帰国したのは、月曜日の夜遅くだった。

それというのも、思いもよらないやっかい事に巻き込まれ、そのせいで飛行機に乗り遅れてしまったからだ。

（まったく、ひどい目にあった）

時生はつい二時間ほど前に成田空港に到着し、ほんの数十分前に会社の執務室に帰りついた。

時刻は午後十一時十二分。

武田はとっくに帰社させたし、社内に残っているのは自分一人だけだ。

仕事に関して言えば、まったく問題はなかった。しかし、ごくまれにではあるが、ビジネスに私情を交えてくる人間がいる。

今回はその最たるもので、あろうことか、取引先の女性社長が仕事終わりに激しく言い寄ってきた。当然、きっぱりと断ったが、それにもかかわらず、彼女は宿泊先のホテルにまで押しかけ、何をどう工作したのか時生のパスポートを奪い去ろうとしてきたのだ。

幸い未遂で終わったものの、おかげで飛行機には乗り遅れ、その結果、澄香に会う事も叶わなくなった。

（くそっ！　本当なら、今頃澄香をこの腕に抱いていたかもしれないのに）

時生は眉間《みけん》に深い縦皺《じわ》を刻み、ギリギリと歯噛みする。

土曜日の昼前に澄香と別れてからというもの、仕事以外の時間は、ほぼ彼女の事ばかり考えていた。

澄香の笑った顔や、怒った顔。

唇の柔らかさや、しっとりときめ細かな肌の感触。

恥ずかしさのあまり涙目になった顔や、ベッドで甘えた声を上げている様子が、ひっきりなしに頭の中に思い浮かんだ。

「俺とした事が、なんてザマだ」

時生は自嘲《じちょう》気味に呟き、口元にうっすらとした笑みを浮かべた。

これまで、一条家の跡継ぎを産んでもらう相手を探すために女性と付き合ってきた自分が、ここまで一人の女性にのめり込むとは……

少し前の自分にとって、セックスなど相手との身体の相性を判断する手段にすぎなかった。

だからこそ、これまでの女性とは、全員一度だけで関係を終わらせる事になったし、結果的に付き合う期間も一週間程度だった。

(そんな自分が、今じゃどうだ?)

澄香と出会い、自分の女性との付き合い方に対する考えが、いつの間にか百八十度変わっていた事に気づかされた。

行為に執着する事などなかった自分が、澄香と寝てはじめて心身ともに満たされる悦《よろこ》びを味わったのだ。

セックスは、お互いを強く想う気持ちと、それに伴う抑えきれないほどの肉欲を昇華させる極めて意味深い行為になり、家柄やスペックなどどうでもよくなった。

はじめて彼女の笑顔を見て我知らず心惹かれ、その人柄を知るにつれ想いが募《つの》り、今ではもうぜったいに手放したくない大切な宝物のようになっている。

澄香を愛おしく思うし、今だって、すぐにでも会って抱きしめたいほど彼女が恋しい。

今まで女性に対して、そんな気持ちになった事は一度もなかった。

これほど強い想いを抱く自分に、最初こそ戸惑いを感じていたが、今ではそれが当たり前になりつつある。

日を追うごとに気持ちは強くなり、離れていても心は澄香に寄り添ったままだ。

「会いたいな……」

時生はポツリと独り言を言い、デスクの端に置いたアレンジメントを見つめた。そして、花と一緒に残されていたメッセージカードを開く。

紙面には、アレンジメントに使われている花の名前と花言葉が書いてあった。わざわざそうしたのは、きっと花を通じてメッセージを寄こそうとしたに違いない。

じっくりと目を通し、内容を確認するなり笑みが零《こぼ》れた。

深紅の薔薇《ばら》「あなたを愛しています」。薔薇《ばら》が五本――「あなたに出会えた喜び」

グロリオサ「栄光」「勇敢」

紫のライラック「恋の芽生え」「初恋」

藤「優しさ」「恋に酔う」「決して離れない」

ジャスミン「あなたは朗《ほが》らかで気品がある」

ミスカンサス「心が通じる」「変わらぬ想い」

「澄香のやつ……」

前回とは違い、今回のアレンジメントには文句のつけようがない。

見た目や色合いはもちろん、今の自分とすべてが百パーセントマッチしている。

さすが澄香だ。

このアレンジメントには、〝一条時生〟という男に対するイメージや、澄香からの想いが込められているのを感じる。

時生は、澄香を想い胸を躍らせる。

澄香に出会い、はじめて同じ女性と二度以上身体の関係を結んだ。

それだけでも驚きなのに、彼女に対するセクシャルな欲求は衰《おとろ》えるどころか、日に日に強くなってきている。

澄香ほど心身ともに自分を満足させる女性は、はじめてだし、これから先、彼女を超える人はぜったいに現れない。

そう確信できるほど、澄香を強く欲している。

家柄はさておき、一条家の跡継ぎを産んでもらう相手は澄香以外にいない。

おそらく、これが自分にとってはじめての恋愛感情なのだろう。

時生はそう確信し、口元に笑みを浮かべながらメッセージカードを胸ポケットにしまい込むのだった。

◇　◇　◇

「一条ビルマネジメント」へ装花を届けた次の日の朝、澄香は「フローリスト・セリザワ」の店内で、開店前の準備をしていた。

天気予報によると、今日は一日快晴らしい。

店の最寄り駅は若者が多く集まる店がたくさんあり、昼夜を問わず賑《にぎ》わっている。

しかし、大きなショッピングモールがあるわけではなく、あるのはライブハウスや劇場などの他、個人経営の店がメインだ。

「フローリスト・セリザワ」は、そんな界隈と道を一本隔てた住宅街にあり、両隣は小さなサイクルショップとマンションになっている。

「澄香、今日劇場に持っていく花束、ひとつ追加だって」

店の奥で電話していた母親が、澄香に向かって声をかけてきた。

「はーい、了解。公演、午後一時からだったよね。哲《てつ》くん、今回主役なんでしょ？　すごいよね。チケットも即日完売だったたって言うし」

「ほんとね。なんだかんだで、役者を志《こころざ》して、もう十三年にもなるのね。パパが聞いたら、びっくりしちゃうわ」

「哲くん」というのは、澄香の亡き父の甥《おい》っ子で、従兄妹《いとこ》にあたる渕上哲太《ふちがみてつた》の事だ。

彼は、澄香よりもふたつ年上の三十歳で、現在、とある芸能事務所に所属し、役者として活躍している。

哲太とは昔から家族ぐるみの付き合いをしており、一人暮らしのアパートもここからさほど遠くない。そんな事もあり、彼とは今も時折一緒に食事をしたり、店の手伝いをしてもらったりする間柄だ。

母と昔の思い出話をしながら、澄香は店内を掃除し、鉢植えを並べたラックを店の外に運び出した。

（それにしても、時生さん、無事に帰国できてよかったな）

昨日、結局時生からは連絡がこず、彼の安否が気になった澄香は、朝一番に自分から彼にメッセージを送った。

すぐに返ってきた時生からのメッセージには、昨夜帰国したものの夜遅かったため、連絡は控えたと書かれていた。

トラブルの原因が、取引先の女性社長に言い寄られた事だと知った時は、かなりショックだったが、あれほどハイスペックな男性なのだからモテるのは当たり前だ。だが、出張先の海外でまでそんなトラブルに巻き込まれるとは、さすがに澄香も考えていなかった。

時生から話を聞かされた時、澄香はただねぎらいの言葉を返しただけで済ませたけれど、内心は穏やかではいられなかったし、いまだに胸に引っかかるものがある。

（でも、ヘンに騒ぐとまた焼きもちとか言われちゃうだろうし……）

一方、就業前に送られてきた時生からのメッセージには、社長室用のアレンジメントとともに自撮りする彼の写真が送られてきていた。彼はアレンジメントを気に入ってくれたようだし、花に込めたメッセージも、きちんと受け止めてくれたみたいだ。

気持ちが通じ合った今、澄香としても自分の気持ちに正直になり、彼と恋人同士として付き合っていこうと心に決めた。

けれど、ふとした事で、いとも簡単に不安が頭をもたげてくる。

時生の気持ちを疑っているわけではない。

それでも、人の心は移ろいやすいものだし、今の関係も、あっという間に壊れてしまうのではないかと思えてくる。

必然的に、二人の生まれ育った環境の違いに考えが及び、さらに落ち込む事になった。

いくら好きという気持ちがあっても、二人の間にある格差は永遠に埋まる事はない。

以前は、こんなふうに考えた事などなかったのに、ややもすればすぐに不安になり、気持ちがざわついて落ち着かない。

どうしてそこまで極端に考えてしまうのか……

その原因は明確で、要は自分に自信がなく、時生の気持ちを留めておくほどの魅力があるとは思えないからだ。

連絡をもらえば、単純に嬉しくて心がときめくが、ふと冷静になって考えると、このまま彼と付き合っても、結局は別れるしかないのではと考えてしまう。

（澄香、しっかりしなさい！）

そこまで考えて、澄香は自分を叱咤《しった》する。そして、時生からプレゼントされて以来、ずっと肌身離さず身に着けている薔薇《ばら》のペンダントを掌《てのひら》に握りしめた。

普段は洋服の中に隠れているが、ふとした時にそこに手をやると、不思議と心が温かくなるのだ。

(せっかく時生さんと恋人同士になれたのに、うしろ向きになってばかりでどうするの！)

澄香は心の中で、自分自身を諌《いさ》めた。

それに、自分に自信が持てないなら、持てるようになる方法を考えて実行に移すべきだ。

グジグジと考えてばかりいると、ますます落ち込むし、きっと暗い顔になって余計自分に自信がなくなっていく。

生まれ育った環境はどうにもならないが、どうせなら、少しでも彼にふさわしい自分になりたい。

せっかく心から好きだと想える人ができたのだ。

この気持ちを大事にするためにも、まずはこれまで以上に明るい笑顔を心掛けようと思う。

(プライベートだけじゃなくて、仕事も前向きに頑張らないと——)

開店準備を終えると、澄香は自室に戻り、テーブルの上のノートパソコンを開いた。

そして、美咲に勧められたパソコンの入門書を見ながら、キー操作の勉強を始める。

今はまだ初心者とも言えないレベルの技量だが、ぜったいに使いこなせるようになって、仕事に活かしたい。そして、「フローリスト・セリザワ」を、もっと繁盛させて、土地を買い新しく店をオープンさせる足掛かりにするのだ。

(こんなふうに考えるようになったのも、時生さんのおかげだよね)

澄香はしみじみとそう思い、彼との出会いに改めて感謝する。

「澄香、そろそろ開店の時間よ～」

店から母に声をかけられ、澄香はハッとして顔を上げた。

「はーい！」

気がつけば、いつの間にか勉強に集中していた。今すぐは無理だが、頑張って近い将来、必ずや店のインターネット環境を整え、お客様にとってより利便性のいい店にしようと思う。

立ち止まってなんていられない。

澄香は、改めてそう思うと、部屋を出て店のシャッターを勢いよく上げるのだった。


その週の木曜日、澄香は母の葉子とともに哲太の舞台を観るために駅前の劇場を訪れていた。

『今度の舞台は、ぜひとも観に来てくれ。なんてったって、初の主役だからな』

二日前の火曜日、彼に頼まれた花束を劇場に持って行った際、哲太にそう言われた。これまでも、澄香はできる限り彼の舞台を観に行っており、今回ももともと行くつもりでいた。

舞台はファンタジー要素のある悲恋物語で、ポスターに載っている主役の二人は、いかにも儚《はかな》げな美男美女だ。

満員御礼の状態で始まった舞台は、予想以上に素晴らしく、今まで観た中で一番ではないかと思う。全二幕を観終わった今、澄香は用事があって先に帰る葉子と別れ、一人舞台裏にある楽屋に向かった。

（舞台、本当によかったな……。哲くん、ほんと演技がうまくなったよね）

今回の舞台は区の演劇祭の参加作品でもあり、哲太の意気込みもいつも以上に感じられた。

これなら、きっとなんらかの賞をもらえるのでは？

素人《しろうと》ながら、澄香はそんな事を思いつつ哲太の名前が書かれた楽屋のドアをノックする。

いつもなら数人で一緒に使っている楽屋も、主役だからか哲太専用みたいだ。

ノックのあとすぐに返事があり、澄香はドアを開けて中に入った。

「哲くん、お疲れさま！　今日、すごくよかったよ。私、うっかり感動しちゃった」

「おう、来たか。ってか、うっかりとはなんだ。素直に感動しましたって言えよ～」

鏡の前で化粧を落としながら、哲太が澄香に向かって手を振る。

「うん、本当に感動した。それに、お話の内容もすごくよかったよ。それにしても哲くん、私よりも化粧映えするね」

ポスターに載っていた美男は、今や半分化《ば》けの皮が剥《は》がれている。

澄香が哲太のそばに行こうとした時、彼の横に置いてあるパーティションの向こうから、誰かが立ち上がった。

その人の顔を見て、澄香は「あっ」と声を上げて、その場に立ち尽くす。

「と、時生さん？」

「ああ、やっぱり澄香だ！　声を聞いて、すぐにわかったよ」

パーティションの向こうから出てきた時生が、驚いた顔をして澄香に近づいてきた。

「えっ……時生さん、どうしてここに？　あ……もしかして、昨日メッセージに書いてあった友達って、哲くんの事だったんですか？」

彼を見た途端、心の中に大輪の薔薇《ばら》が咲いたような気がした。話しながらも、気持ちが華やいで、嬉しくてたまらなくなる。

「そうだ。哲太は俺の高校からの悪友で、今もしょっちゅう行き来している仲なんだ。暇になると、よくうちに泊まりに来たりするしな」

「ほんとですか？　うわぁ、すごい偶然……！　哲くんは私の従兄妹《いとこ》なんですよ」

澄香は、双方の父親が兄弟である事を時生に説明した。それを聞くなり、時生が大きく目を見開いて信じられないといった表情を浮かべる。

「……こんな偶然ってあるんだな」

「ほんとに……。私、しょっちゅう哲くんの舞台を観に来てますけど、一度も会いませんでしたね」

「俺が楽屋に顔を出すのは、今回がはじめてだからな。いつもは大部屋だろう？　今回は個室だって聞いてたから、ちょっとくらい顔を出してやろうと思ったんだ」

「そうだったんですね」

まさかの繋がりに驚きつつ、澄香は思ってもみない再会に頬を緩ませた。見つめ合う視線が、絡み合って離れない。

「時生さん、少し日に焼けましたか？」

「わかるか？」

「もちろんです」

時生の顔は、少し日に焼けており、いつにも増して精悍《せいかん》で男らしく感じる。

こんな偶然なら、いくらあっても大歓迎だ。

「うぉ～い、そこの二人～。なんだか勝手に盛り上がってるけど、俺の事忘れてないか～」

ふいに野太い声が割り込んできて、澄香は時生とともに哲太に視線を向けた。

「ごめん、哲くん。すっかり忘れてた」

澄香が言うと、哲太が二人に向き直り、それぞれの顔をまじまじと見つめてくる。

目張りを入れたままの目元は妙に迫力があり、澄香は咄嗟《とっさ》に目を逸らした。

「んんん？　どうも怪しいな……。は、は～ん。お前ら、もしかして付き合ってるな？　そうだろ。俺の目は誤魔化せないぜ～？」

ズバリと言い当てられ、澄香はたじろいで口ごもった。すると、時生がすぐ横に来て、軽く笑いながら、澄香の肩に腕を回してくる。

「当たり。よくわかったな」

「わからないはずないだろ！　人の楽屋でイチャイチャしやがって。俺に彼女いないと知った上でいやがらせしてるな？」

「悔しかったら、早く片想いの彼女に告白するんだな」

「それを言うなよ～。脈があれば、とっくにしてるって～！」

親友同士がやり取りをしている横で、澄香はニコニコ顔で二人の顔を眺めた。

まったく知らないところで、時生とこんなふうに繋がっていたなんて……。

澄香はそう思いながら、哲太を介して時生との繋がりが深まったように感じていた。

「哲太は、これから打ち上げがあるんだろ？　澄香、せっかくだから、少し話さないか？　このあと予定があるから、あまりゆっくりはできないんだが」

そう話す時生の視線は、片時も澄香の顔から離れない。

「はい、いいですよ」

澄香は二つ返事で頷いた。

きっと今、二人は同じ気持ちだ。そう思うと、胸が熱くなり頬が火照《ほて》ってくる。

「よし、決まりだ」

ブーブー文句を言う哲太に別れを告げている間に、時生の手が澄香の肩から手に移動した。

手を繋いだまま狭い通路を通り抜け、外に出る。辺りはまだ劇場から出てきた人達で込み合っており、澄香達はそれを縫《ぬ》うようにしてメインストリートを歩いた。

そうしている間も、澄香の胸は弾み、耳朶《じだ》がほんのりと熱くなる。会って手を繋いでいるだけでも、嬉しくて仕方がない。

会えない間は、いろいろと思い悩んで凹《へこ》んだりする。けれど、結局は彼の事が好きで仕方がない自分を自覚して、澄香は歩きながらちょっとだけ笑ってしまった。

それからすぐに横道に逸れ、時生が昔ながらの小さな喫茶店のドアベルを鳴らす。

「こんばんは。マスター、閉店間際なのに悪いけど、ちょっと場所を貸してもらえないかな？」

時生が店に入るなり、店主に向かってそう言った。

「おお、時生、いらっしゃい。……あれ？　一緒にいるのは、澄香ちゃんか？」

「はい。こんばんは」

この町に住み店を営む者は、皆同じ組合に所属しており、顔見知りだ。

「やっぱり知り合いだったか」

二人が挨拶《あいさつ》を交わすのを見て、時生が軽やかに笑った。マスターは少々驚きながらも二人の顔を見比べて、機嫌よさそうに頷いている。

「どうぞ、店の奥でもカウンターでも自由に使ってくれ。もう店の鍵は締めるし、僕はちょっと片づけがあるから奥に行くよ。時生、コーヒーは勝手に淹れて飲んでいいからな」

「ありがとう、マスター。恩に着ます」

時生に促《うなが》され、澄香はカウンターの真ん中に腰かける。

彼はカウンターの中に入ると、慣れた手つきでコーヒーを淹れ始めた。

「時生さんって、この店の常連さんなんですか？」

「大学時代に哲太に連れて来られて以来だから、もうずいぶん通ってるな。あいつ、大学入学と同時に、今住んでいるところで一人暮らしを始めただろう？」

「確か、そうでしたね。じゃあ、時生さんは、もうずいぶん前からこの町に出入りしていたんですね。なんだかびっくりです」

「本当だな。つくづく、人の縁って不思議だと思うよ。俺がもっとこの町での行動範囲を広くしていたら、もしかすると澄香に会っていたかもしれないな」

仕事帰りに直接劇場に来た様子の時生は、スーツ姿だ。ジャケットだけ脱いで丁寧にコーヒーを淹れる様は、それだけでも見惚れてしまうほど絵になっている。

店にコーヒーのいい香りが漂《ただよ》い始め、澄香は大きく息を吸った。

「いい香り……。私がはじめてこの店に来たのは、まだ父が健在で、妹が生まれる前だったな……」

独り言のようにそう呟いて、味のあるカウンターの縁をそっと掌《てのひら》でなぞる。

「この町に古くからいる店の人達は、私にとって親戚みたいなものなんです。いろいろと助けてもらったり教えてもらったりして」

澄香の話を聞きながら、時生がコーヒーを淹れ終えた。彼は、カウンターの上に二人分のコーヒーカップを置き、澄香の隣に腰を下ろした。

それから少しの間、二人は黙ったままコーヒーを飲み、それぞれにほっと一息つく。

「澄香、なかなか会えなくて悪かったな」

時生が、膝に置いていた澄香の手を、そっと握ってきた。そして、そのまま自分の太ももの上に移動させる。

「いえ、時生さんが忙しいのは知ってますから。出張、大変でしたね。体調とか、大丈夫ですか?」

「ああ、平気だ。しかし、予定外の事が起きて参ったのは確かだな。せっかくビジネスが滞《とどこお》りなく終わったのに、危うくそれまでの努力が水の泡になるところだった」

時生が眉を顰《ひそ》め、小さく肩をすくめた。彼は、今回の出張で締結した契約のために、現地担当の社員達がどれほど頑張っていたかを熱く語った。

それを聞くだけでも、時生がいかに自社の社員を大切に思っているかがよくわかる。

「澄香には余計な心配をかけて悪かったな」

「いえ、そんな……。あの……ちなみに、その女性社長という方は、どんな人なんですか？」

澄香はなるべく何気ないふうを装《よそお》い、ずっと気になっていた事を訊《たず》ねてみた。

「たぶん、年齢は俺より少し上だろうな。少し前に配偶者を亡くして、今は独り身らしい。バイタリティがあって仕事のできる人には違いないが、あれだけ公私混同されると、な」

「そうですか」

澄香はコーヒーを口に運びながら、心中穏やかでいられなくなった。前向きに頑張ろうと思っても、やはり時生の周囲にいる女性達の事が気になってしまう。

時生はといえば、何やら少し考え込むような顔をして、コーヒーを飲んでいる。

「澄香、今回の件もあって、俺もいろいろと考えてみたんだ。俺自身の気持ちはもちろん、将来の俺達について」

「……しょ、将来の俺達……ですか？」

まさか、別れ話では……

そう思い、澄香の顔から血の気が引いていく。一方、時生はといえば、澄香のほうに向き直り、口元に笑みを浮かべた。

「澄香は真面目で裏表がないし、素直でまっすぐな女性だ。俺が知る同世代の女性の中では一番の努力家だし、俺も見習うべきところが多々ある。フローリストとしての腕は確かだし、人間としても、俺の恋人としても最高の女性だ」

瞬《まばた》きもせずに見つめられ、澄香は緊張で固まりつつも喜びを隠せない。

「澄香が俺のために作ってくれたアレンジメントとカードを見たが、花も花言葉も、間違いなく俺にぴったりだし、作ってくれた澄香の気持ちが込められているのを感じた。澄香は、俺との事を前向きに考えてくれている——そう思って間違いないか？」

「はい、間違いありません」

澄香の返事を聞いた時生が、嬉しそうに顔をほころばせた。しかし、すぐにいつになく真剣な表情を浮かべ、澄香の顔を正面から見つめてくる。

彼は、やはり澄香の気持ちを正しく理解してくれたみたいだ。

その上で、一体何を言われるのか……

澄香は、緊張のあまり唇を強く噛みしめる。

「澄香、俺がこれから話すのは、ぜんぶ本当の事だし、俺の正直な気持ちだ」

彼の真摯《しんし》な態度を前に、澄香は頷いて背筋を伸ばした。

「俺は今まで、常に自分が正しいと思ってきたし、実際それでなんの問題もなかった。だが、澄香に出会って、女性や結婚に関するこれまでの考え方が百八十度変わったし、自分の間違いにも気づいた。これほど俺に影響を与えた女性は、澄香がはじめてだ」

彼の太ももに置いていた手を開かれ、指を絡めた状態で強く握られる。

「澄香、俺は澄香が好きだ。これまで多くの女性と出会ってきたが、ぜったいに手放したくないと思ったのは澄香だけだ」

「……えっ……」

思いがけない言葉に、澄香は口を半開きにしたまま目を瞬《またた》かせた。

もしかしたら別れ話をされるのではないかと思っていたのに、真逆の話をされている。

「今さらだとは思うんだが、俺は今まで女性に対してこんな感情を抱いた事がなかったし、『好きだ』と告げたのも澄香がはじめてだ」

時生に「好きだ」と言われた――

澄香は嬉しさのあまり口から心臓が飛び出そうになった。けれど、真面目な顔で話し続ける彼を見て、どうにか気持ちを抑えて椅子に座り続ける。

「澄香は、どうだ？　俺の事を、どう思っている？」

訊《たず》ねられ、澄香はすぐさま自分の想いを口にした。

「私も、時生さんの事が好きです」

澄香が答えると、時生がホッとしたように表情を緩めた。

「本当だな？　正直者の、正直な気持ちだと解釈していいんだな？」

顔をグッと近づけられ、下から覗き込むようにして目を見つめられる。

「はい、もちろんです」

澄香は頷き、照れて頬を染めた。

別れ話をされるかと思いきや、そうではなかった……！

それだけでも嬉しいのに、時生から想いを告げられるという、夢のような現実が我が身に起こっている。

「よかった……それを聞いて安心したよ」

時生が、眉尻を下げてにこやかに笑った。

「だったら話が早い。澄香、俺の子供を産んでくれ。俺と結婚して、一生俺のそばにいてほしいんだ」

「……は……、えぇっ？」

言われた内容に驚き、澄香はつい腰を浮かせて大声を出してしまう。

「なっ……いきなり何を言ってるんですか？　そ、そんな、子供とか結婚とか――」

突然の申し出に、澄香は驚きを隠せない。

もちろん、嬉しい気持ちはある。だが、なんといっても、二人が出会ってから、まだひと月も経っていないのだ。

「俺は本気だ。澄香、俺と結婚しよう。俺が望んでるのは澄香だけだ。澄香以外に俺の結婚相手にふさわしい女性はいない。それがよくわかった」

時生が澄香の肩を、優しく押し下げて椅子に腰を下ろさせた。

それでも、まだ澄香は落ち着いて座ってはいられない。

突然の告白に続き、突然のプロポーズ。

それと同時に、いきなり子供を産んでほしいだなんて、いくらなんでも展開が早すぎる！

「ちょっ、ちょっと待ってください。なんで急にそんな事を言い出すんですか？」

「確かに急だが、肝心なのは、お互いの気持ちだろう？」

「それはそうですけど……」

「俺の両親や親戚連中は、俺が結婚して跡継ぎを作るのを今か今かと待っている。だが、俺は澄香とでなければ、結婚も子作りもしたくないんだ」

時生が言っている事は理解できる。

その相手として自分を選んでくれたのは、ものすごく嬉しい。けれど、あまりに唐突すぎて頭がついていかないし、どう反応していいのか戸惑ってしまう。

そもそも、由緒正しい一条家の人達が、自分のようなごく普通の家庭に育った庶民を喜んで一族に迎えるとは思えないのだが……

澄香がそれを指摘すると、時生は落ち着いた様子で頷いた。

「むろん、両親や一族の連中が、騒ぐとは思う。すぐに理解は得られないかもしれないが、俺は澄香でなければダメなんだ。これだけは、ぜったいに譲れない」

時生が、絡め合った澄香の指先に唇を寄せた。

「好きだ、澄香。誰がなんと言おうと、俺は澄香と結婚する」

シンと静まり返った喫茶店の中で、時生がきっぱりとそう宣言する。

彼の瞳には、一条家を背負っていく覚悟や自負、自分の意見を貫き通そうという強い決意が見て取れた。

しかし、そう簡単に彼の思いどおりに事が運ぶとは、どうしても思えない。時生は一条家の直系の御曹司であり、一族全員の期待を一身に背負う立場だ。たとえ二人が結婚に向けて歩み出しても、きっと一族の人達は誰一人味方になってはくれないだろう。

もちろん、時生の想いを信じているし、心から彼と結ばれたいと思う。

けれど二人の間には、決して動かす事のできない現実として、大きな格差がある。それを考えると、さっき観た芝居のように、悲しい別れが待っているのではないかと考えてしまう。

二人の関係に未来がないのなら、はじめから歩き出さないほうがいいのでは……？

時生に見つめられながら、澄香はさまざまな想いに心を移ろわせた。

強く握られた手から、彼の固い決心が伝わってくる。

たぶん時生は、澄香が彼の申し出を受けるまで、この手を離しはしないだろう。

本音を言えば、ずっと彼のそばにいたいし、自分から彼のもとを去るなんてできそうもなかった。

そうであれば、彼の気持ちがなくなるその日まで、そばにいたい。

そう思い至った澄香は、こっくりと頷いて時生の手をしっかりと握り返した。

「わかりました。時生さんの申し出を、お受けします」

たとえこの先、別れる可能性のある道でも、彼とともに歩き出せる事を心から嬉しく思う。

「よかった。これで、安心して夜眠れる」

聞けば、時生は澄香との事が気になって、ここ数日不眠気味だったという。

それを聞いた澄香は、彼の健康を気遣ってオタオタする。同時に、そんなにも自分との事を考えてくれていたのだとわかり、胸が熱くなった。

「ダメですよ！　ただでさえ忙しくしているのに、ちゃんと寝ないと身体を壊してしまいます！」

「わかった。ちゃんと寝るよ。さて、そろそろ行かないと……。澄香、今度泊まりに来い」

口調は俺様なのに、そうねだる表情がやけに可愛らしく思えた。年上の男性に対して抱く感情としては似つかわしくないかもしれないが、その屈託《くったく》のない顔に胸がキュンとする。

「はい、じゃあ、そのうち……」

「今すぐにでも抱きたいのに、そのうちだなんて言うな……」

見つめ合う二人の鼻先が触れ合い、互いに顔をほんの少し傾けた。

すぐにキスが始まり、うっすらと開けた唇の隙間から時生の舌が入ってくる。

「んっ……」

小さく声が漏れ、澄香はハッとして喉の奥に息を留めた。

古くからの知り合いの店で、キスなんか——そう思うものの、まるで強力に引き合う磁石《じしゃく》みたいに、一度触れ合った唇は、そう簡単に離れようとしない。

出会い、惹かれ合って、今こうして唇を重ねている。

互いに離れがたく思っているのがわかるし、その想いは決して出会ってからの日数で推し量れるものではなかった。

「今週末は？」

「……い……妹が春休みで帰ってくるので——」

「だからって、俺を一人ぼっちで放っておくのか？　寂しくて、ハナみたいに夜鳴きするぞ」

「ん……ん……」

時生が、澄香の閉じた両脚を脚の間に挟み込んできた。膝頭が彼の太ももの内側に当たり、全身の肌が熱くざわめくのがわかった。

甘すぎるキスに酔いしれ、身体のあちこちが火照《ほて》り、潤《うる》むのを感じる。

だが、いつまでもこうしているわけにはいかなかった。

「ごっほん！」

店の奥から咳払いの声がして、二人はあわててキスを終わらせてカウンターに向き直った。

顔を見せた店主が、カウンターの中で、くつくつと忍び笑いをする。

「春だなぁ」

「マスター、今のは内緒ですよ」

時生が口の前に指を一本立ててニッと笑うと、店主が指でＯＫマークを作った。

組合の重鎮である店主は、顔が広いが口は堅い。

「行こう、家まで送っていくよ」

カップを片づけ終えた時生が、澄香に手を差し出した。

澄香はそれに応《こた》えて、彼と手を繋ぎ合わせる。

いつでも自信に溢《あふ》れている彼に、いつの間にか身も心も掌握《しょうあく》されてしまった。

できる事なら、一生彼と寄り添いながら生きていきたい。

澄香はそう願いながら、握ってくる時生の手をしっかりと握り返すのだった。

時生と澄香の交際は、意外にも順調に滑り出した。

春奈は、報告した電話口の向こうで雄叫《おたけ》びを上げるし、もともと時生を「犬好きのいい人」と認識していた母は、いろいろと思う事はありそうだが彼との付き合いを認めてくれた。

その際、さりげなく結婚について聞かれたが、さすがに「それはまだわからない」としか言えなかった。ただでさえ、格差がありすぎる二人だ。母が心配する気持ちもわかる。

しかし、彼のそばにいると決めたのだから、今はそれに関して悩むのはやめにした。

そうして迎えた三月中旬の土曜日。

時生が昼過ぎに突然「フローリスト・セリザワ」に顔を出した。

彼は店頭にいた澄香に笑いかけたあと、店の奥で休憩を取っていた葉子の前まで進んだ。

そして、丁寧に頭を下げて挨拶《あいさつ》をしたあと、澄香と交際している事を自分からも報告させてほしいと申し出たのである。

「僕は、ゆくゆくは澄香さんと結婚したいと考えています。その前提で真剣にお付き合いをさせていただいておりますので、この機会にぜひお母さまの了承をいただきたいと思っています――」

彼は、明らかに緊張していたし、葉子も終始落ち着かない様子だった。

けれど、時生と直接話したおかげか、話が済む頃には、どこか安心した顔をしていた。

折しも今日は、ホワイトデーである。

「せっかくだから、店を手伝わせてくれ」

時生はそう言って自ら店のエプロンを着けようとしたが、何か思うところがあったようで、結局はカジュアルなジャケットとコットンパンツ姿のまま、店先に立った。

そこには澄香が作ったホワイトデーのポップ付きの立て看板が置かれており、その一角には女性が喜びそうな多肉植物や花束が彩《いろど》りよく配置してある。

時生は、その横でさもプレゼントを買いに来た客であるかのように振る舞い、花や観葉植物の棚を見て思案顔をする。

ただそこに立っているだけでも目を引くのに、彼は澄香にあれこれと質問をしては、さりげなく花や鉢植えを通りすがる人達にアピールし始めた。

イケメンの集客能力は凄《すさ》まじい。

「フローリスト・セリザワ」の店先は、たちまちホワイトデーのプレゼントに迷っていた男性や通りすがりの女性客でいっぱいになり、母子はその対応でてんてこ舞いになる。

途中、あまりの大盛況に追加の花束が追い付かなくなり、時生が接客を手伝ってくれた。

結局、いつもより一時間半遅い閉店時刻を迎え、母子は手伝いの礼にと、時生を近所の中華料理店に誘った。

その店は澄香も子供の頃から通っている店で、何を注文してもはずれがないと評判の店だ。

時生とすっかり打ち解けた様子の葉子は、彼に何くれとなく話しかけては、機嫌よさそうにニコニコしている。

「時生さん、今日は本当にお疲れさまでしたね。どうぞ、たくさん食べてください」

葉子が言い、時生は旺盛《おうせい》な食欲を見せてテーブルに並ぶ料理を平らげていった。その豪快な食べっぷりは、見ていて気持ちがいいほどだ。

「うまいっ……ここの料理は、どれも最高ですね」

時生が感嘆の声を上げると、葉子がそれを聞いてにっこりする。

「時生さん、そんなに食べて、お腹大丈夫ですか？」

澄香が声をかけると、彼はもぐもぐと口を動かしながら、頷いた。

食後は散歩がてら三人で駅前を少しだけぶらつく。途中で葉子が行きつけの洋装店に寄ると言って別れ、二人きりになった。

「今日は、ありがとうございました。本当に助かりました」

「どういたしまして。お母さんに挨拶《あいさつ》ができたし、澄香と一緒にいられたから一石二鳥だ。店の手伝いも楽しかったし、美味《おい》しい中華料理までご馳走になって、俺としては大満足の休日だったよ」

時生がそう言って、朗《ほが》らかに笑った。

「あのお店、人気があっていつも混雑してるんです。ちょっと騒がしかったけど、大丈夫でしたか？」

「ぜんぜん平気だ。どうしてだ？」

「だって、時生さんが普段行くお店って、この間連れて行ってもらったようなお店ばかりなのかなと……」

「そんな事はない。この間の店は特別な時に行くくらいだし、俺だって普通にチェーン店の牛丼屋とかラーメン屋に入ったりするぞ？」

「そ、そうなんですか？」

人を見た目だけで判断してはいけないと言うし、仕事をする上でも意識してそう心掛けていた。しかし、時生ほど見た目が完璧だと、なかなかイメージを崩しにくい。

「昔、父に言われていろいろな業種のアルバイトをしていた時、そういった店でも働いていたし、哲太と行くのは、たいていチェーン店の居酒屋だ」

「ああ、わかります。哲くん、居酒屋メニューが大好きですもんね。でも、なんだかちょっと納得しました。時生さん、すごく接客が上手だったから。愛想がよくて、丁寧で話し上手で。それって、いろいろなアルバイトを経験していたからなんですね」

「そうかもな。……だが、今日店を手伝わせてもらうまで、そういう感覚を忘れてた。ビジネスの初心に帰るために、たまに店を手伝わせてもらおうかな」

「ほんとですか？　母が喜びますよ」

話しながら歩いている途中で、ふいに横道から飛び出してきた女性グループにぶつかりそうになった。

「危ない――」

咄嗟《とっさ》に肩を抱き寄せられ、澄香の身体が時生の胸元にぴったりと寄り添う格好になる。

「大丈夫か？」

そのままの状態で、頭上から声をかけられ、澄香は顔を上げて「はい」と言った。

時生がにっこりと微笑み、澄香の肩を抱き寄せたまま、再び進行方向に向かって歩き出した。

見ると、女性達はもれなく時生の顔に視線を奪われている。

彼女達の前を通り過ぎる時、澄香は小さく会釈《えしゃく》をした。すると、はじめて澄香に気がついた様子の女性達の一人が、会釈《えしゃく》を返してくれながら小さく呟くのが聞こえた。

「うわ、超絶不釣り合い――」

それは、澄香にしか聞こえないほど小さな声だったし、実際時生には聞こえていなかったみたいだ。

(そりゃあ、そう思うよね)

これは、何も今に限った事ではなかった。

時生と二人で歩いていると、そんな視線にぶつかる事が多々ある。

しかし、時生はまったく気にする様子はないし、歩きながらも常に澄香とその安全に注意を向けてくれている。

しかも、どんな美女とすれ違っても、まったく目もくれずに、だ。

今だって、かなり可愛い女性グループだったし、全員澄香よりも若く今時の服装をおしゃれに着こなしていた。

けれど、時生はいつもどおり、人通りが多い道を澄香を守りながら歩いている。

こんなふうに扱われたら、女性なら誰だって心が揺さぶられる。

澄香だって例外ではないし、現にさっきから胸がドキドキしっぱなしだ。

「ちょっとそこに座ろうか」

時生が歩く速度を緩め、澄香を連れて小さな公園に入った。彼は、いくつかあるベンチの中で、街灯から一番遠い位置にある場所を選び、その前で立ち止まる。そして、ポケットからハンカチを取り出して座面に敷き、澄香に座るよう促《うなが》した。

現実にそんな事をする男性を見たのも、そうされたのもはじめてだ。ただの仕事着なのに、そんな気遣いをされて、恐縮してしまう。

時生が座ったまま、大きく伸びをした。澄香もそれを真似て、ついでに深呼吸もしてみる。

「時生さん、疲れたんじゃないですか？　今日はずっと立ちっぱなしだったから」

「いや、日頃から鍛《きた》えているし、あれくらい平気だ」

時生が澄香に向かってシャツの裾《すそ》を捲《めく》り上げ、腹の筋肉をアピールしてきた。

「ほら、硬いだろう？」

手首を握られ、掌《てのひら》を彼の腹にぴったりとあてられる。

澄香は大きく頷きながら、無言で顔を真っ赤にした。ただでさえ鼓動が速くなっているのに、そんな事をするから余計、胸が早鐘を打つ。

「そ……そういえば、私、パソコンの勉強を始めたんですよ」

顔が赤くなったのを誤魔化しつつ、澄香は思いつくままに話した。

「時生さん、前にネット環境を整えたほうがいいって言ってくれましたよね？　あれから、妹に聞いたりして、とりあえず家にあるノートパソコンでキー操作の練習をしてます。でも、やっぱり独学じゃ難しくて、どこか教室に習いに行こうかと――」

「いや、俺が教えてやる」

速攻でそう言われて、澄香はキョトンとした顔で彼を見た。

「でも、時生さんは忙しいし――」

「四六時中仕事をしているわけじゃないし、プロジェクトも一段落したから大丈夫だ。教室に通うのも手間がかかるし、もし講師が男だったらどうするんだ。場合によっては、腕が触れたり、バックハグみたいな姿勢にならないとも限らない」

「バ、バックハグって……」

「とにかく、俺が教える。そのほうが時間の自由が利くし、場所だってうちと澄香の家のどちらかでできるから便利だろう？　都合に合わせて、その都度場所を決めてもいいし、うちでやる時は、そのまま泊まればいい」

時生が、そう言って澄香を見る。肩を抱く手に力がこもり、身体の密着度が高くなった。

よく見ると、彼の眉間《みけん》にはうっすらと縦皺《じわ》が寄っている。

「あの……まさかとは思うんですけど、時生さん、焼きもちをやいてますか？」

うぬぼれるなと言われるのを覚悟で、澄香は彼に質問をしてみた。澄香に訊《たず》ねられ、時生は眉間《みけん》の皺《しわ》を深くして小首を傾げる。

「俺は、今まで焼きもちなんかやいた事は一度もない。ただ、澄香の至近距離に俺以外の男がいるのは好ましくない、と言っているだけだ」

彼は、そう言いながら澄香から顔を背《そむ》け、あらぬ方向を向いている。

「はぁ、そうですか……」

おそらく、そういうのを焼きもちと言うのだと思うが、深く追及するのはやめておく。

「じゃあ、お言葉に甘えて、パソコンは時生さんに教わります。でも、私、正真正銘のド素人《しろうと》ですからね。初歩的な事を知らないからって、あまり怒らないでくださいよ」

澄香が、肩と首をすくめると、時生が表情を一変させながら頭のてっぺんに頬をすり寄せてきた。

「怒るもんか。そんなドンくさい澄香を見たら、可愛すぎて怒るどころか抱きしめて、できるようになるまでキスを浴びせかけてやる」

「そ、そんなっ……」

二人の休みが合わないため、付き合っているとはいえ、なかなかデートをする時間がとれない。月曜日の朝には仕事で顔を合わせるが、仕事中はお互いにそれにふさわしい距離で接している。結局まだ一度しか彼の自宅を訪れていない。それもあってか、時生は事あるごとに泊まりに来いと言ってくれていた。

「澄香には俺が教える。何もかも、ぜんぶ教えてやるから、覚悟しておくように……いいな?」

「え……ぁ……ん、んっ……」

横から抱きすくめられ、顎《あご》を指で上向かされるなり唇を奪われた。

喫茶店でしたキスより強引で、密着度が高い。

暗がりをいい事に、時生が顎《あご》に触れていた指を、少しずつ下にずらしていく。指先が首筋を通り、鎖骨を経てカットソーの襟元《えり》で止まった。縁を、ほんの少しだけなぞり、胸の膨らみに到着する。生地《きじ》の上から的確に胸の頂《いただき》を捕らえられ、そこを緩く愛撫《あいぶ》された。

あやうく声が出そうになると、するりと滑り込んできた熱い舌に口の中をいっぱいにされる。

乳先の快楽に気を取られているうちに、口内の舌がふいに厚みを増した。

そして、まるでセックスをしているみたいに、ゆっくりと抽送《ちゅうそう》を始め、澄香の唇を内側から擦ってくる。

思わず閉じていた目蓋《まぶた》を上げると、こちらを見る時生の視線とぶつかった。

つい先日、今と同じように見つめられながら奥を突かれたのを思い出し、澄香は小さく身を震わせて恍惚《こうこつ》となる。

これ以上キスに集中すると、うっかりイッてしまいそうだ。

澄香は、だらりとして力が抜けている腕をどうにか持ち上げ、時生の胸を軽く押した。

唇が離れ、ようやく淫《みだ》らなキスが終わる。

けれど、彼の舌にたっぷりと可愛がられた唇は、まだキスの余韻を残したまま開けっ放しになっている。

「澄香、その唇……ちょっとエッチすぎるぞ」

耳元で囁《ささや》かれ、澄香はハタと我に返り、唇を手で覆《おお》い隠した。

「と、時生さんがエッチなキスをするからですっ……！」

「そうか？　だけど、気に入っただろう？」

時生がそう言って余裕の笑みを浮かべる。

悔しいけれど、そのとおりだ。

それが証拠に、身体中が腑《ふ》抜けてしまい、立ち上がれそうもない。

澄香は素直に頷き、抱き寄せられるままに彼の胸に寄りかかるのだった。


三月最後の日曜日、澄香は時生の車で彼のマンションに向かっていた。

目的は彼からパソコンの個人レッスンを受けるためであり、母親にも了解を得ている。

今日の彼は、休日という事もあり白いセーターにブルージーンズというラフな格好だ。シンプルなだけに余計容姿が整っているのが際立っているし、いつもは横に緩く撫でつけている前髪が額《ひたい》にふんわりとかかっている。

（ものすごく、かっこいい……）

時生を見てそう思うのは、一体、何度目だろう？

きっと、これからもハイスピードで回数を増やし続けるだろうし、彼を見飽きる事はぜったいにないと思う。

こんなにも容姿端麗なハイスペックな男性が、自分を好きだと言い、結婚まで望んでくれているのだ。到底信じられないが、何度頬をつねっても、ちゃんと痛さを感じる。

澄香は、助手席に身体を押し付けるようにして、彼の横顔に見入った。少々無理な体勢だが、あからさまに横からジロジロ見るよりは、やや斜めうしろからのほうが気づかれにくいと思ったのだ。

（こういうの、彫刻のような横顔っていうんだろうな）

澄香が、こっそり時生に見惚れていると、カーラジオから「一条ビルマネジメント」のコマーシャルが流れてきた。

「あっ……これって、この間時生さんが言っていたやつですか？」

澄香はシートから身を起こして、カーラジオに耳を澄ませた。

「そうだ。澄香からラジオコマーシャルの件を聞いて、さっそく広告宣伝部に話を持ち掛けてみたんだ」

流れているコマーシャルの内容は、家族と家をテーマに会社の事業内容を簡潔にまとめたものだ。

コマーシャルが終わり、再び番組を担当する男性パーソナリティが話し始めた。

このラジオのパーソナリティは若者から年配まで幅広く名を知られており、話も面白く好感度も高い事で知られている。

「澄香が言ったとおり、この番組は若い女性の視聴者が多いらしい。時間帯もいいし、うちの会社を知ってもらうにはうってつけだ」

以前、澄香は店で聞いているFMラジオについて時生に話をした事があった。

彼はそこからヒントを得て、自社の知名度や事業内容をよく知ってもらうために、ラジオ広告を出す事を思いついたらしい。

「でも、思いついたのって、ついこの間ですよね？　ラジオ広告って、こんなに早く出来上がるものなんですか？」

しかも、ナレーションを担当しているのは、現在人気トップレベルの男性俳優だ。普通に考えて、費用や製作時間がかなりかかりそうな気がする。しかし、時生曰《いわ》く件《くだん》の男性俳優は以前「一条コーポレーション」の広告に出演した事があり、今回の仕事のオファーをしたところ、すぐにＯＫが出たのだという。

「映像じゃないから、案外短時間で収録できたんだ。放送のタイミングも、ちょうど他のスポンサーとの契約が終わったところだったし、その他にもいろいろと好条件が重なってね」

ラジオコマーシャルの話を進めるにあたり、時生は自ら広告宣伝部に出向いて担当者らと直々《じきじき》に話をしたようだ。

「これまでは、忙しさもあって出るのは役職者クラスの会議だけだった。だが、今回は思い切って担当者会議にも参加して、現場に首を突っ込んでみたんだ。もちろん、前に澄香が言ったように、眉間《みけん》の縦皺《じわ》を消して、一緒に歩いて行こうって感じで」

「そうだったんですね」

話してくれる時生の横顔は、いかにも嬉しそうだ。きっと、彼なりの努力が、うまくいき始めているのだろう。

車が時生のマンションに到着し、澄香は駐車場経由で彼とともにペントハウスに向かう。

（やっぱり、時生さんに迎えに来てもらってよかったかも……）

当初、澄香はここに店のバンで来るつもりだった。しかし、よく考えて見れば、こんな高級車ばかり停まっている駐車場に、店名がでかでかと書かれたバンは、あまりにも不釣り合いだ。

使い慣れたママチャリもしかり。

そもそも、ここの物件価格はいくらなのだろう？

そんな事を考えているうちに到着し、室中に入ると、すでにリビングのローテーブルにパソコンが用意されていた。

時刻は、午後八時十分。

澄香は、さっそくローテーブルに向かおうとした。

けれど、時生にうしろから抱きすくめられ、くるりと身体が反転する。

「と、時生さ……ぁんっ……ん……」

片手で腰を抱き寄せられ、もう一方の手で乳房を強く揉まれた。

途端に全身に火が点《つ》き、頬が痛いほど火照《ほて》ってくる。

ほんの少し触れられただけなのに、もう脚の間に熱が宿るのを感じた。

「澄香……もう我慢の限界だ――」

膝裏に腕を回され、正面から抱きかかえられる格好でアイランドキッチンのカウンターに座らされる。

大理石の冷たさを感じながら、澄香は時生の手を借りてカットソーごとセーターを脱いだ。

ブラジャーを剥《は》ぎ取られ、あらわになった乳房に吸いつかれる。

「あっ……ああんっ……時生さんっ……」

乳先を甘噛みしながら、時生が着ているものを脱ぎ始めた。

その間に、澄香は腰を浮かせてスカートとショーツを脱ぐ。

今や、身に着けているのは薔薇《ばら》のペンダントだけだ。

「これ、ずっとつけてくれているんだな」

時生が、指先でペンダントトップを転がしながら、デコルテをくすぐってくる。

「だって、すごく気に入ってるし、私の宝物ですから」

抱き合って繰り返しキスをする。

彼が避妊具を着けるのを目にして、澄香は我知らず唇を舌で舐《な》めた。

「澄香、今の顔、すごくエロいな」

時生に指摘され、恥じ入った時には、もう濡れた蜜窟が彼の指を咥《くわ》え込んでいた。

「あっ……ゃああんっ……！」

突然やってきた快楽に、身体が前のめりに倒れそうになる。

澄香は時生の肩に手を掛け、どうにか踏みとどまった。

「今はまだ、第一関節までだ。もうちょっとほぐしたら、もっと奥まで気持ちよくしてあげるよ」

唇にキスをもらい、澄香は目蓋《まぶた》を震わせながら頷いた。

下から聞こえてくる水音が、とんでもなくいやらしい。

その音がだんだんと大きくなり、時生の指がより深いところまで入ってきた。

「どれだけ深く入ってるか、わかるか？」

優しい声で聞かれ、澄香は唇を噛んで愛撫《あいぶ》されている箇所に集中する。

けれど、胸の先を弄《いじ》られてそれどころではなくなってしまう。

澄香が首を横に振ると、ぐちゅぐちゅという淫《みだ》らな音が、わずかに大きくなった。

それと同時に、感じる快楽も強くなる。

口元が弛緩《しかん》し、唇が小刻みに震え始めた。

きっと、とんでもなく表情が緩んでいるに違いない。

恥ずかしさに頬を焼かれ、澄香は顔を背《そむ》けて時生の視線から逃れた。

「あんっ！　あ、あぁんっ！」

隘路《あいろ》を行く指がより深いところまで届き、奥を捏《こ》ね回す。

じっとしていられなくなり、澄香は時生の肩を掴み、カウンターの側面をつま先で掻く。

きっともう、指の数は一本ではないし、蜜窟の入り口に掌《てのひら》が当たっている気がする。

けれど、もうまともに喋《しゃべ》る事ができず、口から出るのは嬌声《きょうせい》ばかりだ。

「澄香――」

時生に正面から抱き寄せられ、そのままカウンターの上に仰向けにされる。両方の膝裏を腕に抱えられ、大きく左右に開かされながら踵《かかと》をカウンターの縁に載せられた。

蜜窟から指を引き抜かれ、思わずそれに追いすがりそうになる。

しかし、すぐに熱く硬いものを押し当てられ、澄香は早くも瞳を潤《うる》ませて自分を見る時生と視線を合わせた。

「澄香……ようやく、澄香の中に入れるな」

時生が上から覆《おお》いかぶさってきて、澄香の上唇をぺろりと舐《な》めた。

「あ、あああっ……！」

待ち望んでいた熱い塊《かたまり》を中にねじ込まれ、澄香は悦《よろこ》びのあまり時生の肩にきつく爪を立てた。

腰を強く引き寄せられ、硬く猛《たけ》る屹立《きつりつ》を身体の中に沈められる。

時生が腰を動かすたびに、彼の腰が澄香の太ももの内側に当たる音が聞こえてきた。

聴覚を刺激され、身体の奥から新しい蜜が滲《にじ》み出す。

乳房のあちこちに緩く噛みつかれ、乳先が硬くしこる。

だしぬけに抽送《ちゅうそう》を速められ、澄香は背中を浮かせて身もだえた。

「澄香……澄香……」

時生が、いっそう激しく腰を動かしながら、繰り返し澄香の名前を呼ぶ。

そのたびに、彼に抱かれている事を実感し、澄香は身体の奥をビクビクと震わせた。

時生に繰り返し中を掻き乱され、目の中に幾多の光の粒が弾け飛んだ。

最奥《さいおう》にある丸みを切っ先で捏《こ》ね回され、一瞬身体が宙に浮いたような感覚に陥《おちい》る。

「あっ……あああっ！　ああ――」

あっけなく達した澄香は、その余韻に浸《ひた》る間もなく下腹の内側を突かれ、嬌声《きょうせい》を上げ続ける。

時生をより深く咥《くわ》え込みたくて、足裏でカウンターの壁面を蹴るようにして腰を浮かせた。若干上向きになった秘部に、時生が腰を思いきり打ち付けてくる。

「あっ……あ――あっ……ふぁあああっ……！」

蜜窟の中を屹立《きつりつ》でいっぱいにされ、名前を呼ばれながら、なおも奥を攻められる。その合間に乳先を強く吸われ、敏感になったそこを指で押し潰すように愛撫《あいぶ》された。

「時生さんっ……あんっ……！　もっ……と……もっとして……。もっと――ああっ……！」

大きな光の塊《かたまり》に身体を包み込まれ、背中が跳ね上がった。

それと同時に、澄香の中で時生が大量の精を放つ。

蜜窟の奥が、それを嚥下《えんげ》するかのように熱く戦慄《わなな》いた。

「あ――」

ふいに彼が腰を引き、蜜窟の中から屹立《きつりつ》を引き抜いた。

切っ先を舐《ねぶ》るようにひくついていた最奥《さいおう》が、不満げにキュンと疼《うず》く。

澄香は、いつの間にか閉じていた目を薄く開け、時生の姿を探した。しかし、彼の姿は見当たらず、その代わりに身体を貫くような快感が体内を走り抜けた。

「あんっ！　あ……あ、あ、あああっ！」

上体が浮き上がり、寝そべったまま頭を上げた澄香の目に、花芽に吸いつく時生が映った。

思わず腰を引こうとするも、時生がしっかりと太ももを抱き込んでいて、逃げられない。

あまりにエロティックな光景を目の当《ま》たりにして、澄香の乳先が新たな熱を持つ。

澄香と視線を合わせた時生が、これみよがしに舌で秘裂の中を舐《な》め回し、いやらしい水音を聞かせてくる。

「と……時生さんっ……」

澄香が、身を震わせながら秘裂への愛撫《あいぶ》を受けていると、時生が花芽を含めたそこに、小刻みなキスを落としてくる。

ちゅぷちゅぷと繰り返し愛《め》でるようにそこを吸われ、時折舌先で花芽を弾かれる。

際限なく与えられる愛撫《あいぶ》に酔った澄香は、再びカウンターの上に仰向けになった。

恍惚《こうこつ》と身を横たえた澄香を、起き上がった時生がそっと胸に抱え込む。

彼の指が再び蜜窟の中に沈み込み、指の腹で恥骨の裏をゆるゆると撫でさする。

そうしながら舌を絡められ、瞳をじっと覗き込まれた。

「澄香、好きだ……。澄香のぜんぶが好きでたまらない。もっと俺のものになれ、澄香……頭のてっぺんからつま先まで、中も外も、ぜんぶ――」

時生の指を咥《くわ》え込む蜜窟が、ひっきりなしにひくついているのがわかる。

澄香はうっとりと、時生の指がもたらす甘い刺激に身を任せるのだった。

四月も下旬に差し掛かり、「フローリスト・セリザワ」の店先には、ヤグルマソウやビバーナムといった草花や、ハナミズキ、オオデマリなどの新緑の美しい枝ものが出回り始める。

澄香は、今朝仕入れたばかりのスズランとカラーをフラワーショーケースに入れ、新しいラッピング用紙を作業台のうしろにある棚にセットした。

店内に流れるＢＧＭをＦＭラジオにし、天気予報を聞く。

それによると、今日は午前中から雨が降り始め、夜遅くまでやまないらしい。

「やれやれ、今日は雨か……」

雨の日は誰もが傘をさし、急ぎ足で目的地へと急ぐ。そのため、どうしても客足が遠のくし、花屋にとっては、ありがたくない天気なのだ。

店の前に置く黒板タイプの立て看板の前にしゃがみ込むと、澄香はピンク色のチョークで書かれた「おススメ！」の文字の下に「シャクヤク」と「スズラン」と書き込んだ。

そして、レインカバーで立て看板を覆《おお》う。

シャッターを開けて空を見上げると、もうすでに灰色の雲が一面に広がっている。

澄香は、鉢植えの棚を店の軒先に移動させ、立て看板を店の前に置いた。

「これでよし。あとは、傘立てと傘を準備して、と――」

「フローリスト・セリザワ」では、突然降り出した雨に困った人のためにビニール傘の貸出しサービスをしている。そのため、雨が降り出したら、立て看板に「傘をお貸しします」と書いたポップをプラスし、そのサービスをアピールする。

それが売り上げに大きく貢献するわけではないが、傘をきっかけに常連客になってくれた人も少なくない。

いつでもすぐに出せるようにキャッシャーの内側に傘立てを置き、そこに貸出し用の傘を入れる。

それが済むと、澄香は店の奥に新しく設置したパソコンコーナーの椅子に座った。

これまでは市場での仕入れのみだったが、最近になってようやくインターネットを介して花を仕入れられるようになった。

これにより、実際に市場に出向いて仕入れてくる事が減り、担当してくれていた母の負担が劇的に軽減した。

その上、扱う花の種類も広がり、顧客の細かなニーズにも対応できるようになってきている。

(ほんと、便利。今まで利用しなかった自分を、叱り飛ばしたいレベルだよね)

登録している専用サイトにアクセスし、たくさんある花の中からほしいものをチョイスして仕入れる本数を決める。

購入できるのは、首都圏の市場で扱っている花であり、その場に行かなくても早ければ翌日の午前中までに店へ配達してくれる。

こうして仕事でパソコンを使えるようになったのも、時生と美咲のおかげだ。

特に、時生にはパソコンの扱いから、インターネット導入、専用サイトへの登録方法と、一から十まで手伝ってもらい、かなり世話になった。

彼が強く勧めてくれなければ、ぜったいにこうはなっていなかっただろう。それに、超がつくほどのアナログ人間だった自分を、ここまで教え導いてくれた彼には感謝しかない。

その様子をそばで見ていた母に至っては、自宅に来てくれる際には手料理を振る舞うほど、すっかり時生びいきになっている。

「うわぁ、この薔薇《ばら》、すごく綺麗！　今度の社長室用のアレンジメント、これをメインに持ってきたらどうかな」

「あら、いいわね。……ちょっと今のカーネーション、来月の母の日に準備するアレンジメントによさそうじゃない？」

「ほんとだ……。忘れないように、チェックしとくね」

使い始めてまだ間もないから、時間がかかるし、キー操作の失敗も多い。

それでもなんとか無事に注文を終えて、一息つく。

気がつけば午後になっており、母が昼ご飯を用意するために近くのスーパーマーケットに買い物に出かけていった。

澄香は一人店番をしながら、店内で販売している雑貨の在庫表を開いた。今はノートで手書き管理しているが、今後はこういったものもパソコンで管理していこうと思う。

ふと店の入り口に視線を向けると、さっき見た時よりも若干外が暗くなっている。

（ぼちぼち降り出すのかな）

そう思い、澄香は椅子から立ち上がって店の外に出た。まだ降り出してはいないが、もうだいぶ空気が湿り気を帯びている。

澄香はキャッシャーの内側から取り出した傘立てを入り口の前に置いて、再び店の中に戻ろうとした。しかし、道の向こうからまっすぐこちらに向けられる視線に気づき、足を止める。

（……あの人、もしかしてあの時の――）

その女性は、間違いなく時生と観覧車に乗った時に出くわした、彼の元カノだ。

澄香と視線を合わせた彼女は、まっすぐに店まで歩いてきて、入り口の前で足を止めた。

「ふん……あなた、やっぱりただの庶民だったのね」

女性が、澄香を睨《にら》みつけながら、低い声でそう言った。

澄香は、一歩うしろに下がり、改めて女性を見つめる。

どう対応すればいいのか……

プライベートならともかく、ここは澄香や家族にとって大切な店であり、実家だ。

正直、以前投げつけられた言葉を思えば、とてもじゃないけれど歓迎はできなかった。何より、今の発言からしても、前と同じように暴言を吐こうとしている事は明らかだ。

しかし、目的がなんであれ、来店してくれた人には、とりあえず失礼のないように接しなければならない。

「こんにちは。今日は、どのようなご用があってここにいらっしゃったんですか？」

「もちろん、時生の件で来たのよ。あれから私、彼の身辺調査を業者に依頼したの。そうしたら、またあなたにぶち当たった……。ほんと、呆れたわ。時生も時生だけど、一番の問題はあなたよ。よく、この程度の生活レベルで、彼と関わろうなんて思ったわね」

今の発言で、彼女の目的が花ではない事が確定した。それでも、ここで応戦するわけにはいかないし、店をほったらかしにしてどこかに移動するわけにもいかなかった。

「よろしければ、中にどうぞ」

澄香が女性を店内に招き入れると、彼女は無言で歩を進めた。そして、店の中をぐるりと見回したあと、澄香をじろりと睨《にら》みつける。

「今日は、時生とあなたの関係をはっきりさせるために、わざわざここまで来たのよ。あなた、時生にここを手伝わせたそうね。彼を誰だと思ってるの？　怖いもの知らずもいいところだわ」

一体、いつから時生を調べさせていたのだろう？

動揺が顔に出ないよう気持ちを引き締めると、澄香はただ黙って女性の顔を見つめ返した。

「その上、時生のマンションや会社にも出入りしてるそうね。仕事絡みなのは、もう調査済みよ。だけど、なんでマンションに？　彼、女を自宅には招かない主義のはずよ。ねえ、どうして？」

女性がイラついた声を出して、ハイヒールの踵《かかと》をカン、と床に打ち付ける。

「知ってる？　時生って、女を一条家の跡継ぎを産ませるための道具だと思ってるの。だから、一度セックスして気に入らなかったら、即サヨナラよ。つまり、たった一回しか、彼の妻になるチャンスはないの。ほんと、ひどい男……時生じゃなかったら、ぜったいに許さないわ……」

時生と話をする中で、彼の両親や親戚達が、一条家の跡継ぎをほしがっているのは聞いている。それに、はっきりとは聞かされていないが、身体の相性に関する発言もあった。

澄香が黙っていると、目の前の女性の顔が歪《ゆが》み、奥歯をギリリと鳴らす音が聞こえてきた。

「で？　あなたは時生のマンションで四時間近く何をしてたの？　まさかとは思うけど、時生と寝た？」

「お答えする必要はないと思います」

澄香は、女性をまっすぐに見ながら、そう言った。

女性の唇がわなわなと震えだし、綺麗にアイメイクがされた目に憎悪の色が宿る。

「……は？　何よ、その言い方……それって、時生と寝たって事？　嘘でしょ？　どうしてあなた程度の女が？　……違うって言いなさいよ……！」

女性の息遣いが、店内に流れるＢＧＭよりも大きく聞こえてくる。

「どうなのよ……寝たの？　どこで？　何回？　……言っておくけど、あんたなんかどうせ使い捨てよ！　でも、どうして？　ああ、何か特別なプレイができるのね？　そうなんでしょ。だったら、そのやり方を教えなさいよ。どうすれば、時生から誘ってもらえるの？　ねえ、早く言いなさいっ！」

鬼のような形相《ぎょうそう》の女性から詰め寄られ、澄香は反射的にカウンターの中に下がった。

ちょうどその時、葉子が店の入り口に顔を出し、明るい声を上げる。

「あら、お客さま？」

女性が弾かれたようにうしろを振り向き、葉子と対峙する。

「こんにちは。今日は、どんな花がご入用ですか？」

女性は澄香に背を向けており、今どんな顔をしているかわからない。

けれど、葉子が浮かべている笑顔には、どんな感情も受け止める懐《ふところ》の広さが感じられた。

「もちろん、ご覧になるだけでも結構ですので、ごゆっくりどうぞ。もうじき雨が降るようですし、お帰りの際は、傘をお貸ししますから、どうぞお持ちくださいね」

葉子が入り口の傘立てを掌《てのひら》で示す。

「結構ですっ」

女性は、そう言うと足早に店の外に出て行った。

「ただいま。お留守番ありがとう。ご苦労さまだったわね」

葉子が微笑み、澄香もようやく張り詰めていた緊張の糸を緩めた。

「おかえり。お母さんこそ、お疲れさま。いつもありがとうね」

一瞬、子供の頃のように母親に抱きついて大声で泣きたくなった。けれど、澄香はそうせずに、葉子を真似てにっこりと微笑みを浮かべるのだった。


店に時生の元カノが現れた日から二日後。

定休日である今日、澄香は一人駅の近くにある区の図書館に来ていた。

閲覧コーナーで花や植物に関する本や、色とりどりの花の写真を眺める。

何かじっくりと考え事をしたい時や、一人になりたい時、澄香はこうしてここに来て本のページを捲《めく》るのが常だ。

午後二時に来て、気がつけばもう四時間もここにいる。

しかし、今日は特に本を見ていても目が滑り、何ひとつ頭に入ってこない。

思い浮かぶのは、時生の元カノが言っていた言葉の数々と、そう言った時の彼女の顔だ。

『時生って、女を一条家の跡継ぎを産ませるための道具だと思ってるの』

『ほんと、ひどい男……時生じゃなかったら、ぜったいに許さないわ』

むろん、言い方が違うだけで、時生自身からもこれまでの女性との付き合い方について話を聞いていたし、こちらを敵視しての発言だから悪意ある言い回しになるのは理解できる。

それに、彼女の言うとおりならば、彼のマンションに出入りできて、彼とセックスを二度以上している自分は、時生にとって特別な存在という事になる。それを素直に喜べばいいのかもしれない。

しかし、なぜか気持ちが晴れなかった。

突然店に来て暴言を吐かれたのだ。それも当然かもしれないが、自分でも戸惑うほど気持ちが乱れている。

『言っておくけど、あんたなんかどうせ使い捨てよ！』

元カノの言葉が耳の奥で木霊《こだま》し、思わず目を閉じて顔をしかめた。

まるで石を投げつけられたみたいに、胸が痛くて仕方がない。

時生に話そうとも思ったが、結局は暴言を吐いて帰っていっただけだったし、言われた内容のひどさから、何となく言いそびれてしまっている。

（……もう帰ろうかな）

澄香はのろのろと席を立ち、図書館の外に出た。

入館する前に切ったスマートフォンの電源を入れると、時生から複数のメッセージが届いている。

内容は、いつもどおりの他愛なくて短いものだ。

『会議続きで疲れた』

『そういえば、ランチを食べそこねた』

『会いたい』

『会いたい』

『会いたい』

「ふふっ……」

繰り返し送られてくる「会いたい」のメッセージを見て、自然と笑い声が漏れた。

ついさっきまで暗澹《あんたん》たる気分だったのに、気がつけば、いつの間にか顔に笑みが浮かんでいる。

（何よ、私ったら……）

嘘のように気持ちが晴れ、頭の中が時生の事でいっぱいになった。

恋人の言葉ひとつで、これほどあっけなく気持ちが軽くなるなんて、我ながら単純すぎて笑えてくる。

「会いたい」とシンプルかつストレートにメッセージをくれる時生。

御曹司らしく、俺様で自分本位なところのある時生。

同時に、この上なく優しくて愛おしい存在である時生――

彼の存在が、自分にここまで影響し、いつの間にか唯一無二の存在になっている。

（私だって、会いたい……。時生さんに会いたい……すごく、すごく会いたい……）

そう思い始めたら、矢も盾もたまらなくなった。

『私も会いたいです』

そうメッセージを返し、その十数分後に時生から返信が来た。

『遅くなるが、少しだけでも会えるか？』

即座に「はい」と返信し、その場でスマートフォンを胸に抱きしめた。

（時生さん……好きです。大好き――）

いっそ、夢見るお姫様のように、この先に待っているのは時生との明るい未来だけと信じられたら、どんなにいいだろうか。

澄香は、あえてそうであると信じる事にして、精一杯努力しようと心に決める。

余計な事は考えず、自分の気持ちに素直になって、時生と向き合おう。

彼をこんなにも好きになってしまったのだから、今はもう彼を想う事だけに集中すればいい。

（今夜は時生さんに会えるんだもの。それを素直に喜ぼう）

澄香は改めてそう思い、来た時とはまるで違う軽い足取りで、自宅へと帰っていくのだった。

その日の夜、時生が澄香に会うために自宅まで来てくれた。

時刻は午後十一時二十分。

次の日の事を考えると、あまり長くはいられない。

せめて二人きりになりたくて、場所は澄香の部屋を選んだ。

「時生さん、明日の仕事、大丈夫ですか？　寝不足になりませんか？」

「澄香こそ、体力がいる仕事なのに、平気か？」

顔を合わせるなり互いを気遣い、部屋の壁際で寄り添って座った。手を繋ぎ、軽くキスをする。

けれど、今日はそれ以上エスカレートしないよう、会う前にあらかじめ約束を交わしていた。

「まるで高校生のデートだな。まあ、たまにはこういうのもいいか」

時生が、澄香の頭を引き寄せ、自分の肩に寄り添わせる。

「ふふっ、そうですね」

澄香は彼の肩に頭を預け、小さく深呼吸をした。

それを真似た時生が、ふと頬を緩ませる。

「すごくいい香りだな。澄香は、毎晩花の香りに囲まれながら寝てるんだな」

時生が、目を閉じてもう一度深呼吸をした。

そして、香りを楽しむように、ゆっくりと首を巡《めぐ》らせる。

澄香は、そんな時生の顔を目で追いながら、その時々の彼の様子を心に刻み込んだ。

そうしているうちに、ふと、あとどれくらい彼とこうして会う事ができるのかと思ってしまった。

その途端、チクリと胸が痛くなり、表情が歪《ゆが》む。普段、極力考えないようにしているけれど、本当は彼との不確定な未来に戦々恐々《せんせんきょうきょう》としているのだ。

「……澄香、どうかしたか？」

時生が、澄香の顎《あご》に手をやり、顔を上向けてくる。

間近で目を覗き込まれ、咄嗟《とっさ》に首を横に振って誤魔化す。

「なんでもないですよ。強《し》いて言えば、こうして会えているのが嬉しくて、ちょっと感動したというか――」

冗談めかしてそう言ってみる。幸い時生は、それで納得してくれたみたいだ。

その後は、帰らなければならない時間ギリギリまで、身体を寄り添わせ、他愛のない話をした。

そうしている間中、時生が膝を抱えて座る澄香を包み込むように抱き寄せてくれていた。

「そろそろ、帰らなきゃですね」

「そうだな。またすぐに連絡する」

最後に軽くキスを交わしたあと、時生が名残惜《なごりお》しそうにシャッターの外に出て行く。

彼の温もりが、まだ身体に残っている。澄香は、時生が座っていた場所に腰を下ろすと、温もりを留めておくかのように自分自身を強く抱きしめるのだった。

◇◇◇

四月最後の日曜日、時生は母親に呼び出されて実家に帰っていた。

久しぶりに訪れたそこは、都内有数の高級住宅街にあり、その中でも群を抜いて広い敷地面積を誇っている。

「母さん、今日は何の用ですか？」

リビングで母親の貴子と顔を合わせるなり、時生はそう訊《たず》ねた。

しかし、そう言ったものの、自分がどんな用事で、今日ここに呼びだされたのかは、予測済みだ。

ただでさえ、普段から母と話す時は用件のみになりがちなのに、今日はいつにも増して口調がビジネスライクになってしまっている。

「いらっしゃい、時生さん。さっそくだけど、これ――」

シックで重厚なソファに腰かけている貴子が、テーブルの向こう側から、時生に分厚い封筒を差し出す。

促《うなが》され、中を開けてみると、台紙付きの見合い写真が出てきた。

「ちゃんと見て。どう？　可愛らしいお嬢さんでしょ？　家柄もいいし、私も一度会った事があるけど、性格もよさそうよ」

「母さん、僕は見合いなんかしないと言ったはずです」

「それは聞いているけど、あなたに任せていると、いつまでたっても孫の顔が見られないじゃない。とにかく、今回ばかりはお見合いをしてちょうだい」

貴子が言うには、その女性は昔大変世話になった人物と縁戚関係にあるらしく、形だけでも見合いをしないと困るのだという。

日頃、一定の距離を保ちつつ母子関係を維持している母が、時生にこれほど強く勧めてくるのはめずらしい事だった。

写真を見ると、可もなく不可もなくといった平均的な容姿の女性が写っている。

「申し訳ありませんが、やはりそれはできかねます。近々報告に来ようと思っていましたが、僕には今、交際をしている女性がいますので」

時生が言うと、すぐに部屋の中にピリリとした緊張が走った。

二人とも、表面上は至って冷静だ。

しかし、一皮剥《む》けば跡継ぎ問題に関する、互いに譲れない条件で熾烈《しれつ》な戦いを繰り広げているのだ。

「あら、そう……。先日、あなたの元交際相手だという女性から、そのような話を聞いたわ」

貴子の言葉を聞き、時生の眉間《みけん》に深い縦皺《じわ》が寄る。

「そのようですね」

言うまでもなく、貴子に余計な情報を吹き込んだのは、あの日観覧車の前で澄香に暴言を吐いた嶋田《しまだ》という女性だ。

彼女が、人を使って時生の身辺調査をしたあげく『フローリスト・セリザワ』を訪ねた事、貴子にある事ない事吹き込んだ事は、武田の働きにより、すでに時生の耳にも入っている。

「あら、知っていたの？」

「何もかもご存じなら、僕が説明するまでもありませんね。では、この見合い話はなかった事に――」

「いいえ、それはダメよ。一条家の嫁になる人は、家柄が最優先です。一族にとって、何のメリットもない方は、到底受け入れられないわ。時生さんの今のお相手は、あなたにまったくふさわしくない方らしいし」

時生は太ももの上に置いていた手を固く握りしめた。そして、怒鳴りそうになるのをどうにか抑え込む。

別れた相手にいつまでも執着する嶋田には辟易《へきえき》するが、もとはといえば、自分にも責任がある。

今さら後悔しても仕方がないが、つくづく過去の自分に蹴りを入れたくなった。

「とにかく、このお嬢さんとお見合いをしなさい。だけど、くれぐれもその日のうちに手をつけたりしないように」

「手を……とは、どういう意味ですか？」

「あら、少し直接的すぎたかしら？」

時生がこれまで付き合った彼女達は、なんとか一条家に入り込もうとして、誰もがこぞって貴子に近づこうとした。彼女達は貴子が訊《たず》ねればなんでも喋《しゃべ》ったようで、その結果、時生は過去の女性関係をすべて母親に知られているのだ。

「とにかく、今回はいつもの女性達とは違うの。味見して、口に合わなかったからといって、そう簡単には返品はできないのよ。……まあ、もし時生さんがそのお嬢さんと結婚するというのなら、当日味見をするのもやぶさかではないけれど——」

「母さん」

時生は、さすがにやや声を荒らげて、貴子を制した。

「僕のせいで、一条家には到底ふさわしいとは思えない下品な言い回しをさせてしまって、申し訳ありません。ですが、僕の気持ちは変わりません。結婚は、今付き合っている女性とします。ですから、その女性と見合いは、できません」

時生がそう言い切ると、しばらくの間沈黙が流れた。

こんな時、いつもの貴子なら黙ってなどいないはずだ。

常に饒舌《じょうぜつ》で、淀《よど》みない会話をする母にしては、めずらしい——時生がそう思っていると、貴子がふいに、顔に華やかな笑みを浮かべた。

「さあ、それはどうかしらね」

貴子がおもむろにテーブルの隅に置いた呼び鈴を鳴らした。

そして、すぐにやって来た女性秘書に何事か耳打ちをする。

時生が不審に思っていると、女性秘書がいったん部屋を退室し、ほどなくして一人の女性をエスコートするようにして戻って来た。

見ると、それは見合い写真に写っていた女性だった。

時生は、無言のまま貴子に怒りの視線を向ける。

しかし、当の貴子は女性のほうを向いたまま、時生を見ようとしない。

「ようこそ、美花《みか》さん。時生、こちら藤堂《とうどう》美花さんよ。名前のとおり、美しい花のようなお嬢さんでしょう？」

「まあ、お母さまったら——」

「時生さん、あなた、今夜はここに泊まりなさい。美花さんもそうしていただく事になっているから、今夜は遅くまで語り明かしましょうね」

ぞっとするほどの猫なで声を出しながら、貴子が時生に微笑みかける。

「仕事がある、とか野暮な事は言わないわよね？　だって、今日はあなたの大好きな、おばあさまの誕生日ですもの」

時生は、今になって自分がはめられた事に気づく。

しかし、時すでに遅し、だ――

「もちろん、そんな野暮は言いませんよ。なんせ、実の母よりも世話になった大切な人ですから」

時生が無機質な微笑みを浮かべると、貴子もまた同じように口元だけをほころばせた。

これでまた、溝が深くなった――

そう思いながら、時生は自分とそっくりの性質を持つ貴子をじっと見つめ続けるのだった。

◇◇◇

澄香にとって、五月はなんとなくうきうきとした気ぜわしさを感じる月だ。

五日は「子供の日」。

第二日曜日は「母の日」。

大型連休であるゴールデンウィーク中は、いつもより売れ行きがよく、たくさんの花や観葉植物が人の手に渡った。

物日の中でも「母の日」は、花屋にとって一大イベントであり、花が飛ぶように売れる日だ。

母の日を明日に控えた今日、澄香は葉子とともに母の日用の鉢植えやアレンジメントなどの準備に余念がない。

「明日は晴れそうだし、お客さまもたくさん来てくれそうでよかった」

閉店間際の午後六時十分前、澄香は店番をしつつ、一階の奥の自室で明日店頭に並べる商品の準備をしていた。

「フローリスト・セリザワ」では、四月早々に店内に「母の日」用のポスターを貼り、アピールを始めた。

その甲斐あって、事前予約の花束やアレンジメントはかなりの数に上《のぼ》っている。

「母の日」といえば、カーネーションが主流だが、中には紫陽花《あじさい》や薔薇《ばら》など、別の花を選ぶ人も少なくない。

「来年はネット販売もやりたいね。そうすれば、もっと売り上げが伸びると思う」

「そうね。そのほうが、うんと楽しそうだし」

澄香が言い、葉子が同意する。

ネットを介しての販売なら、既存の生花通信配達システムの加盟店になるという手段もある。

しかし、それは花束やアレンジメントのデザインやイメージがあらかじめ決まっており、そこから大幅に変える事はできない。

だが、「フローリスト・セリザワ」として独自にネット販売をすれば、自店ならではのデザインや、きめ細やかなサービスを提供できるのだ。

「母の日」ひとつとっても、お客さまの要望に合わせて好きな花をメインに持ってくるなど、臨機応変な対応が可能になる。

「そうだ。久々に、昔パパが描き溜めてたアレンジメントのデザイン帳をチェックしようかな」

葉子が思い立ったように、そう言ってにっこりする。

その顔を見た澄香は、小さく声を上げて笑った。

「お母さんったら、相変わらず、お父さんラブなんだから。いいわよ、後片づけはしておくから、先に上がっちゃって」

「じゃあ、そうさせてもらおうかな」

母を二階に見送ったあと、澄香は一人で明日の準備を続けた。

(お父さんもしあわせ者だなぁ。天国に行ってからも、こんなにお母さんに愛されてるんだもの)

若くして亡くなった父親との思い出は、さほど多くはない。

けれど、優しい笑顔や目尻の皺《しわ》、顎《あご》に少しだけ生えていた髭《ひげ》や、頭を撫でてくれた掌《てのひら》の感触は、今もなお大切な思い出として澄香の心の中に残っている。

閉店間際にやって来た常連客に仏壇用の榊《さかき》を売り、軽く世間話をする。

「澄香ちゃんも、もういいお年頃だもんね。どう？　もう、いい人はできたの？　誰か紹介してほしい時は、いつでも言ってね」

昔、学校の先生をしていたというその女性は、近所でも世話好きで知られており、澄香が未婚なのが気になって仕方がない様子だ。

「ありがとうございます。本当に困った時はお願いするかもしれないです」

澄香が両手を合わせてお願いのポーズをすると、常連客は「任せといて」と言って機嫌よく帰っていった。

（いい人、か……）

そのうしろ姿を見送りながら、時生の顔を思い浮かべた。

彼は最近また忙しくなり、月曜の朝、装花を持って行っても不在である事のほうが多い。

変わらずに連絡は取り合っているし、日曜日の夜は「パソコン教室」と称したデートを、どちらかの自宅で楽しんではいる。

しかし、先々週の日曜日がそうだったように、彼に用事がある時などは、結局二週間近く会えない日が続く事もあった。

（なぁんて、もっと会えなくても我慢してる恋人同士だっているのにね。贅沢《ぜいたく》は言わないの！）

時生の元カノの件もあり、時々、不安に思う事もある。けれど、彼を想う気持ちは変わらないし、むしろ強くなる一方だ。

閉店時刻になり、澄香は店内の片づけを済ませシャッターを閉めようとした。

ちょうどその時、顔見知りの郵便局員がバイクで通りかかった。彼は澄香に向かって手を上げると、バイクから降りて店の前までやって来て足を止める。

「こんばんは。時間指定の速達ですよ」

彼はそう言って、澄香に白い封筒を手渡してくれた。礼を言って受け取り、宛名と差出人を確認する。

（お母さん宛に「神崎《かんざき》エステート」からだ。もう契約更新の時期だっけ？　それにしても、なんで時間指定の速達なんて使ったんだろう）

「神崎エステート」とは、「フローリスト・セリザワ」の店舗賃貸契約の仲介をしてくれている不動産会社だ。

店のシャッターを閉め、電気を消して二階に上がる。

「お母さん、『神崎エステート』から時間指定の郵便物が届いてるよ」

奥にいる葉子に声をかけ、澄香は風呂の用意に取りかかった。しばらくすると、居間のほうから葉子の驚きあわてた声が聞こえてくる。

澄香が急ぎ居間に戻ると、葉子が手紙を持ったまま、呆然とその場に立ち尽くしている。

「澄香……どうしよう……」

青くなっている母から「神崎エステート」の手紙を受け取って、見出しの文字を見た。

「退去勧告？」

澄香は急いで手紙の内容に目を通し、愕然《がくぜん》として葉子と顔を見合わせた。

書類は、物件所有者の変更の知らせと、建物老朽化による建造物の取り壊しに向けての賃貸契約解除通知書だった。

「そんな、いきなり……」

確かに建物は古いが、改修などを行っており、まだ十分賃貸物件として機能している。それに、突然所有者が変わったと知らされ、二人ともただ驚くばかりだ。

それからすぐに葉子が、「神崎エステート」に連絡を入れると、ちょうど担当者がいて詳細を教えてくれた。電話をスピーカー状態にして、澄香も一緒に話に耳を傾ける。

それによると、つい半年ほど前、契約締結当初の所有者が亡くなったのだという。物件は所有者の息子が相続し、引き続き「神崎エステート」が管理を任されていた。だが、つい最近、現所有者から、物件を売り渡すとの連絡が入り、今日の通知発送に至ったのだ、と。

退去猶予は半年。

法律的には建物老朽化のみで退去の適正事由にはならないようだが、それ相応の立ち退き料を支払う事によって、正当性を認められているらしい。

いずれにせよ、ここではもう「フローリスト・セリザワ」を続けられないという事だ。

それにしても、あまりに急な話だ。

せめて、あともう少し猶予をもらえたら――

澄香は葉子を通して、新しい所有者が誰であるか担当者に聞いてもらった。

『新しい所有者は、個人ではなく「一条コーポレーション」という不動産会社です。大きな会社ですから、立ち退きに関わる条件は、かなりいいですよ――』

「えっ……？」

澄香は思わず声を漏らし、受話器を持つ葉子の顔にも明らかな動揺の色が浮かぶ。

通話を終え、母子は互いに顔を見合わせる。

「『一条コーポレーション』って、時生さんの会社の親会社よね……？」

葉子の言葉に、澄香は無言のまま首を縦に振った。同社は建設工事の施工を中核とし、設計やエンジニアリングの他不動産に関する研究開発まで手掛ける大手ゼネコンだ。

歴史的にも数多くの名建築を手掛け、伝統的な神社建築、寺院建築にも多くの実績を残している。そんな大会社が、個人所有の比較的小規模の物件を、わざわざ買い取ってどうしようというのだろう？

澄香の頭の中に、少し前にパソコンで閲覧した時生の母親であり、「一条コーポレーション」の社長である一条貴子の顔が思い浮かぶ。

これは偶然だろうか？　それとも、何か意図的なものが働いた結果？

とにかく、一度時生に連絡を入れたほうがいい――そう判断した澄香は、ポケットからスマートフォンを取り出して電話帳アプリを起動させた。

しかし、指が震えてうまく操作する事ができない。

そうこうしているうちに、知らない番号からの着信があった。

こんな大事な時に、一体誰からだろう？

澄香は条件反射で受電し、スマートフォンを耳に当てた。

「はい、芹澤です」

澄香が言うと、一呼吸置いたのちに、落ち着いた中年女性の声が聞こえてきた。

『こんばんは、芹澤澄香さん。私、時生の母の一条貴子です。これから少しお時間をいただいて、直接会ってお話できるかしら？』

思いがけない人からの電話を受け、澄香は驚きのあまり、一瞬声が出なくなった。それでもどうにか「はい」と返事をし、待ち合わせの約束をして通話を終えた。

すぐそばに、心配顔の葉子がいる。

「どうかしたの？　電話、誰からだった？」

「時生さんのお母さまからだった……。これから会って話したいって……。私、とりあえず行ってくるね」

指定された場所は、時生とも待ち合わせをした、近くの公園の入り口前だ。

一体、何を話すのだろう？

やはり「退去通告」が届いたタイミングで連絡があった事に、何か意味があるのだろうか？

とにかく、行って話をしてみなければ――

澄香は持っていたスマートフォンをポケットに戻すと、心配する母を宥《なだ》め、一人待ち合わせ場所に急ぐのだった。


澄香が公園前に到着した時、すでにそこには黒塗りの車が停まっていた。

おそらく、あれが時生の母の乗った車だろう――

澄香が足早に車に近づいていくと、運転席からスーツを着た初老の男性が降りてきた。彼は澄香を見て軽く会釈《えしゃく》をすると、左後部座席のドアを開けて掌《てのひら》で中を示した。

「こんばんは」

澄香がぎこちなく男性に挨拶《あいさつ》をすると、彼は微かに微笑んで「こんばんは」と返してくれた。

恐る恐る屈《かが》み込んで後部座席を見ると、そこには一人の中年女性が座っていた。

「こんばんは」

「こんばんは。遅くにごめんなさいね」

女性はシートの奥に座っており、澄香に向かって隣に座るよう促《うなが》してくる。

「失礼します」

待ち構えていた視線が、澄香の顔や身体に鋭く突き刺さる。一瞬、怯《ひる》みそうになったが、どうにか持ちこたえて後部座席に腰を下ろした。

「はじめまして。芹澤澄香です」

女性のほうに向き直り、背筋を伸ばして挨拶《あいさつ》をする。すると、それまで無表情だった女性の口元が動いた。

「先ほどはどうも。時生の母の一条貴子です」

かつて時生が「女傑」と評した彼の母親は、年齢を重ねてはいるものの、ハッとするほど美しい女性だった。

ショートカットにシックなツーピースを着た貴子は、時生と目鼻立ちがどことなく似ている。

さほど大柄でもなく恰幅がいい訳ではないのに、感じられる威圧感は、はじめて会った時の時生をはるかに上回っている。

先ほどの男性が運転席に戻り、車が滑るように動き出す。

それと同時に、貴子がさっきよりも声のトーンを一段低くして澄香に話しかけてきた。

「時間も時間だし、用件だけ手短に言うわね」

「はい」

「ひと月ほど前、ある方から時生とあなたに関する話を聞きました。それからすぐにいろいろと調べさせてもらったわ。芹澤さん、単刀直入に言います。時生と別れなさい。あの子には、つい先日自宅で略式の婚約式を済ませたばかりの、れっきとした婚約者がいるの」

澄香の頭に、ガツンと殴られたような衝撃が走る。そんな話は、彼から何も聞いていなかった。

頭の中が真っ白になり、何も考えられなくなる。

「お相手は、一条家にふさわしい良家のご令嬢よ。婚約式の日は、私とはもちろん、時生ともよく話が合って、とても楽しい時間を過ごしました。夜は家に泊まってもらったし、二人とも遅くまで話し込んで、結局朝まで一緒だったんじゃないかしら」

「こ……婚約式って、それはいつのお話ですか？」

澄香は、ようやく出せるようになった声を振り絞って訊《たず》ねた。

「先々週の日曜日よ」

車が緩いカーブを曲がり、澄香の身体がわずかに右に倒れかかる。澄香はシートに手をつき、どうにか体勢を保った。

その日は、時生に用事があって「パソコン教室」が休みになった日だ。

「これまで割と自由にさせてきたけれど、もうそろそろ一条家の跡取りとしての責任を果たしてもらわないと困るの。時生は、あなたのために新しく店を開く土地を探しているようね。どういう経緯でそういう事になったのかは知らないけれど、あの子がそんな事をするなんて、少しばかり驚かされたわ」

貴子の目が、それまでよりもいっそう冷ややかに澄香を見る。

「えっ……新しく店を開く土地って……そんな話は知りませんし、時生さんからも聞かされていません」

まったく身に覚えのない事を言われて、澄香は首を横に振りながらそれを否定した。

「実際に、時生はそうしてるの」

きっぱりとそう言う貴子の声のトーンが、少し高くなった。

つい今しがたまで冷静そのものだった彼女の顔には、今やはっきりとした澄香に対する憤《いきどお》りの表情が浮かんでいる。

「あの子は私の大切な一人息子であり、一条家の将来を担《にな》っていく存在なの。あなたがどうやって時生に取り入って、今のような関係になったのかは知らないけれど、時生とは、もうこれきりにしてもらいます」

そう言い切ると、貴子の顔にまた冷静さが戻ってきた。

澄香は言うべき言葉が見つからないまま、彼女の顔を見つめ続ける。

「退去等に関する事は、弁護士からまた連絡がいくからそのつもりで。ただし、私は事を荒立てるつもりはありません。すべてはあなた次第よ。あなたが黙って従ってくれると言うのなら、あの建物は今のままにしておきます。そうでない場合は、通知が行ったとおり、取り壊す事になるわ」

「フローリスト・セリザワ」が入っている建物は、店舗の他はすべて賃貸マンションになっている。

貴子曰《いわ》く、退去通告は、まだ他の住人には送られていないのだという。

要は、澄香の出方次第では「フローリスト・セリザワ」はもちろん、あそこに住む他の住人も半年後に退去させられるという事だ。

車は、いつの間にか周囲を一周して、もとの公園に戻りつつあった。

貴子は、もう話すべき事は何もないといった様子で、黙ったまま正面を向いている。

車が、ついさっき澄香が乗り込んだ場所に停車した。

ほどなくして澄香側の後部座席のドアが開く。

彼女は前を向いたまま、ピクリとも動かない。

「……失礼します」

澄香は貴子に一声かけて、車を降りた。

ドアを開けてくれた男性が、澄香を見て気の毒そうな表情を浮かべる。

澄香は彼にも挨拶《あいさつ》をすると、歩道の隅まで下がった。

車が発進し、テールランプがすぐ先の角を曲がって消えていく。

澄香は茫然自失としたまま自宅に向かう道すがら、貴子に言われた事を頭に思い浮かべた。

一体、どういう事だろうか？

婚約者とは？

時生が澄香のために新しく店を開く土地を探していたなんて、初耳だ。

自分が知らないところで、いろいろな事が起きている。

混乱する中、ただひとつはっきりとわかったのは、自分達の仲は一条家には決して受け入れられないものであるという事だ。

帰宅して二階に上がると、葉子が熱いお茶を入れて待ってくれていた。

「おかえり。……大丈夫？　ほら、お茶、飲む？」

気遣わしげな葉子の顔を見て、張り詰めていた気持ちが、ほんの少しだけ緩んだ。

「ただいま。うん、ありがとう」

テーブルを挟んで葉子と向かい合わせに座ると、澄香はお茶をひと口飲んだ。

「時生さんのお母さま、なんだって？」

訊《たず》ねられ、澄香は貴子から聞いた話を、すべて葉子に明かした。聞き終えた葉子が、じっと考えたのちに、口を開く。

「そう……。時生さんには、もう連絡したの？」

「ううん、まだ」

時生は明日の夕方、頼んでいた「母の日」のアレンジメントを取りに来るために店に顔を出してくれる事になっている。しかし、忙しい彼の事だ。たぶん、ゆっくり話をする時間などないだろう。

「澄香がどんな選択をしても大丈夫。お母さんは何があっても、澄香の味方だから！」

力強くそう言われ、澄香は頷いて微かに微笑みを浮かべた。

いろいろとわからない事だらけだ。

それでも、もしここが取り壊される事になれば、今住んでいる住人も立ち退かざるを得なくなる。

住人の中には、長年住んでいる一人暮らしのお年寄りもおり、転居といっても簡単にはいかないだろう。

その夜、葉子と長くテーブルを囲んでいたが、結局、答えには至らないまま床《とこ》に就く。

しかし、まったく眠れずに、一人時生との事について考え続ける。

彼と出会い、彼の人となりを知って、はじめての恋に落ちた。

時生が大好きだし、できる事なら一生をともに歩みたいと思う。

彼も同じ気持ちだと言ってくれたし、今もそうだと信じたい。

(時生さんは、私を裏切ったりしない。……ぜったいにそんな人じゃない……)

彼の性格を思えば、貴子に聞かされた婚約者の話を鵜呑《うの》みにする事はできなかった。

しかし、二人の間にある、どうしようもない格差から目を背《そむ》ける事もできない。

澄香は、時生と歩む未来を望みながら、常に不安を抱え、何度となく思い悩んだ。けれど、どれだけ憂《うれ》いても彼への想いが揺らぐ事はなかった。

今も時生を心から想っているし、彼なしの人生なんて考えられない。

互いを想う気持ちは、今や疑う余地もないほど確固たるものになり、澄香の心を満たしてくれている。

時生は、今後どんな事があっても自分の意思を貫こうとするはずだ。

一方、貴子は二人がどんなに想い合おうと、決して仲を認めようとしないだろう。

彼女の意思は、いわば一条家の人達の総意だ。それを受け入れず、自分達の想いを貫こうとすれば、一体どんな事になるか……

おそらく時生は一族の人達全員を敵に回し、孤立する。

母子の仲も悪くなり、下手《へた》をすれば修復不可能になる可能性も無きにしも非《あら》ずだ。

考えたくはないが、万が一そのせいで、彼が今の地位を失い、輝かしい将来への道を閉ざされてしまうような事になったら……

（そんなの、ぜったいにダメッ！）

澄香は、枕を握る指先を激しく震わせる。

彼の豊かで実りある未来が、自分のせいで一変する――万が一そんな事になれば、澄香は自分で自分が許せなくなるだろう。

心底大切に想う人を、悲しませるわけにはいかない。

そうならないために、自分はどうすべきだろうか――答えは自《おの》ずと出てくるし、もうそれ以外に方法はなかった。


結局眠れないまま次の日の朝を迎えた。

「母の日」である今日は、いつもより少し早めに店を開け、やって来るお客達を迎える準備をする。

店を開店するなり予想どおりの忙しさで、二人とも休憩もろくにとれないまま午前を終えた。

午後になり、ようやくそれぞれが短い昼休憩を取る事ができたが、澄香はまったく食べ物が喉を通らず、結局は栄養補給飲料を飲んだだけで店に戻った。

そのあとは、なるべく他の事を考えないようにしながら、ただ仕事だけに没頭し、忙しく動き回る。けれど、ふとした瞬間に、胸が潰れるほどの痛みを感じて、息ができなくなる。

夕方になり、約束していたとおり、時生が店に顔を出した。

何も知らない様子の彼は、いつものように自信に満ち溢《あふ》れたオーラを放ちながら店内に足を踏み入れ、澄香と葉子に笑いかけてくる。

「澄香、忙しそうだな。俺も手伝おうか?」

時生と目が合い、じっと見つめられる。

澄香は、彼の顔を見るなり思わず泣き出しそうになった。

しかし、すぐに視線を逸らし、込み上げてくる感情を無理矢理喉の奥に押し戻す。

「いいえ、私と母だけで大丈夫です。時生さん、依頼してもらった母の日のアレンジメント、もうできてます。母から受け取ってもらえますか?」

一気にそう言うと、澄香は店の外にいる小さな女の子に笑いかけながら彼のそばを離れた。

時生が店の奥にいる葉子のほうに行く気配を感じながら、澄香は努めて明るい笑顔で接客を続ける。葉子には時生に何も言わないでいてくれるよう頼んであるし、このまま視線を合わさなければ、心の中を見透かされずに済むはずだ。

女の子が一緒にいる母親とともに花を選ぶのを手伝い、新たにやって来た高校生らしき男の子が選んだカーネーションの鉢植えを持ってキャッシャーに向かう。

それが済むと、先ほどの女の子が指さしたカーネーションの一輪挿しにリボンをつけ、その子の前にしゃがみ込んで花を手渡す。

そうしている間、ずっと店の奥にいる時生の視線を感じていた。

勘のいい彼の事だ。いつもどおりに振る舞っているつもりだが、もしかすると、自分達の様子がおかしい事に気づいているかもしれない。

そうでなくても、時生はここに来てから、ずっと自分を目で追っている。

（時生さんっ……）

澄香は、心の中で彼の名前を呼んだ。

いつか、別れが来るかもしれない事は覚悟していた――いや、覚悟していたつもりだったのに、本当はまったくできていなかった。

その証拠に、昨日から心が張り裂けそうに痛い。

できる事なら、今すぐ彼のところに行って、すべてを打ち明けてすがり付きたい。

そんな気持ちを押し殺したまま接客を続け、極力時生と視線が合わないよう、ひっきりなしにやって来る客達の対応をした。

てっきりアレンジメントを持ってすぐに帰ると思っていた彼は、さり気なく手伝いながら店に残り、時折葉子に話しかけては澄香に視線を投げかけてくる。

そうこうしている間に、あっという間に閉店時刻になった。一時間延長しての閉店だったが、用意した「母の日」用の花はすでに完売し、最後のほうは新たに花束やアレンジメントを作りながらの販売になった。

「お疲れさま。もう閉店にしましょう」

客足が途絶えたところで、葉子が店の外にいた澄香に声をかけてきた。そして、立て看板をたたみながら澄香にそっと耳打ちをしてくる。

「時生さん、澄香と話したがってるわよ。たぶん、話せるまで帰らないと思う」

努めていつもどおりの態度をとっていたつもりだったが、時生はもとより葉子の目から見ても、澄香の言動はぎこちなかったようだ。

「じゃあ、私は奥を片づけるから」

そう言って肩をそっと叩かれ、澄香は覚悟を決めて頷いた。

葉子が店の中に入ると、代わりに時生が出てきて片づけを手伝ってくれた。

「ありがとうございます。結局、今日も手伝ってもらっちゃって」

意識して明るく話そうとして、我ながらわざとらしい口調になってしまった。

「いや、ここ何日かデスクワークが続いていたし、いい運動になったよ」

片づけを終え、二人して中に入る。

「お疲れさま。澄香、あとはもういいから、時生さんを送ってあげなさい」

葉子に言われ、澄香は時生とともに彼が車を停めているという近くの駐車場に向かった。

時生は、手に大ぶりのアレンジメントを抱え、満足そうな表情を浮かべる。

「今回のアレンジメント、どうですか？」

「すごくいいね。誕生日の時よりも、もっと女性らしい感じがするな」

アレンジメントに使ったのは、ピンク色の柔らかな印象の花達だ。

「感謝」「温かい心」の花言葉を持つピンク色のカーネーションをメインに、同じ花言葉を持つ同色の薔薇《ばら》や、白のダリア、レースフラワーと紫色のカンパニュラをふんわりとまとめた。

それを、「幸福」「永遠の愛」という花言葉のドラセナという名のグリーンで囲み、白いレースのリボンで器を飾っている。

澄香は、それぞれの花の花言葉をメモ書きにしたものを時生に渡した。

「喜んでくださるといいですね」

「きっとまた喜んでくれると思う。……ところで、さっきから、どうして俺から目を逸らしてばかりいるんだ？　さっきからというか、俺が店に来てからずっとだ」

「そ……そうですか？」

「明らかに、そうだ。どうした……何かあったのか？　あるなら言ってくれ」

「別に何もありません。……ただ——」

言いかけて、すぐに口ごもる。

昨夜、眠れないまま、時生との仲について考えた。

一晩かけて、どうしたら一番いいかを改めて考えてみるに、やはり自分は時生のそばにいてはいけないのだとわかった。

(時生さんが好き……。だけど、私といれば、時生さんの人生が台無しになってしまう……)

澄香は黙ったまま、時生の顔を見つめ続けた。

「まさか、また嶋田が来たのか？」

「嶋田さん……って、誰ですか？」

「観覧車の前で会った、一番ひどい暴言を吐いた背の高い女だ」

澄香の頭の中に、嶋田の顔が思い浮かぶ。

「……また、って……時生さん、嶋田さんが店に来た事を知っていたんですか？」

「知ったのは、先月の終わり頃だ。夜遅くに澄香の部屋で話をした時があっただろう？　その時、どうも様子がおかしかったし、思い当たる節があったから調べたんだ。迷惑をかけて悪かった。澄香にも話そうと思っていたんだが、直接会って話す機会がなくて、今になってしまった」

「そうだったんですね」

話さなくても、時生は嶋田の件を知っていたのだ。

言いそびれたままになっていた件を話さなくていいとわかり、澄香は静かに頷いた。

「いえ、嶋田さんが来たのは一度だけです」

「そうか……。とりあえず、車に乗ってくれ。走りながら話そう」

駐車場の周りは人通りが多く、落ち着いて話せるような雰囲気ではなかった。

澄香が同意して助手席に座ると、車が早々走り出す。

しばらく二人とも黙ったまま走り続け、いつしか街中を通り過ぎる。

「さっき、何か言いかけていただろう？　続きを聞かせてくれるか？」

時生に言われ、澄香は小さな声で「はい」と言った。そして、昨夜言おうと決めた言葉を、ひとつひとつ頭の中から切り出していく。

「実は、少し前から考えていたんですが……。私、やはり時生さんとはお付き合いできません」

澄香がそう言うなり、車の中の雰囲気がピンと張り詰めたものに変わった。

前を向いていた視線が自然と膝の上に落ち、唇が微かに震えた。幸いにも、車はスムーズに進み、時生は前を向いたままだ。

「どういう事だ？」

時生が心底困惑した様子の声を上げる。

澄香は、揺れ動く自分の心に固く蓋《ふた》をして、再度口を開く。

「私と時生さんは、生まれも育ちも違いすぎます。時生さんは大金持ちで、生まれながらの御曹司ですよね。それに比べて、私はただの花屋の娘です。最初は、美味《おい》しいものを食べたり、見た事もない風景を見せてもらったりして、すごく楽しかったです。でも……やっぱり無理だなって、気がついたんです」

そこまで言って、澄香は唇を噛んで胸の痛みを堪《こら》えた。時生は黙って運転を続けている。

澄香は小さく息を吸い、また話し始めた。

「私は一条家にはふさわしくありませんし、たとえ結婚できても、一族の方々とうまくやっていけるとは思えません。……それに、時生さんは恋人とか夫である前に、一条家の後継者です。結婚して跡継ぎを作って、立派に育て上げる……そんな重責を背負う人のパートナーに、私なんかがなれるわけありません……！」

車が大きく左カーブを曲がり、澄香の身体が運転席のほうに引っ張られる。それを窓のほうに身を寄せて耐えていると、すぐに車がスピードを緩めて人気のないだだっ広い道の路肩に停まった。

少し先に街灯があるから、車の中は互いの表情がわかる程度の明るさがある。

澄香は下を向いたまま、身を硬くした。

「いきなり何を言い出すかと思えば……。澄香、こっちを見ろ」

時生が澄香のシートベルトを外《はず》し、左肩を自分のほうに引き寄せてきた。

グッと顔を近づけられ、目の前で彼にじっと見つめられる。視線が合い、胸の痛みがさらに強くなった。

「唇を強く噛んだだろう。赤くなっているぞ」

優しい声でそう言われ、心がくじけそうになる。

澄香は心に鞭《むち》打って、自分を奮《ふる》い立たせた。

「そ……それに、結婚しても子供ができるとは限らないし、でも跡継ぎの事を考えると、ぜったいに子供を産むのが前提の結婚ですよね。それって、どうなのかなって……。時生さんは、女性や結婚に関するこれまでの考え方が百八十度変わったって言いましたけど、一条家の事を考えたら、そう簡単に変わる事なんてできないんじゃないですか？」

二人の視線が絡み合い、少しの間沈黙が流れた。時生は眉間《みけん》にうっすらと皺《しわ》を寄せながら、澄香の目をまっすぐに見ている。すぐには納得してもらえないと思っていたが、やはりそうみたいだ。

「何より、時生さんと付き合っただけで、嶋田さんのような女性が店にまで押し掛けてくる……。もし結婚なんかしたら、きっと、もっとたくさんの人に嫌味を言われたり、睨《にら》まれたりするに違いありません。そう思ったら、だんだんと気持ちが冷めてきたというか——」

澄香は、考えてきた別れの言葉を、さらに口にする。

だがそれは、当然心にもない大嘘だし、言えば言うほど本当の気持ちから、かけ離れたものになっていく。

本当は、言いたくない。けれど、言わなければ彼は別れてくれないだろう。

「わ……私、もう時生さんの事、ぜんぜん好きじゃないんです——」

強い目で見つめられ、だんだんと話す口が重くなる。

頭の中も心も乱れ始め、気がつけばまた唇を強く噛んでいた。

「嘘だ。俺を好きだと言った時の澄香が、今言っている言葉がぜんぶ嘘である証拠だ」

顔を覗き込まれ、心が折れそうになる。

けれど、ここでくじけるわけにはいかない。

澄香は最後の気力を振り絞り、もう一度口を開いた。

「時生さんを好きだって言った時の私、ですか？　それって、いろいろある前の私です。そもそも、私は時生さんが思っているほど正直者でも真面目でもありません。最初のデートだって、あわよくば、処女を捨てるチャンスだと思っただけだし、どうせならイケメンにもらってもらおうっていう軽いノリだったんです。言うなれば……遊び……？　そう、遊びで時生さんと付き合ったって感じで――んっ……」

ふいにキスで口を塞がれ、舌で唇を割られる。

澄香は咄嗟《とっさ》に身を引き、顔を横に向けた。けれど、すぐに時生の手に顎《あご》を捕らえられ、再度唇を重ねられる。歯を食いしばって彼の舌が口の中に入ってくるのを防いだ。

彼に馴染《なじ》んだ身体がすぐに反応し、乳先や花芽の頂《いただき》に熱が宿る。

澄香は握り拳《こぶし》を作り、自分の指先を痛いほど掌《てのひら》に食い込ませた。

「やっ……やめてください！　私、あなたの事なんか――」

「澄香っ……！」

顎《あご》を持つ時生の指が、澄香の唇を押さえ、言葉を封じてきた。

「嘘を吐くな……。澄香が吐けるのは、正直者の嘘だけだ。バレバレなんだよ、嘘だって……。そうじゃなきゃ、どうしてそんなに泣きそうな顔をしているんだ？」

時生の指が、澄香の目の下をそっと撫でる。

「俺との付き合いが遊び？　付き合うなら結婚を前提で考えているような女が？　そんな事、できるはずがない……ぜったいに無理だ」

時生の顔が、苦しそうに歪《ゆが》んだ。

「それに、仮にそうだったとしても、俺はぜんぜん構わない。喜んで澄香に遊ばれてやるよ。好きに弄《もてあそ》んでくれていい……澄香になら、何をされてもいい。そう思えるほど、俺は澄香を想っている……澄香……愛してる……愛してるよ――」

澄香の目から一気に涙が溢《あふ》れ、頬を濡らしていく。

見つめ合う彼の顔が涙で歪《ゆが》み、嗚咽《おえつ》のせいで息をするのもままならなくなる。

時生が身を乗り出すようにして澄香を胸に抱き寄せた。

彼への想いが溢《あふ》れ、澄香はもう、ただ涙を流すしかできなくなる。

こんなはずじゃなかったのに――そう思うも、動けないし話せない。

愛してる――そう言われた嬉しさが込み上げてきて、余計に涙が止まらなくなった。

一体、どれほど時間が経ったのか、泣きやんだ澄香は時生に手渡してもらったティッシュで洟《はな》をかむ。泣きはらした顔を見られたくなくて、そのまま下を向いていると、時生がティッシュの箱をそっと膝の上に置いてくれた。

「優しいだろ?」

気軽な感じでそう言われ、素直に首を縦に振る。思い切って顔を上げると、時生が額《ひたい》にそっとキスをしてくれた。

「澄香……すごく頑張ったな。俺を遠ざけようとして、必死で嘘を吐いて……。さあ、何があったか、ぜんぶ話してくれないか?」

時生に言われ、改めてじっと見つめられる。もうこれ以上、彼を欺《あざむ》く気力など残っていない。

澄香は観念してぽつぽつと退去勧告の事や貴子が来た事などを語り始めた。

「――そうか……。母が、いろいろとすまなかった。婚約者がいるというのは、でたらめだし、見合いはきちんと断った。あの日は祖母の誕生日で、やむを得ず実家に残ったが、泊まらずに帰ったし、やましい事は何ひとつ起きていないから、安心していい」

時生の掌《てのひら》が澄香の頭を、そっと撫でた。その優しい感触に、無理をして軋《きし》んでいた心が、ほろほろとほどけていく。

「あの日、母は澄香についておかしな事ばかり言っていた。どうやら嶋田が、ある事ない事母に吹き込んだらしい。きちんと誤解は解くつもりだから、退去の件を含め、何も心配はいらない」

いつの間にか細かな雨が降ってきていた。車のフロントガラスが濡れ、見えていたはずの風景を見えにくくしている。

「本当に、すまなかった」

時生の右手が、澄香の左手の上に重なった。

その掌《てのひら》の温もりから、彼のまっすぐな誠意と温かな想いが伝わってくる。

「店の物件を探しているのを黙っていた件も悪かった。まさか、そのせいで母が、馬鹿な勘違いをするとは思ってもみなかった」

時生が悔しそうに歯噛みをする。

「……お母さまは、時生さんが私に騙されているんじゃないかって、心配でたまらないんだと思います。『私の大切な一人息子』――そうおっしゃっていました。時生さんが本当に大事だから、必死で守ろうとしているだけだと――」

「それは、どうだろうな。大事なのは、一条家の跡取りであって、息子の俺とは思えない」

「そんな事ないと思います。一度、きちんと話し合ってみてください。ちゃんと目を見て、お互いをどう思ってるか、本当はどういう関係になりたいのか……」

「話し合いはしてる。だが、一向に分かり合えないし、溝が深まるばかりだ」

澄香は思い詰めた顔で、時生を見つめた。

彼は母親の話をしながら、諦めきったような表情を浮かべている。

「それでも、話し合いと――」

「話し合っても、あの人は俺と澄香の仲をぜったいに認めないぞ？　それでも話し合えって言うのか？」

「そうです。お母さまは、時生さんにしあわせになってもらいたい――ただ、そう願っているだけなんだと思います。でも、時生さんと同じで、その気持ちを素直に表せないだけです。今回の事だって、時生さんを心底大切に想っているからこその行動だったんだと思います」

「いくら俺の事を考えての事とはいえ、こんな形で俺と澄香との仲を裂こうとする母とは、歩み寄れる気がしない」

時生がそう言い切って、苦い顔をする。

「結局母は、俺を一条家の跡継ぎとしか見ていないんだ。だからこんな、俺の意思を無視した事ができるんだろう。もしまた同じような事をしてくるようなら、最悪、縁を切るしかないのかもしれない」

「そ、そんな……時生さん、ダメです！　そんなの、ぜったいにいけません！」

「だが――」

「私、時生さんにはしあわせでいてほしいんです。そのためには、お母さまがいなくちゃ……。きっと、分かり合えます。だって、お誕生日の花束を喜んでくださったじゃないですか。本当はお母さまだって、息子を愛する一人の母親として時生さんと接したいと思っていらっしゃるに違いありません。……ぜったいに、そうです！」

澄香の必死の訴えを前に、時生が微かに頷いて口を開く。

「……以前、澄香が言ったように、俺と母は似てるところがある。だから、母の気持ちがわからないでもないんだ。だが、俺は今の母の意向には添えない。俺が選んだのは澄香だ。澄香とともに生きられないなら、俺はすべてを捨ててもいい。家も、家族も……今の会社だって……」

苦渋の表情を浮かべながら、時生がそう口にした。

彼が、いかに今の会社と社員を大切に思っているか知っている澄香だ。

このままだと、時生は本当に、心から大事にしているものを手放してしまいかねない。

「私、時生さんが好きです……心から愛しています……！　でも、どうか私といるために、大切なものを捨てたりしないでください。きっと、あとで後悔します……お願いですから、そんな事言わないでください……！」

「澄香の気持ちはありがたいが、母との確執は今に始まった事じゃない。俺ももういい加減、母に指図されたり振り回されたりするのは嫌なんだ」

時生の苦しそうな表情を見て、澄香の心が痛んだ。

どうするのが一番いいのだろう？

もし自分と出会わなかったら、彼は今のように考えたりはしなかったはずだ。

「澄香……いっその事、結婚して、二人だけで暮らさないか。新しくビルを建てて、店はそこで新しく始めればいい。正直、今のところでは、どんなに頑張っても土地付きの新店を始めるのは難しいぞ？　夢の店を手に入れるために、今ある大事なものを捨てる。それだけの事だ」

「時生さん……」

澄香は時生を見つめたまま、それまでじっと彼の手の下に置いていた手を、ゆっくりと引き抜いた。そして、震える唇をグッと嚙みしめて首を横に振った。

「私は、そうは思いません。大事なものを捨てるなんて……。そんな事をするくらいなら、いっそ私を捨ててください！　そのほうが、時生さんのために――んっ……ん――」

突然、時生の胸に抱き寄せられ、唇をキスで塞がれる。

逃れようとしてもがいている間に、助手席のシートがゆっくりと倒れ、上から覆《おお》いかぶさられた。カットソーの裾《すそ》を捲《まく》られ、下腹を撫でられる。穿いているコットンパンツの中に、時生の手が無理矢理入り込んできた。

唇に嚙みつくようなキスをされたあと、彼の指がショーツの中に入り、濡れた秘裂の中に割り込んでくる。

「澄香……本気で俺から離れられると思ってるのか？」

「んっ……あっ――」

「ほらみろ。もう濡れてる。……澄香だって、本当は離れたくないと思っているんだろ？　だったらずっと俺のそばにいろ。何がダメで何がいいのかは、俺が決める」

唇が首筋を強く吸い、指が蜜窟の中に沈んだ。中に潜《ひそ》む快楽の膨らみを捏《こ》ねられ、全身が熱く粟《あわ》立《だ》った。

「俺は、澄香でなければ嫌なんだ。プライベートも仕事も、澄香のためだけに頑張るし、他はぜんぶ、どうでもいい。澄香さえいてくれたら、俺は――」

時生が澄香を押さえつける力を緩め、改めて唇にキスをしてきた。

今、時生から離れなければ、彼は決して手放してはいけないものを捨て去り、彼が本来行くべき道から外《はず》れてしまう。

世界で一番愛している男性に、ぜったいにそんな事をさせてはならない――

そう思った澄香は、心を切り裂かれる思いで、力いっぱい時生の胸を押し退《の》けた。そして、助手席のロックを外《はず》すと、ドアを開けて転げ落ちるように外に飛び出した。

「澄香っ……！」

手を差し伸べようとする時生を振り切り、助手席から身を乗り出している彼を振り返った。

「澄香、ダメだ！　行くなっ……！」

そう叫ぶ時生の顔が、溢《あふ》れ出る涙で見えなくなる。

「ごめんなさい……。きっと、私は時生さんと出会っちゃいけなかったんです。もう、これきり会いません……。さよなら――」

澄香は、それだけ言い残すと、走りながら、ちょうどやって来たタクシーを止めた。

そして、自宅の住所をドライバーに告げると、込み上げてくる嗚咽《おえつ》を抑えきれず、ただひたすらに涙を流し続けるのだった。

◇　◇　◇

澄香が自分の前から、いなくなってしまった。

あんなにも想い合っていたのに、どうしてこうなってしまったのか……

時生は、澄香を乗せたタクシーが走り去るのを、信じられない思いで見送った。

『もう、これきり会いません……』

澄香が言った言葉が、頭の中で繰り返し聞こえてくる。

それから、どこをどう通ったのかわからないが、気がつけば自宅のマンションの玄関に立ち尽くしていた。

のろのろと靴を脱ぎ、リビングに入る。

すると、中にはソファの上に寝そべって寛《くつろ》ぐ哲太がいた。

「うぉ～い、久々に遊びに来てやったぞ」

呑気《のんき》で間の抜けた哲太の声を聞き、時生はようやく我に返った。

「哲太……俺はどうしたらいい？」

彼に近づきながら、時生はそう訊《たず》ねた。

「何が」

「フラれたんだ、澄香に……」

「は？　澄香にフラれた？　なんだそれ？」

哲太がソファから起き上がり、立ち尽くしたままの時生を見上げた。

「あんなにラブラブしてたくせに、一体、何をやらかしたんだ？」

自分でも、何がどうなってしまったのか理解できない。

哲太の前に腰を下ろすと、時生はため息を吐きながら首を横に振った。

「俺にもわからない。……とにかく、俺の一番大切な澄香に、大切なものを捨てるなと懇願されて、もうこれきり会わないと言って逃げられたんだ」

「ちょっと待て。とりあえず、順序立てて話してみろ」

哲太に促《うなが》され、時生は頭の中を整理しながら、澄香との間に起きた出来事を話した。

それを最後まで黙って聞いていた哲太が、呆れたような顔をして時生をまじまじと見つめる。

「お前が本気で澄香に惚れてるのは、よ〜くわかった。だがな、それじゃ、澄香にフラれても仕方ないぞ」

「は？　なんでフラれても仕方ないんだ!?」

詰め寄る時生をよそに、哲太が新しく缶ビールを開け、喉を鳴らしながら半分ほど飲み干す。

「お前さ〜、澄香が家族をどんなに大事にしているか知ってるだろ？」

「知ってる」

「母親との繋がりの深さや、妹をいかに大切に思ってるか、は？」

「それも、十分すぎるくらい知ってるつもりだ」

「ふぅん……それなのに、よくもまあ、澄香のために、自分の母親を捨ててもいいなんて言ったよな。しかも、一族や家族、会社や社員のオプションつきか」

茶化したような言い方をされ、時生はムッとなって哲太の向こう脛《ずね》に軽く拳骨《げんこつ》を食らわせた。

「どういう事だ？　ちゃんとわかるように説明しろ」

哲太が、わざとらしく痛がりながら、時生を睨《にら》みつける。

「説明も何も、今言った事がすべてだろ。いいか、時生……これって、人としての基本だぞ。自分がされて嫌な事は、人にもしちゃいけないんだ。お前、澄香に何を言ったかよく考えてみろ。澄香にしてみれば、お前が母親やその他諸々を捨てるのは、澄香にとって自分の母親や家族、『フローリスト・セリザワ』を捨てるのと同じくらい、辛い事なんだよ」

「……ぐっ……」

哲太が言い終えるなり、時生は絶句して、大きく目を見開いた。

「そんな残酷な事、よく言えたなぁ。そもそも、あんなにお前に惚れてる澄香が、簡単に『さよなら』なんて言うわけないだろ。よっぽどの事だぞ、その『さよなら』は。反省しろ。そして、どうすればいいか、よ～く考えるんだな」

哲太がソファから立ち上がり、のんびりとした足取りでキッチンに向かった。

時生は呆然としながらも、膝の上に置いた手を強く握りしめる。

（澄香……すまない……。ぜんぶ、俺のせいだ……）

いつ何時も、素早く回転する頭の中が、ギシギシと音を立てて軋《きし》んでいるような気がする。

澄香に「さよなら」と言わせ、あんなにも悲しい顔で涙を流させてしまったのは、自分の至らなさ故だ。この世で一番大切で愛してる人を泣かせるような男が、一体どうやってその人を守りともに生きていこうというのか……

彼女を愛するあまりとった行動のすべてが、どれほど傲慢で稚拙《ちせつ》だったか、今の自分ならわかる。

しかし、それに気づくのが遅すぎた。

だが、このまま澄香と別れるなんて事は、ぜったいにできない。

澄香の心はまだ自分にあり、自分は澄香を取り戻すために、最善を尽くさなければならなかった。

そのためには、何をどうすればいい？

時生は窓を濡らす雨粒を見つめながら、必死に対策を考える。

（とにかく、今のままじゃ俺は誰も守れないし、愛する資格がない。澄香とともに生きたいと思うなら、二人にとって大切なものをぜんぶ守れるような、本当の意味での器の大きな男にならなければいけないんだ……）

彼女がなんの憂《うれ》いもなく自分の隣にいられるよう、すべての環境を整える必要がある。そうするにあたり、誰も傷つけてはならないし、対立したままでもいけなかった。

（澄香、待っててくれ。必ず迎えに行く——）

いつの間に戻って来ていた哲太が、時生に新しい缶ビールを手渡してくる。

時生はそれを受け取り、澄香を取り戻すと固く心に誓いながら、缶を開け中を一気に飲み干すのだった。

◇◇◇

二月に入り、そろそろ春の花が一足早く流通し始めた。

その日朝一で届いた花を見て、葉子が嬉しそうな声を上げる。

「澄香、ほら、見て。桜と梅と桃が、いっぺんに届いたわよ。このモクレンもいいわね。わぁ、ガーベラとミモザも素敵だわ〜」

それは、先日葉子自らがインターネットで注文をした生花だ。

以前は、澄香以上にアナログ人間だった葉子だが、今ではかなりパソコンを使いこなせるようになっている。

「お母さんったら、いい花が手軽に注文できるからって、たくさん買いすぎじゃない？」

澄香が軽い調子で注意すると、葉子がペロリと舌を出して首をすくめた。

「ごめんごめん。その分、張り切って売らないとね。節分の日に売ったアレンジメント、可愛いって評判だったから、また少し変えて作ってみようかな」

「フローリスト・セリザワ」の頼れる店主として頑張っている葉子だが、年齢の割にお茶目なところがある。それに、おっとりして見えるが、中身は一家の大黒柱としての責任感に満ち溢《あふ》れ、ぜったいにへこたれない不屈の精神の持ち主だ。

澄香は、何度母の強さに助けられ、励《はげ》まされてきたかしれない。早くに父が亡くなり、店をしながら女手ひとつで二人の娘を育てるのは、どんなに大変だった事か……

そんな母の娘に生まれた自分は、本当にラッキーだと思う。

澄香は心の中で母に感謝する。

「さてと、届いた花を使って、どんなアレンジメントを作ろうかな。愛するパパに聞いてみようかしら――」

葉子が、キャッシャーの引き出しに入れてある亡き夫が描き溜めたアレンジメントのデザイン帳を取り出す。

相変わらずの葉子を見て、澄香はにこやかに微笑んだ。その時、何気なく喉元に手をやり、ハッとして指先をこわばらせる。

澄香は、今のようにふと心が和《なご》んだりした時など、時生からプレゼントされた薔薇《ばら》のペンダントを触る癖がついていた。

しかし、もらってからずっと身に着けて大切にしていたそれは、今はもうない。一体どこで落としたのか、時生に別れを告げた夜、気がつけば失くしてしまっていたのだ。

(時生さん、元気かな……)

世界で一番大好きで、深く愛し愛された人――

彼と別れてから、もう九カ月近く経つ。

あれから時生とは一度も連絡を取っていない。けじめとして、装花の契約も武田を通してきちんと解約手続きを済ませた。

思い返してみれば、あっという間だったような気がする。

時生とは、あまりにも住む世界が違いすぎたし、ともに歩む未来は諦めざるを得なかった。

けれど、澄香は今も変わらず彼を愛しており、心から大切に思っている。

時生がしあわせであればいいと願っているし、彼の家族もそうだといいと思う。

（あんな別れ方をしてしまったけど、時生さん……気にしてないといいな……）

あの時は、焦るあまり心優しい時生を困らせ、惑わせるような事をたくさん言ってしまった。

だが、きっと彼なら、自分にとって一番いい道を進んでいるに違いない。

「あ、澄香。また注文入ったみたいよ」

葉子がパソコンの前を通りかかり、画面を見てにっこりする。

現在、「フローリスト・セリザワ」では、従来どおりの来店や電話での注文の他に、新しく立ち上げた店のホームページにある専用ページからも、花の注文ができるようになっている。

それに先んじて、クレジットカードや電子マネーでの支払いにも対応した。

準備段階で、それなりに費用は掛かったが、結果的に売り上げは伸びたし、ホームページの閲覧をきっかけに、遠方のリピーターも着実に増えている。

「どれどれ……ん？　お届け日、来週の木曜日になってる」

木曜日は定休日であるため、基本的には配達はしない。

しかし、ホームページの日付指定の箇所には、木曜日を希望する方は「要相談」と補足してあるし、誕生日や特別な記念日であれば、なるべく期待に添えるようにしていた。

「今週は何も予定ないし、いいよ、私が行く。それで、注文の内容は？」

澄香が問うと、葉子が画面に指を置きながら、声に出して文字を読む。

「予算は五千円のアレンジメント。用途は『誕生日』。希望の花色、『お任せ』。仕上がりのイメージも『お任せ』ね」

「うわぁ、それってかえってプレッシャーだなぁ。他に情報はある？」

「えーっとね……。年齢は五十六歳、女性。カードに書くメッセージは『母さん、お誕生日おめでとう』。送り主は……一条時生さん……」

「えっ……？」

澄香は葉子と顔を見合わせ、急いでパソコンの画面を見た。

「届け先は、お母さまのご自宅。時間帯は、午後三時。澄香……どうする？」

思い返してみれば、時生と出会ってしばらく経った頃、彼から、「来年の母の誕生日用の花も頼む」と言われていた。

(もしかして、それを覚えていてくれたの……？)

この仕事を受ければ、また一条家に関わる事になってしまう。しかし、依頼を受けたからには、私情を理由に断りたくはなかった。

それに、彼と別れて、もう九カ月も経っているのだ。

彼はとっくに気持ちを切り替えていて、ビジネスライクに注文をしてくれただけかもしれない。

（きっと、そうよね……。時生さんほどの人が、いつまでも過去に囚《とら》われているわけないもの）

彼の名前を聞くだけで、心がこんなにも震える。

時生との恋は、もう過去のものだ。けれど、彼と過ごした日々の想い出は、何ものにも代えがたい生涯の宝物だ。

自分を、ここまで成長させてくれた時生には、感謝しかない。その恩を返すためにも、依頼された仕事を全力でやり遂《と》げるべきだろう。

「やります」

澄香は短くそう答えた。

「頑張っていいものを作って」

葉子が、澄香に向かってこっくりと頷く。その表情からは、娘を思う母親の強い愛情が感じられる。

「うん、任せといて」

引き受けたからには、以前約束したとおり、去年以上に喜んでもらえる花を届けよう。

そう強く心に決めると、澄香は自分を見る葉子に、にっこりと微笑みかけるのだった。

木曜日の朝、澄香は前日に仕入れたばかりの花を前に、ゆっくりと深呼吸をする。

ちょうど一年前の今日、澄香は時生に出会い、恋をして、別れた。

それは、たった三カ月の間に起きた出来事であり、これからも続くであろう長い人生において、ほんのわずかな時間にすぎない。

けれど、これまで生きてきた中で、あれほど澄香の心を熱く震わせた時はなかった。

きっとこれからもそうであり続けるだろうし、二度とあんな素晴らしい出会いはないだろう。

あの三カ月で、自分の人生における恋愛運を、すべて使い果たしてしまったに違いない。

そう思えるほど、時生は魅力的で、本当に素敵な人だった。

彼は、おそらくあのあと、いろいろと動いてくれたのだと思う。

ほどなくして「神崎エステート」から連絡がきて、賃貸契約の続行を知らされた。

持ち主は、変わらず「一条コーポレーション」であるにもかかわらずだ。

そして、退去通告自体がなかったかのように、自分達以外の住民はそれを知る事はなかった。

彼と別れてしばらくの間は、哲太がそれとなく時生の近況を知らせてくれていた。

けれど、それも徐々に少なくなり、今ではもう彼の名前を聞く事は、ほとんどなくなっている。

それはきっと、時生に新しい恋人ができたからではないかと思う。

(そうに決まってるよね。あんなに素敵な人なんだもの)

時生の事を思い出すたびに、いろいろな感情が溢《あふ》れてくる。

ともに生きる道は失われてしまったけれど、彼にはしあわせな人生を歩んでほしい——心からそう思いながら、澄香はアレンジメントに取りかかった。

姿勢を正し、なおかつゆったりとした気分で花を贈られる人の事を思い浮かべる。

「一条貴子」――

華やかで常に自信に満ち溢《あふ》れ、実直で芯が強い。それでいて、実はちんまりとして可愛いものや古風なものを好み、息子と同様にちょっと不器用なところもある。

時生と別れるきっかけになった人だが、不思議と嫌な気持ちは抱いていなかった。

あんな出会い方をしてしまったけれど、「一条貴子」という人は、一人の女性としてとても魅力的な人だ。

澄香は微笑みながら、彼女に対するイメージや、時生の母親に対する思いなどを花に織り交ぜて、アレンジメントを作っていく。

使ったのは、シックなクリーム色がかった白薔薇《ばら》と、白いハナミズキ、ピンク色の沈丁花《じんちょうげ》にアンスリウム、グリーンとしてキイチゴの枝と、葉の表面がビロードのようになっているシロシマウチワを合わせた。

白薔薇《ばら》の花言葉は「あなたを想う」「常にあなたの事を考えている」

ハナミズキは「私の想いを受け止めてください」

ピンク色の沈丁花《じんちょうげ》「栄光」「永遠」「やさしさ」

キイチゴ「愛情」「謙虚」

ピンク色のアンスリウム「飾らない美しさ」など――

時生と貴子、不器用な二人の互いへの思いを込めた花を、深紅のリボンでまとめる。

全体的にシックでありながら女性らしい柔らかな印象のアレンジメントが出来上がった。

（時生さんとお母さまが、去年より仲良くなれますように）

そう願いつつ、指定されたメッセージカードを添える。それを大型の紙袋に入れ、着替えをして出発の準備を完了させた。

「いってきます」

時間がくると、澄香は葉子に見送られて「フローリスト・セリザワ」のバンに乗り込んだ。

「いってらっしゃい」

いつもと変わらない笑顔を向けられ、それに勇気を得て車を出発させた。

届け先は、高級住宅街として知られている地域に建つ時生の実家だ。配達用の白いシャツと黒いスラックスは、昨夜きちんとアイロンをかけておいた。

あとはアレンジメントを届けて、喜んでもらえたら何よりだ。

（緊張する……）

澄香は運転をしながら身震いをした。

けれど、以前にもあの界隈の邸宅に花を届けた事があるが、受け取るのはおそらく家政婦などの使用人だ。

受け取るのも、玄関ではなくお勝手の可能性もあるし、むしろそうである確率が高い。

（そもそも、平日の午後とか、普通仕事で留守だよね）

貴子はいまだ「一条コーポレーション」の現役の社長としてバリバリと仕事をこなしているようだし、時生にしても同じだ。

それでも、やはり緊張するし、気持ちが落ち着かない。

澄香は極力安全運転で、指定された住所に到着した。

そこは、広大な敷地内に立派な日本家屋と白亜の豪邸が建っており、近隣の邸宅とは一線を画している。

(広っ……どこが玄関なの?)

車で周囲をぐるりと周り、ようやく門の前に辿《たど》り着く。

インターフォンを鳴らすと、年配の女性らしき明るい声が聞こえてきた。

「はーい」

「こんにちは。『フローリスト・セリザワ』です。ご注文のお花をお届けに参りました」

「はーい、今鍵を開けますから、車のまま進んで左側に停めてください。車を降りたら、そのまま少しだけ待っていてくださいね」

目前の鉄製の門が開くと、澄香はバンを運転して中に入った。

左方向には広々とした日本庭園が広がっており、その手前に車を停めるスペースがある。

澄香はそこにバンを停め、ひとまず深呼吸をした。

(さっきの人、お手伝いさんかな? 気さくそうな声だったけど、そんな感じの人だったらいいな)

背筋をシャンと伸ばし、バンの外に出た。

アレンジメントが入った紙袋を持ち、石畳の向こうに見える建物のほうに向き直った。

少し先にある庭で、作業着を着た年配の男性が、しゃがんだ姿勢で庭の手入れをしている。

(庭師さんかな？　こんなに立派な庭を維持するのも大変だろうな)

見ると、彼の前にあるロウバイの木が黄色い花をたくさん咲かせている。

澄香は男性に近づき、声をかけた。

「こんにちは。ロウバイですか？　綺麗に咲きましたね」

男性が澄香のほうを振り返り、眩《まぶ》しそうに目を瞬《またた》かせる。少々強面《こわもて》だが、よく見ると目が優しい感じだ。

「こんにちは。そうだよ。控えめだけど、私は昔からこの花が好きでね」

ロウバイは〝蝋梅〟と書くが、バラ科の梅の仲間ではなく、クスノキ目ロウバイ科の中国原産の落葉樹だ。冬の花のない時期に庭を彩《いろど》る貴重な花木で、蝋細工《ろうざいく》のような黄色い花を咲かせる。

「私も好きです。花のない時期は地味で目立たないですけど、その無骨な感じが逆に愛らしく感じたりして」

「おお、さすがわかってるねぇ。この、下を向いて咲く奥ゆかしい感じもいい」

男性が、日焼けした顔でニッと笑った。

「はい。花言葉が『ゆかしさ』っていうのは、そんな花の姿からきているようですね」

男性は立ち上がり、膝についた泥を掌《てのひら》で払った。

「お嬢さん、花が好きかね？」

「はい、花は私の生活の一部ですから」

澄香が言うと、男性は穏やかな微笑みを浮かべた。

「お花屋さんに聞くのは野暮だったね。よかったら、帰りがけに何本か持っていくかね？」

「いいんですか？　ありがとうございます。自宅に飾って楽しませていただきますね」

そこまで話した時、玄関の引き戸がカラカラと上品な音を立てて開いた。

中から出てきたのは、和装姿の年配の女性だ。

「芹澤さん、お待たせしてごめんなさいね」

女性が言い、澄香に向かって手招きをする。

「おや、もうお喋《しゃべ》りの時間は終わりか」

男性が肩をすくめ、澄香が玄関に向かうのを見送ってくれた。

女性が、にっこりと微笑みながら、澄香を引き戸の中に招き入れる。

先ほどの庭師の男性と同様、いかにも温厚そうな顔立ちと立ち居振る舞いを見て、澄香はホッと胸を撫で下ろした。

玄関の中に入ると、まるで高級旅館にあるような上がり框《かまち》とフローリングの床が広がっている。

靴を脱ぎ、それを揃えようとした時、何かにトンと腰を押され、あやうく前につんのめりそうになった。バランスをとりながら、何事かとうしろを振り向くと、見覚えのある犬が大きく尻尾《しっぽ》を振っている。

「……あ、あれっ？　あなた、もしかしてハナちゃん？」

「ワン」と応《こた》えたその犬は、右耳の先端が黒く、茶の毛色をしている。以前見た時よりも、だいぶ丸くなってはいるが、間違いなく以前時生が一時的に面倒を見ていた捨て犬のハナだ。

澄香の事を覚えてくれているのか、ハナは嬉しそうに足元にまとわりついてくる。

「あら、ハナをご存じ？」

「はい、以前何度か会った事があります」

「そうでしたか。以前は痩《や》せすぎだったけれど、たくさん食べて遊んで、今ではすっかり肉付きがよくなって」

目をキラキラとさせているハナは、いかにもしあわせそうだ。

しかし、どうしてハナがここにいるのだろう？

澄香は不思議に思い、少し前を歩く女性に訊《たず》ねてみた。

「あの……ハナちゃんは、ここで飼われているんですか？」

「いえ、飼っているのは孫の時生で、ここへは遊びに来ているだけなの」

「ああ、そうなん……えっ！　え……？」

孫の時生——

うっかり聞き逃しそうになったが、澄香はその言葉のインパクトに絶句し、目を大きく見開いたまま、棒立ちになった。

（こ、この人……時生さんの、おばあさまだったの？）

澄香のあわてぶりに小さく笑い声を漏らすと、時生の祖母が少し先で立ち止まり、手招きをしてきた。

「さあ、こちらへどうぞ。皆お待ちかねですよ」

「は……はいっ！」

澄香はかろうじて返事をして、固まっていた足を一歩前に出した。

それにしても、〝皆〟とは誰の事を言っているのだろう？

歩くふくらはぎに頭をこすりつけられ、ハナを見下ろした。下から見つめてくる黒い瞳が、やけに頼もしく見える。

（ありがとう、ハナ。私を励《はげ》ましてくれているんだね。……よしっ！）

澄香は覚悟を決めて、部屋の入り口に立つ。

「『フローリスト・セリザワ』です。ご注文の品をお届けにまいりました」

視線を前に定める前に、一礼して、再度挨拶《あいさつ》をする。

顔を上げると、左側のソファに座っていた貴子が、澄香のほうにやって来て、控えめな微笑みを浮かべた。

「ようこそ。お久しぶりね。……お元気だったかしら？」

「はい、おかげさまで」

「そう。それはよかったわ」

澄香に声をかけてきた貴子には、相変わらず圧倒的なオーラがある。だが、以前会った時のような刺々《とげとげ》しい威圧感は、少しも感じられない。

貴子が、自分が座っていたソファを振り返った。

「あなた――」

呼びかけられた中年の男性が、ソファから立ち上がった。そして、貴子の横に立ち、にこやかな笑顔を向けてくる。

「はじめまして。時生の父の一条清志です」

「は、はじめまして。芹澤澄香と申します」

「まあ、そう硬くならずに」

清志が言い、人当たりのいい微笑みを浮かべる。彼が何気なく貴子のそばを離れていき、澄香は改めて彼女に向き直った。

「あの……今日は、お誕生日おめでとうございます」

「ありがとう。もう、おめでたい年でもないんだけど、そう言ってもらえるのは嬉しいものね」

貴子の顔に、さっきよりも柔らかな笑みが広がる。

澄香は、それに勇気を得て、さらに言葉を継いだ。

「今日はご夫婦でお休みを取られたんですか？」

「ええそうよ。時生が〝記念日休暇〟というのを設《もう》けようと発案して、全社でそれを取り入れたの。たとえば、誕生日や結婚記念日。その日は、親子や夫婦だったら休めるのよ」

「そうなんですね」

貴子が頷き、それからすぐに澄香をまっすぐに見つめ、静かに姿勢を正した。

「芹澤さん、前に会った時は、いろいろとあなたやあなたのお母さまに嫌な思いをさせてしまって、心から申し訳なく思っています。あれから、時生に話を聞いて、自分の過ちに気づいたの。……本当に、ごめんなさい」

貴子が目蓋《まぶた》を伏せ、澄香に向かって丁寧に頭を下げた。

「いえ、もうそんな……。どうか、頭を上げてください！」

年上の女性に頭を下げられるなんて、それだけでも居たたまれない気持ちになる。

澄香は、貴子に頭を下げるのをやめてもらうよう、一人大わらわになる。

何事かと思ったのか、ハナが二人の周りをぐるぐると周りながら心配そうな声で吠える。

「あらあら、ハナがびっくりしていますよ。貴子、そんなところにいないで、芹澤さんを早くソファに——あら、あなたったら、着替えてらしたのね」

「ワン！　ワン！」

時生の祖母が、澄香の背後に視線を向けた。

つられてそちらを向くと、そこには先ほどの庭師の男性が立っている。

「さすがに、着替えをせんと、時生に怒られるからな」

「まあまあ、私がいくら言っても、一日中作業着で過ごしているのに」

(え？　……あ、あなたって……庭師のおじいさん、と、時生さんのおじいさま？)

次から次へと驚かされ、澄香はその場に石像のように立ち尽くすばかりだ。

「そういうわけじゃないよ。せっかく来てくださったんだから、礼儀としてだね——」

二人の言い合いが、のんびりと続く中、じっと動けなくなっていた澄香は、ふと背中に温かな空気が流れるのを感じた。

澄香が振り向きたい衝動に駆られた時、時生の祖母が澄香のうしろに視線をやる。

「あら、時生。あなた、そんなところで何をしているの？」

彼女は夫の腕をとってソファに向かいながら、澄香の背後に向かって声をかけた。

それまですぐそばにいたハナが、甘えた鳴き声を上げながらうしろに駆けていく。

今、自分のうしろに立っているのは、間違いなく時生だ。

澄香は彼の存在を感じながら、そのままの姿勢をとり続けた。

「芹澤さん、こっちに来て一緒に座ってお茶でもいかが？　ほら、時生、芹澤さんをエスコートしてちょうだい」

時生の祖母が、こちらに向かって手招きをしてくる。

すると、すぐうしろから時生の遠慮がちな声が聞こえてきた。

「澄香、あっちに行って一緒に座らないか？」

耳に響く懐《なつ》かしい声が、澄香の心の中に深く染み入っていく。

「……はい」

澄香が返事をすると、スーツ姿の時生が右側に来て左腕を貸そうとしてくれた。

彼の腕が澄香のすぐ近くにくる。

けれど、自分がこの人の腕を借りていいものかどうか……

澄香が躊躇《ちゅうちょ》していると、時生がさらに一歩近づいてきた。

彼は、澄香からアレンジメントが入った紙袋を受け取り、空《あ》いた手をそのまま自分の腕にかけさせる。

「やっと会えた……」

時生が小さな声で呟き、澄香を見て微笑みを浮かべた。

視線が合い、そのまま目を逸らせなくなる。

時生と別れてからの九カ月間、一日たりとも彼を想わない日はなかった。

想いが溢《あふ》れそうになり、澄香は強《し》いて彼から視線を外《はず》して、前を見る。

「さあ、座って」

時生に促《うなが》され、長方形のテーブルの右手にあるソファに彼と並んで腰かける。

前の席には貴子と清志がともに座り、テーブルの両端には時生の祖父母が、それぞれ一人ずつ腰を下ろす。

それからすぐに本物の家政婦らしき、少しぽっちゃりした中年女性が人数分のお茶を持ってきてくれた。彼女は渋るハナを「散歩よ」と言って、部屋の外に連れて行った。

澄香は、時生が紙袋からアレンジメントを取り出すのを手伝い、空《から》になったそれを折りたたんで膝の上に置いた。

時生が席を立ち、貴子の前にアレンジメントを置く。

「母さん、誕生日おめでとう」

「ありがとう、時生」

貴子が嬉しそうに相好《そうごう》を崩した。

「綺麗ね……。今年の花も、とても素敵」

「ほう……これは美しいね。まるで一枚の絵画を見ているようだ」

「本当ね。上品で、色合いもとてもいい感じだわ」

時生の祖父母が見守る中、貴子がアレンジメントに顔を近づけた。

「それに、すごくいい香り……沈丁花《じんちょうげ》って、私の好きな花のひとつなのよ」

貴子が澄香を見て、にっこりする。それを見る時生の祖父母も、微笑んでその様子を見守っていた。

(喜んでもらえて、よかった)

澄香は出されたお茶を飲み終え、切りのいいところでソファから立ち上がった。

「では、私はこれで失礼いたします」

用事はもうとっくに終えているし、せっかくの家族水入らずの席を邪魔したくない。

「また、いつでもご用命くだされば――」

「待ってくれ、澄香」

去ろうとする手をそっと掴まれ、澄香は自分を見上げてくる時生を振り返った。

「そうよ、芹澤さん。まだもう少し、いいでしょう？　今回のお花について、まだ聞きたい事もあるし――時生、芹澤さんを帰しちゃダメよ」

「もちろんです。澄香、まだ帰らないでくれ」

真剣な顔で頼まれ、澄香は再びソファに腰を下ろした。

「では、もう少しだけ……」

「もう少しと言わず、ゆっくりして。ねえ、時生」

貴子が言い、時生が深く頷く。

視線を交わし合う母子は、見たところとても仲がよさそうだ。

澄香は、母子がこれからもっといい関係になるに違いないと思った。

「芹澤さん、あなたには時生を通して、いろいろと教えられる事がありました。よかったら、これからも、時生と仲良くしてやってくださいね。ねえ、時生。あなたと澄香さん――」

「母さん、そこまでにしておいてください。あとは、僕自身の口から、彼女に伝えようと思っているので」

「そうね。出すぎた真似はもうしないって決めたんだったわ」

貴子が頷きながら微笑み、口をキュッと閉じた。

「やれやれ……。澄香、やはりもう行こうか。これ以上ここにいると、余計な事を言われそうだ」

時生がそう言って、澄香の手を取って立ち上がった。それだけでも、つい心臓が跳ねてしまう。

「あらあら、時生、もう行くの？」

時生の祖母が、名残《なごり》惜しそうな顔をする。

「はい。また近々顔を出しますから」

「芹澤さん、また花の話をしよう」

時生の祖父が手を振りながら、そう言ってくれた。

「はい、ぜひ――」

「さあ、行こう」

「え？　あ、あの……お、お邪魔しました」

時生に連れられ、玄関を出て庭を歩く。

「時生さん、どこへ行くんですか？　私、店の車で来ているので――」

「俺のマンションだ」

「時生さんのマンション……ですか？」

「そうだ。聞いてほしい話もあるし、聞きたい事もたくさんある」

時生が立ち止まり、澄香の目をじっと見つめてくる。そのまなざしに心が揺らぎそうになるも、澄香は小さく首を横に振って、彼から離れた。

しかし、手は依然として時生に握られたままだ。

「それはよくないと思います」

「どうして？」

「だって、時生さんと私はもう……」

「恋人同士じゃない？」

「……はい。それに、時生さんには、もう新しく恋人がいらっしゃるんじゃありませんか？」

澄香は思い切って、そう訊《たず》ねた。しかし、彼は即座に頭を横に振り、それを否定する。

「そんな相手はいない。澄香……俺は今も変わらず、澄香を愛してる」

「……えっ……」

たった今聞かされた言葉が、澄香の頭の中をぐるぐると回り始める。何も考えられなくなり、澄香は呆然として彼の顔を見つめた。

「とにかく、移動しよう。詳しい話は、それからだ。澄香、車のキーは？」

澄香は、時生に言われるままにバンのキーを渡した。

すぐにやって来た見覚えのある男性が、時生からバンのキーを受け取る。

「あ……あなたは……」

「お久しぶりです」

そう言って会釈《えしゃく》する男性は、貴子とはじめて会った時に車を運転していた運転手だ。

「お久しぶりです」

澄香も挨拶《あいさつ》をし、微笑みを浮かべた。

店の車をロウバイと一緒に店まで届けてもらう事になり、澄香は九カ月ぶりに時生の車に乗り、彼のマンションに向かう。

途中、散歩帰りのハナが、お手伝いの女性と歩いているのを見かけた。

「あの……ハナちゃんは——」

「ハナは、今日は実家にお泊まりだ。ここのところ、少々忙しくて、よく実家に預けていたからか、ハナのやつ、俺よりも祖父母に懐《なつ》いてる」

彼はそう言ったあと、ハナを引き取った経緯を話してくれた。

里親が決まりマッチングをしたハナだったが、その家にうまく馴染《なじ》めなかったらしい。

先方もハナのために努力してくれたようだが、夜鳴きがひどく仕方なく里親になるのを諦めたという事だ。

「そうだったんですか。それで、時生さんがハナちゃんを？」

「もしマッチングがうまくいかなかったら、連絡をくれるよう言っておいたんだ。それからすぐに自宅に連れ帰ったよ。はじめからそうすればよかったんだが、なにせ犬を飼うのははじめてで、戸惑ったのがいけなかった。ハナには、しなくていい辛い思いをさせてしまったよ」

車が赤信号で止まり、目前の横断歩道を人が横切っていく。

「誰だって、はじめての事に対しては戸惑うし、間違ったりもしますよ」

「……そうだな。だけど、もう間違わないようにする。できる限り、努力するよ」

時生がそう言って、澄香のほうを向いて視線を合わせてきた。

彼に見つめられ、澄香は唇を硬く引き締める。

ついさっき、時生から愛していると伝えられた。その言葉は心から嬉しく思うが、二人の立場や状況は何ひとつ変わっていないのだ。

車が時生のマンションに到着し、彼とともにペントハウスを目指す。

久しぶりの訪問に緊張しつつ、澄香は彼に促《うなが》され、玄関を通り抜けてリビングに入った。

すると、以前もさほど多くなかった家具類がさらに減ってスッキリと片づいている。

「ずいぶん変わりましたね」

「実は、近々ここを引き払って、実家に戻る事にしたんだ」

「そうですか。ご家族も喜ばれる事でしょうね」

母子の関係は改善されたようだし、家族は皆時生の実家住まいを大歓迎するに違いない。

もしかして、それを機に後継者としての役割を果たすのに本腰を入れようとしているのでは——

そうなると、やはり互いに対する気持ちは封印しておくしかないだろう……

澄香は時生に勧められ、ソファに腰を下ろした。

「皆鬱陶《うっとう》しいくらい喜んでくれてるよ」

キッチンに向かった時生が、カウンターの向こうから返事をする。

「家族って、いいものだな。澄香と会えなくなってから、いろいろと考えたんだ。実家を訪ねる事も多くなったし、自然と家族と話す機会が増えた。特に、母とは多く話したな……。はじめはものすごくぎこちなかったんだが、最近になって、ようやく分かり合えるようになった気がする」

そう話す時生の声は、いかにも嬉しそうだ。

「仕事も順調だって、哲くんから聞いてます」

「うん、また新しく新規事業のプロジェクトを立ち上げたし、ますます忙しくなったよ。それと、以前澄香からもらった意見を参考にして、社員に歩み寄る努力も続けてる」

時生は、キッチンでお茶を淹れている様子だ。

澄香が手伝おうと腰を上げかけると、彼がトレイを手にカウンターの向こうから出てきた。そして、ゆっくりとした足取りでソファのほうに近づいてくる。

「おまたせ。とっておきのお茶を淹れたよ」

「ありがとうございます。わぁ、すごくいい香り……これ、ハーブティーですね」

かぐわしい香りが立つそれは、おそらく数種類のハーブがブレンドされたものだ。

「そうだ。実は、さっき母が持たせてくれてね。このカップも、先日母がここに来た時に置いていったものだ」

使われているカップはシンプルでありながら、どこか優しさを感じさせる。

「素敵なカップですね。時生さんとお母さま、仲良くなれたみたいでよかったです」

澄香が微笑むと、時生も同じように口元に笑みを浮かべた。

「母ともそうだが、澄香のおかげで、社員との関係もかなり良くなってる。じっくりと意見を聞いてみてわかったんだが、さすがわが社の社員だ。優秀で、やる気に満ち溢《あふ》れている者がたくさんいる。改めてそう思ったよ」

時生がお茶をひと口飲み、静かに深呼吸をする。彼は、おもむろに澄香のほうに向き直ると、まっすぐに目を見つめてきた。

「ぜんぶ、澄香がいてくれたおかげだ。澄香が、俺に家族や社員との接し方を教えてくれて、その大切さを気づかせてくれた。澄香がいなかったら、ぜったいにこうはならなかった。ありがとう、澄香……改めて礼を言うよ」

時生が澄香に向かって深々と頭を下げる。貴子に謝られた時と同様に、澄香は大いにあわててソファからずり落ちそうになった。

「や、やめてください！　私こそ、時生さんのおかげでいろいろと助けられているんですよ」

澄香は花のネット販売や支払いに関する選択肢が広がった事を話した。時生は頷きながらそれを聞き、嬉しそうに目を細めた。

「澄香ならやり遂《と》げると思ってたよ。なにせ、俺が心底惚れた女性だからな」

「……時生さん……」

一緒にいて話をしている今、彼への想いで胸がはちきれんばかりになっている。

「澄香。俺は今も変わらず澄香を愛している。一条家の事、家族の事、会社の事、二人の間に立ちはだかっていた問題は、すべてクリアにした。もう何も心配はいらない。こうなるまでに、だいぶ時間がかかってしまったし、今さらと思うかもしれないが……」

時生が、固く唇を結び、澄香のほうに右手を差し伸べてきた。

「もし澄香に、まだ俺を想う気持ちが少しでも残っているのなら……もう一度、俺とはじめからやり直してくれないか？」

彼の顔には緊張の色が浮かんでおり、こちらを見る瞳には、これまでに見た事もないほど真摯《しんし》な想いが感じられる。

まるで夢のように嬉しい言葉を聞いて、澄香の心は喜びに満ち溢《あふ》れた。

「ほ……本当ですか？　時生さん……本当に、私でいいんですか……？」

声が震え、唇が思うように動かない。今にも涙が零《こぼ》れそうになりながら、澄香は彼の掌《てのひら》の上に自分の左手を重ねた。

「澄香じゃなきゃダメなんだ。澄香……そう聞いてくれるって事は、まだ、俺を愛してくれていると思っていいのか？」

澄香の手を握る彼の指に、力がこもる。

澄香は小さく頷き、時生の手を握り返した。

「愛しています……。別れたあとも、ずっと想っていました。どうしても、忘れられなくて……ずっとずっと――」

二人の指が絡み合い、強く手を握り合う。

ふと気づけば、時生の手に何か握られている。澄香が小首を傾げると、時生が手を開き、澄香の前に差し出した。

彼の手に握られていたのは、彼に別れを告げた日に失くしてしまった薔薇《ばら》のペンダントだ。

「あ……これ……」

「澄香が車から降りた次の日、車の助手席に落ちているのを見つけたんだ」

それを失くしたせいで、もう時生との関係も完全に断たれたと思い、どれほど落ち込んだ事だろうか……

時生が、澄香の首に腕を回し、ペンダントを着けてくれた。

「あの日以来、ずっと澄香の代わりに、俺がこれを身に着けていた。ぜったいに、またこうして澄香の首に着けてあげられる日がきてくれるよう、願いながらね」

澄香の目が潤《うる》み、前が見えなくなる。

時生がそっと澄香を抱き寄せ、そのまま唇が重なり合う。

「もう、前みたいに澄香を不安にさせたりしない。安心して俺のところに来てくれ。そうできるように、俺なりに準備を整えているんだ」

時生が言うには、ここを引き払うのは新しく自分の家を建てるためであり、実家に住むのはその間の一時的なものであるらしい。

話す間に、キスがだんだんと熱を帯びていく。

お互いを強く求める気持ちが、唇や触れ合っている肌から痛いほど伝わってくる。望むべくもないと思っていたけれど、本当はずっと時生を求めていた。そして、それは彼も同じだったみたいだ。

二人とも競うように相手の服を脱がし、ソファ前のラグの上に横たわる。

そのまま一時も離れていたくないとでもいうように、唇を合わせ続けた。何も身に着けていない姿になり、仰向けになった澄香の上に時生がゆっくりと覆《おお》いかぶさる。その重さを、身体がしっかりと覚えていた。

「澄香、好きだ……愛してる」

「私もです。時生さん……愛してます……。あっ……あぁんっ……！」

首筋に吸いつかれ、乳房をやんわりと揉まれる。すぐに先端が硬くなり、甘いため息が零《こぼ》れた。

時生の唇が、澄香の両方の乳先を交互に吸い、舌が乳房の上を這《は》う。

澄香は身体を仰《の》け反《ぞ》らせ、声を上げて彼の愛撫《あいぶ》に応《こた》えた。

時生の背中に腕を回し、身体をぴったりと重ね合わせる。睫毛《まつげ》が触れ合う距離で見つめ合い、互いに舌を絡み合わせた。

「んっ……ん――」

時生の指が、澄香の柔毛に触れた。思わず息を呑み、秘裂に下りていく指先に全神経が集中する。花芽の頂《いただき》を、そっと撫でられ、身体がビクリと跳ね上がった。その拍子《ひょうし》に、彼の指が秘裂の中に滑るように分け入り、そこをゆるゆると撫でさすり始める。

「ひっ……ぁ、あっ……あんっ！」

聞こえてくる水音で、そこにどれほどの蜜が溢《あふ》れているかがわかった。

澄香が恥じ入って顔を背《そむ》けると、時生が熱く火照《ほて》る耳朶《じだ》を甘噛みしてくる。

「澄香……やっと、澄香を抱ける……。離れている間、澄香が恋しくて仕方がなかった。澄香は？」

低い声で囁《ささや》かれ、全身の肌に熱いさざ波が立つ。

「わ……私も、時生さんが恋しかったです。自分から離れたくせに、気がつけば時生さんの事ばかり考えていたりして――あっ……あああっ！　ああんっ！」

時生の指が澄香の蜜窟の中に、ゆっくりと沈んだ。硬く閉じたままだった隘路《あいろ》が、彼によってまた開かれていく。封じ込めていた淫欲《いんよく》が一気によみがえり、漏らす声に吐息が混じり始める。

「そうか……。澄香も俺と同じだったんだな。だったら、俺がどんなに澄香を欲して、飢《う》えていたか、よくわかるよな？」

指の腹で蜜壁を捏《こ》ねられ、耳のうしろに鼻先を擦りつけられる。中を探る指が一本から二本になった。首筋に軽く噛みつかれ、身体からすべての力が抜けてしまう。

もっと触れてほしくてたまらなくなり、澄香は唇を噛んでいっそう瞳を潤《うる》ませる。

それを見た時生が、ゆったりと微笑みながら、唇の隙間に舌を差し入れてきた。硬く尖らせた彼の舌が、澄香の口の中をいっぱいにする。

澄香は、うっとりとその感触に酔いしれ、ラグの毛足を指で緩く掴んだ。

このまま愛撫《あいぶ》され続けたら、きっともうすぐにでも達してしまう――そう思った時、キスが終わり、蜜窟の中から時生の指が抜け出た。

「あっ……」

つい声が漏れ、いつの間にか閉じていた目を開けてパチパチと瞬《まばた》きをする。どこから取り出したのか、時生は避妊具の小袋を歯で噛み千切り、中を取り出そうとしているところだった。

両方の頬にキスをされ、唇を重ねられる。両脚を肘の内側ですくい上げられ、脚を大きく開いた体勢になる。そうしたあと、瞳をじっと覗き込むように見つめられた。

「澄香、ひとつ確認したい事があるんだが――」

囁《ささや》くようにそう問われ、澄香は息を弾ませながら、時生を見つめ返した。

「な……なんですか？」

「澄香は、付き合うなら結婚前提だろう？　当然、セックスも将来、夫となる人とでなければ、できないよな？」

「はい」

澄香が返事をして頷くと、時生が溢《あふ》れんばかりの笑みを浮かべた。

「だったら、俺と結婚してくれるね？　まさか、嫌だなんて言わないよな？」

ややいたずらっぽい口調で訊《たず》ねられ、澄香は一も二もなく頷いて彼に微笑み返した。

「はい、もちろんです！」

「よかった。愛してるよ、澄香。もう、ぜったいに離さない――」

時生が腰を落とすと同時に、屹立《きつりつ》の先が蜜窟の中に分け入ってくる。その途端、身体の中心に熱い戦慄《せんりつ》が走り、全身が悦《よろこ》びに震えた。

「あっ……あ――あ、ああああ……！」

指の時とは、まるで違う――

蜜窟に硬く勃起した屹立《きつりつ》を挿《い》れられ、澄香は我を忘れて嬌声《きょうせい》を上げた。

ジィンと痺《しび》れるような甘い痛みが、澄香の心を熱く満たしていく。しがみつく指先が震え、自然と涙が溢《あふ》れてきた。零《こぼ》れ落ちる涙をキスで拭われ、蜜窟の上壁を丁寧に引っ掻かれる。

もう二度と、こうして愛し合う事などないと思っていた。でも、そうじゃなかった。

澄香は時生と深く繋がりながら、込み上げてくる多幸感に囚《とら》われて恍惚《こうこつ》となる。

「澄香……」

「時生さん――」

名前を呼び合い、見つめ合って、繰り返し唇を重ね合わせた。そうするたびに、愛する人との行為が、何ものにも代えがたい想いを伝え合う行為だと実感する。次第に腰の抽送《ちゅうそう》が速くなり、言葉を交わす余裕などなくなってしまう。

特別に感じる場所を繰り返し突かれて、内奥《ないおう》が激しく痙攣《けいれん》した。蜜窟の中で屹立《きつりつ》が硬さを増し、澄香を内側から力強く押し広げてくる。

激しい快楽を感じて、澄香は一気に昇りつめて彼の背中に全身ですがり付いた。

目を閉じたままキスを重ねているうちに、ようやく少しだけ息が整ってくる。しかし、それを見計らったかのように、時生が緩く腰を動かしてきた。

「あっ……ああんっ！　あ――」

澄香が声を上げると、時生が微笑んで唇にキスをしてくる。その顔が、ひどく嬉しそうだ。

それを見る澄香の頬が緩み、二人はどちらともなく小さく笑い声を漏らした。

「こら、セックスの最中に笑うなんて、不謹慎だぞ」

「時生さんこそ――」

そう言い合いをする先から、互いの顔にしあわせな笑みが零《こぼ》れた。

「澄香、俺のところに戻ってきてくれて、ありがとう。一生感謝するし、澄香を大切にするよ。もちろん、澄香が大切に思っているものや、大切にしてほしいと思うもの、ぜんぶひっくるめて大事にするって約束する」

語りかけるようにそう言われ、胸がいっぱいになる。

「時生さん……嬉しいです。……しあわせすぎて、まるで夢みたい――」

「夢じゃない。その証拠を、きっちりとわからせてあげようか？」

ニッと微笑まれ、鼻の頭に素早くキスをされる。挿入されたまま身体を反転させられ、中をぐるりと掻き混ぜられた。

澄香が我を忘れて声を上げると、時生が腰を高く引き寄せて、捏《こ》ねるように中を愛撫《あいぶ》してきた。

突然襲ってきた快楽に酔っていると、彼の掌《てのひら》が澄香の腰と双臀を丁寧に撫で回してくる。

「すごくいい眺めだ……。どんな絶景よりも魅力がある」

時生の指が、尻肉を左右に押し広げた。ぜったいに見られてはいけないところを見られ、澄香は叫び声を上げて前に逃げようとした。

けれど、時生の手にすぐに引き戻され、そのまま強く腰を振られる。

「あああっ……！　あ、あ……！」

内奥《ないおう》が屹立《きつりつ》の先端をきつく締め付け、びくびくと震えているのがわかる。容赦ない抽送《ちゅうそう》に身体が前後に揺れ、澄香は吐息混じりの嬌声《きょうせい》を上げ続けた。

再び絶頂の波が押し寄せ、澄香は背中を仰《の》け反《ぞ》らせながら、時生のものをきゅうきゅうと締め付ける。

時生の指が、澄香の乳房を揉みしだき、尻肉を捏《こ》ねるように撫で回す。激しく奥を突かれるのと同時に、前に回ってきた指に腫《は》れた花芽を摘ままれ、指の腹でコロコロと転がされる。

「澄香……ぜんぶ、俺のものだ……そうだろう？」

耳朶《じだ》を甘嚙みされ、膝がくずおれそうになる。

澄香は上体をひねり、顔をうしろに向けて頷いた。

唇を重ねられ、その状態のまま、ゆっくりと腰を回すようにして中を擦り上げられる。

「あっ……ん、んっ……」

蜜窟の中で屹立《きつりつ》が硬さを増し、隘路《あいろ》が潤《うるお》いを増す。

どれほど、時生を恋しく思った事だろう……

気がつけば、澄香はいつの間にか自分から快感を引き出すように腰を高く突き出していた。

「澄香……澄香……」

名前を呼ばれるたびに愛おしさが募《つの》り、奥が淫《みだ》らに引くつくのがわかる。

澄香は、伏せていた上体を起こし、四つん這《ば》いの姿勢になった。

「澄香——」

時生が、うしろから強く身体を抱きすくめてきた。そして、澄香を抱え込むようにして身体を固定すると、繰り返し切っ先を内奥《ないおう》に打ち付けてくる。

「やあああんっ！　あんっ！　ああ……」

呼吸が途切れ、一瞬気が遠くなった。身体がふわりと浮き上がり、そのまま上下が逆になる。

再び時生と向かい合わせの姿勢になり、最奥《さいおう》を抉《えぐ》るように突き上げられながら、唇を重ね合わせた。

時生の腰の動きが速くなり、強すぎる快感につま先から脳天までを貫かれる。

「とき……お、さんっ……あ、あああっ……！」

「澄香っ……」

屹立《きつりつ》が澄香の中で力強く跳ね、先端から熱い精がほとばしった。吐精してもなお硬さを保つ彼のものが、子宮に続く丸みをグイグイと押し上げてくる。

澄香は、無意識に彼の腰に脚を巻きつかせた。そうしながら、自分が時生との子供を強く望んでいると感じた。

「時生さん……わ……私、時生さんとの赤ちゃんがほしいです」

突然、強く湧き起ってきた感情に戸惑い、気がつけば、そんな事を口にしていた。

澄香は、ハッとして目を見開き、強く唇を噛みしめる。

「ご、ごめんなさいっ……私ったら、まだ結婚もしてないのに――ぁん、んっ……」

話す唇をキスで封じられ、すぐに離されて、指で顎《あご》を上向きにされた。

「今、なんて言った？　すまないが、よく聞こえなかったから、もう一度言ってくれるかな？」

有無《うむ》を言わさぬ目つきでそう言われ、澄香は顔を赤く染めながら、渋々と口を開いた。

「えっと……その……わ、私、時生さんとの赤ちゃんがほしいです、って――きゃあっ！」

言い終えるなり、時生が澄香の身体を抱え上げ、すっくと立ち上がった。

「そうか。俺も澄香との赤ちゃんがほしいと思っていたところだ。気が合うな。じゃあ、さっそく、じっくりと子作りをしようか」

「えっ？　ちょっ……あ、んっ……ん――」

唇を重ねられ、すぐに舌を絡めとられた。強引だけれど、望んでいる事は一緒だ。

澄香はベッドルームに向かう時生の顔を見上げ、彼の肩に腕を回した。

もう、何があってもぜったいに離れない。

澄香は心の中でそう誓い、時生の頬にそっと唇を寄せるのだった。


澄香が時生と復縁してから、およそ三カ月後の日曜日。

二人は「フローリスト・セリザワ」奥にある澄香の部屋で、ともに朝を迎えていた。

今日は、二人が出会って二回目の「母の日」だ。

時刻は午前六時十分前。

もうじき二階で寝ている葉子の枕元で目覚まし時計が鳴りだすだろう。

「時生さん、大丈夫でした？　この部屋、時生さんが前に住んでいたマンションのベッドルームよりも狭いし、窮屈《きゅうくつ》だったでしょう？」

「そうか？　俺は別に気にならないよ。それに狭ければ澄香とくっついて眠れるし、ここは花のいい香りがして、アロマ効果もバッチリだ」

「確かに、香りだけは花畑にいる気分になれますね」

澄香がクスクスと笑うと、時生がその頬に唇を押し当ててきた。

時生と再会したあと、澄香はすぐに事情を知る人達に、彼と再出発すると決めた事を報告した。

全員、心から喜んでくれたし、美咲からは「お姉ちゃんにしては上出来」と、めずらしく褒《ほ》めてもらった。

一条家の人達にも、後日きちんと結婚を前提としての交際報告を済ませ、二人の仲は順風満帆《じゅんぷうまんぱん》といったところだ。

そして、つい先日、時生はかねてから予定していたとおり、自身のペントハウスを引き払い、今は期間限定の実家暮らしをしている。新居の場所は二人して意見を出し合い、双方の実家からさほど遠くない古くからの住宅街に決めた。

双方の母親は、あれから挨拶《あいさつ》を兼ねて顔を合わせ、花や、それぞれの子供の小さい頃の話で盛り上がり、今ではすっかり仲良しになっている。

「うちの母、男兄弟ばかりだったから、時生さんのお母さまの事、お姉さんみたいに思ってるみたいです」

「うちの母は一人っ子だし、ああ見えて、結構寂しがり屋だから、妹ができたみたいだって喜んでるよ」

「寂しがり屋……ふふっ」

澄香がつい笑い声を漏らすと、時生がそれを聞き咎《とが》めて、顔を覗き込んできた。

「なんだ、今の笑い方。どうせ母子そろって寂しがり屋だよ。祖父母もその傾向にあるしな……。だから、家族が一気に増えるのを、すごく喜んでる。澄香に、澄香のお母さんに、美咲ちゃん。これで、もう一人増えたら、喜びすぎて腰を抜かすんじゃないかな」

時生がうしろから澄香を抱き寄せ、そっとお腹を撫でさすってくる。

「ちょっ……と、時生さんったら、気が早いです！」

「だって、実際にもうできてるかもしれないだろう？　そうなってもおかしくないやり方で、毎晩愛し合ってるんだから――」

　時生が澄香の頬にキスをする。

「もうっ……すぐそういう事を……」

　澄香は首まで真っ赤にして、時生に抗議する。

「来月入籍するんだし、問題ないだろ」

「そ、それはそうですけど――」

　二人は、来月の時生の誕生日に入籍する事が決まった。一条家の人達は当然驚いて、一時騒然となったようだ。けれど、時生の祖父母や両親が承認した上での話だという事もあり、一応は納得してくれたらしい。

「暇さえあれば作業着を着て庭をウロウロしてるが、ああ見えて、祖父は一族の頂点に立つ人だからね。いまだに『一条コーポレーション』の会長職に就いてバリバリと仕事をこなしているし、人を見る目については、誰もが認めているところだからな」

「でも、諸手《もろて》を挙げて賛成……ってわけじゃないんですよね？」

「まあ、そうだな。だが、誰がなんと言おうと、大丈夫だ。澄香には俺がついているし、澄香なら、そのうちきちんと受け入れてもらえると思う。何せ、俺ほどの男が骨抜きにされたんだから――」

　身体をすり寄せられ、うなじにチュッとキスをされる。

「それに、『フローリスト・セリザワ』だって、まだまだこれからだぞ？　どうせなら、親戚連中が文句が言えなくなるくらいの成功を収めて、それからさらに上を目指せばいい」

「フローリスト・セリザワ」は、引き続き同じ場所で店を続けている。それに合わせて、道路向こうに建つ古い商業ビルを買い取り、新しく店を拡張オープンさせる話が持ち上がっていた。その後押しをしてくれたのは、時生はもちろんの事、庭いじりが趣味である彼の祖父の力によるところも大きい。

「……そうですよね。私、頑張ります！　家族のしあわせのためにも、ぜったいに成功させてみせます！」

「よく言った。それでこそ、澄香だ。愛してるよ……いくら愛しても、愛し足りないくらいだ」

「私だって、負けないくらい時生さんを愛してます——」

バックハグをされたまま顎《あご》を引かれ、時生と唇を合わせた。

彼と一緒なら、何があっても前に進んでいける——そう思いながら、澄香は時生の胸にそっと身体を預けるのだった。

この作品に対する皆様のご意見・ご感想をお待ちしております。

おハガキ・お手紙は以下の宛先にお送りください。

【宛先】

〒150-6008 東京都渋谷区恵比寿 4-20-3 恵比寿ｶﾞｰﾃﾞﾝﾌﾟﾚｲｽﾀﾜｰ 8F
（株）アルファポリス　書籍感想係

メールフォームでのご意見・ご感想は右のＱＲコードから、
あるいは以下のワードで検索をかけてください。

アルファポリス　書籍の感想　検索

ご感想はこちらから

俺様御曹司《おれさまおんぞうし》は花嫁《はなよめ》を逃《に》がさない

有允ひろみ（ゆういん ひろみ）

2021年 6月 30日初版発行

編集－本山由美・篠木歩
編集長－太田鉄平
発行者－梶本雄介
発行所－株式会社アルファポリス
〒150-6008 東京都渋谷区恵比寿4-20-3 恵比寿ｶﾞｰﾃﾞﾝﾌﾟﾚｲｽﾀﾜｰ8F
TEL 03-6277-1601（営業）　03-6277-1602（編集）
URL https://www.alphapolis.co.jp/
発売元－株式会社星雲社（共同出版社・流通責任出版社）
〒112-0005 東京都文京区水道1-3-30
TEL 03-3868-3275
装丁イラスト－海月あると
装丁デザイン－AFTERGLOW
（レーベルフォーマットデザイン―ansyyqdesign）
印刷－図書印刷株式会社

価格はカバーに表示されてあります。

落丁乱丁の場合はアルファポリスまでご連絡ください。

送料は小社負担でお取り替えします。


ISBN978-4-434-28982-8 C0093